백관의

왕이

이르니

백관의
왕이
이르니

✛ 위래 소설집 ✛

아작

차례

동전

마법

✦ 2013년 《큐빅노트 수상 작품집》(창작집단 몽니) 수록

✦ 2014년 〈on우주 소식지〉 5호(on우주) 수록

1. 동전 마술

여자아이는 울고 있었다. 카퍼는 쪼그리고 앉아 아이와 눈을 맞췄다. 눈물을 닦아낸 아이가 카퍼를 바라보자, 카퍼는 주머니에서 동전을 꺼냈다. 동전은 허공으로 튕겼다가 카퍼의 양 손바닥 사이에 잡혔다.

카퍼가 말했다.

"앞, 뒤?"

아이가 영문을 모르겠다는 표정으로 바라보자 카퍼가 재촉했다.

"맞혀봐. 앞일까, 뒤일까."

아이는 목이 메인 소리로 말했다.

"앞이요."

카퍼가 동전을 드러냈다. 뒤였다. 숫자 면이 드러나 있었다.

아이는 여전히 뭐가 뭔지 모르겠다는 표정이었고, 카퍼는 다시 동전을 던졌다.

카퍼가 말했다.

"앞, 뒤?"

"앞."

아이는 이번에도 틀렸다. 뒤였다. 이어서 카퍼는 한 번 더 동전을 던졌고, 아이는 또 틀렸다.

눈가가 붉어진 여자아이는 카퍼의 손에서 동전을 낚아챘다. 문지르고 긁어보고 비틀어보려고도 했지만, 아이가 보기에는 평범한 동전이었다. 아이는 제 주머니에서 동전을 꺼내 내밀었다.

"이걸로 해봐요."

카퍼는 군말 없이 아이의 동전을 던졌고, 아이는 여전히 맞힐 수 없었다.

아이가 말했다.

"우연이죠?"

"한 번 더 해볼까?"

한 번 더 했다. 결과는 같았다.

"속임수죠?"

카퍼는 고개를 가로저었다.

"마법이야."

"마술?"

"마법."

아이는 심통이 나서 눈을 치켜떴다. 카퍼는 일어서서 아이의 머리를 쓰다듬었다. 아이가 손을 쳐낸 뒤 카퍼를 올려다보며 말했다.

"어떻게 한 거예요? 가르쳐줘요."

"마법은 아무에게나 가르쳐줄 수 없어."

"그냥 손가락 속임수잖아요."

"아냐."

"사기꾼."

"아냐. 난 마법사다."

"사기꾼들은 늘 그렇게 말해요."

"마법사도 그렇게 말해."

카퍼가 걸어가자 아이는 쫓아갔다.

"정말 마법사라면 다른 마법도 보여줘요."

"나는 동전 마법밖에 못 써."

"그게 무슨 마법이야. 동전을 뒤집는 건 누구나 할 수 있어요."

그 말에 카퍼의 미간이 살짝 좁혀졌다.

"불을 지피는 마법이나 먼 곳으로 순간이동 하는 마법을 생각해보라고. 불을 지피는 건 부싯돌을 쓰면 그만이고 두 다리만 있으면 어디든 갈 수 있잖아? 마법을 준비하는 시간이 더 오래 걸릴걸."

"그렇지만 동전을 뒤집어서 어디다 써요?"

"계란프라이를 뒤집을 수도 있어."

"그게 다예요?"

"식당에서 음식에 벌레가 나왔을 때 식탁을 뒤집은 적도 있네."

"깡패네, 그건."

"도대체 뭘 바라는 거야? 그래, 길 가던 예쁜 아가씨 치마를 바람결인 양 뒤집을 수도, 젠장."

카퍼는 정강이를 부여잡았다.

"왜 걷어차는 거야?"

여자아이가 화난 얼굴로 말했다.

"몰라서 물어요?"

"농담이었어."

"그게 문제잖아요."

카퍼는 정강이를 한참 문지르다가 일어났다.

어쨌든 사람이라고는 카퍼를 한심하게 올려다보는 여자아이밖엔 없었다. 마을은 텅텅 비었고, 광장에는 카퍼와 아이 둘뿐이었다.

문득 의아해진 카퍼가 말했다.

"그런데 이 마을은 왜 이렇게 한적하지?"

아이의 얼굴이 침울해졌다.

"여행자라면 그냥 지나가는 게 좋을걸요."

"왜?"

"이 마을의 영주가 뱀파이어예요."

"뱀파이어?"

"이 마을은 동쪽 끝이니까요. 벼랑에서 뱀파이어 하나가 기어왔다고 해도 이상할 거 없죠. 어느 날부터 옛날 영주님을 죽이고 자기가 영주 행세를 하고 있어요. 그러니 더 묻지 말고 지나가요."

"아니, 어차피 뱀파이어는 성 밖으로 나오지 않잖아? 낮에 도망가면 될 텐데."

"뱀파이어에게 봉사하는 사람들이 많아요."

"왜?"

"뱀파이어가 마을 처녀들을 모두 데려갔거든요. 그 가족들은 꼼짝없이 말을 들을 수밖에 없죠."

"그것도 이상한데. 뱀파이어가 강하기는 해도 마을 사람들 전부와 싸울 순 없을 거 아냐. 뱀파이어 혼자서 마을 처녀들을 모두 데려갈 수는 없었을 텐데."

아이는 고개를 끄덕였다.

"부하들이 있어요."

"어떤?"

"라이칸슬로프요. 그런데 안 갈 거예요?"

"수가 많나?"

"일고여덟 정도."

"혹시 우두머리가 시커멓고 애꾸 아니야?"

"어? 어떻게 알아요?"

"역시."

카퍼는 까슬한 턱수염을 매만지며 말했다.

"아마 내 생각이 맞는다면 그 뱀파이어는 세상의 끝에서 기어 나온 뱀파이어가 아니야. 내가 잘 알고 있는 놈이지. 놈은 세상의 끝이 아니라 세상의 중앙에서 온 거야. 난 그놈을 쫓아왔고. 이런 마을에서 영주 노릇을 하고 있을 줄은 몰랐군. 그런데 뱀파이어가 영주인 것과 마을에 사람들이 없는 건 무슨 상관이지?"

"아, 그건···."

카퍼는 여자아이의 말을 미처 다 듣지 못하고 의식을 잃으며 쓰러졌다. 그 뒤로 몽둥이를 든 마을 청년 하나가 나타났다.

"잘했다, 루나."

루나는 카퍼를 내려다보며 한숨을 내쉬었다.

"그러게, 신경 쓰지 말고 가라니까."

2. 탈출

카퍼는 습한 창고에서 깨어났다. 두 손과 발이 밧줄에 묶여 있었다. 밧줄을 풀기 위해 이빨로 뜯고 바닥에 비벼댔지만 무리였다. 진을 다 뺀 카퍼가 짚더미에 쓰러질 때쯤에 창고 문이 열렸다. 루나가 접시를 들고 나타났다.

카퍼가 말했다.

"이거지? 뱀파이어는 피를 마셔야 하고, 라이칸슬로프는 고기를 먹어야 하니 마을 사람들은 그 괴물들에게 봉사하며 모험가나 여행객을 바치는 거야. 당장은 버틸 수 있겠지만 이런 짓을 언제까지 계속할 수 있을 거라고 생각해?"

루나는 대답하지 않고 수프를 떠서 카퍼의 입으로 가져갔다.

카퍼는 먹지 않고 계속 떠들었다.

"소문이란 건 생각보다 쉽게 퍼진다고. 나만 해도 이쪽으로 오는 동안 흉흉한 이야기를 몇 개 들었지. 당분간은 호기심 넘치는 모험가들이 마을에 들르긴 하겠지만 그것도 조만간 끝이야. 곧 마을을 찾는 발길도 뚝 끊기겠지. 그렇지만 사람이 오지 않더라도 뱀파이어와 라이칸슬로프들은 언제나처럼 피와 고기를 필요로 할 거야."

"그럼 어떻게 하란 말이에요?"

루나는 들고 있던 그릇과 숟가락을 내팽개쳤다.

"마을에서도 할 수 있는 일은 다 해봤어요! 그렇지만 모두 실패했다고요. 탈출하려 했던 사람들은 모두 시체로 돌아왔고, 칼을 들고 성으로 뛰쳐 들어간 사람들은 시체로도 돌아오지 못했죠. 방법이 없단 말이에요."

루나가 고개를 숙이자 카퍼가 웃으며 말했다.

"방법이 없긴 왜 없어? 네가 이 밧줄만 풀어주면 돼."

루나가 어이가 없다는 눈길로 카퍼를 보았다.

"안 돼요."

"왜? 생각보다 야박한데. 아까는 도망가라고 경고도 해주더니. 그냥 놓쳤다고 해도 되잖아?"

"안 돼요."

카퍼는 루나의 생각을 헤아렸다가 말했다.

"그렇군. 놓쳐서는 '안 되는' 거야. 말을 잘 들어야 하는 상황인 거지. 아가씨 가족 중에도 잡혀간 사람이 있는 건가?"

"언니가 잡혀갔어요."

"역시."

눈치를 보던 카퍼가 말했다.

"그런데 언니 예뻐?"

루나는 카퍼의 허벅지를 꼬집었다. 카퍼는 비명을 지르며 데굴데굴 한참 구르다가, 얼얼한 허벅지를 내색하지 않으며 몸을 일으켰다.

"아무튼, 풀어봐. 나 원래 뱀파이어한테 볼일 있던 사람이야."

"네? 무슨 볼일이요?"

카퍼가 목소리를 깔고 진중하게 말했다.

"복수를 해야 해."

카퍼는 루나가 어떤 사연이 있느냐 물어온다면 열성적으로 설명할 준비가 되어 있었다. 하지만 루나는 관심이 없었다. 루나가 관심을 가진 건 카퍼의 진지한 얼굴에 대비되는 꽁꽁 묶인 팔다리의 우스꽝스러움이었다.

루나가 웃음을 참으며 물었다.

"아저씨가?"

"뭐?"

"복수를?"

"아, 응."

루나는 풋 하고 웃었다. 카퍼는 뒤늦게 무게를 잡으려 했지만, 루나가 웃기 시작했기 때문에 더 형편없게 보였다. 카퍼는 루나의 웃음이 멈출 때까지 인상을 썼다. 웃음이 멈추고 나서도 카퍼는 표정을 유지했다.

루나가 사과하며 말했다.

"그런데 뱀파이어에게 어떻게 복수를 할 건데요? 동전 속 임수로?"

"나 칼도 잘 써."

"얼마나 잘 쓰시면?"

묘한 웃음기가 카퍼의 신경을 거슬렀다. 카퍼는 자신만이 할 수 있는 기술을 자신 있게 말했다.

"입에 칼 물고 사과 깎는 거 본 적 있어?"

루나가 다시 푸핫 하고 웃음을 터뜨렸다. 카퍼는 다시 뚱한 얼굴이 되어 루나가 웃음이 멈출 때까지 기다리고는 말했다.

"나 진지하다. 과도랑 사과 가져오면 보여줄게."

루나는 자리에서 일어나 과도와 사과를 가져왔다. 칼을 주면 위험하지 않을까 하는 생각이 잠깐 들었지만 밧줄은 루나의 손가락만큼 굵었으므로, 과도로는 어림도 없을 것이었다.

루나는 카퍼의 입에 칼을 물리고 사과를 접시 위에 두었다. 카퍼는 몸을 숙이곤 길게 목을 빼서 사과에 대고 낑낑거렸다.

사각사각 소리가 들렸지만 루나는 성공할 수 없을 거라 생각했다. 루나는 잠시 카퍼의 뒤통수를 내려다보며 기다렸다. 얼마 안 가 카퍼가 만족스러운 얼굴로 고개를 들어 올렸다. 사과의 위쪽 부분이 깨끗하게 깎여 있었다.

루나가 깜짝 놀라며 사과를 들어 올렸다.

"우와, 어떻게 한 거예요? 이건 사과 마법이라도 되나? … 아저씨?"

루나는 말을 이을 수 없었다. 과도를 입에 물고 밧줄을 잘라 내는 기교를 선보인 카퍼가 이번엔 루나의 목에 칼을 가져갔기 때문이었다. 카퍼는 얼어붙은 루나의 손에서 조용히 사과를 빼앗아 입에 물렸다. 카퍼는 루나와 함께 창고를 빠져나왔다.

밖은 아직 한밤중이었다. 하늘엔 달과 별들이 붙박여 있었다. 인가에서 멀리 떨어진 곳까지 걸어 나온 카퍼는 루나의 입에 물린 사과를 빼냈다.

카퍼가 말했다.

"실례했군. 미안. 근데 지금 몇 시지?"

"열한 시, 쯤일 걸요."

루나가 눈치를 보며 답하자 카퍼가 말했다.

"겁먹을 필요 없어."

루나가 울컥했다.

"누가 겁을 먹었다고 그래요?"

"그럼 기왕에 이렇게 된 거 뱀파이어가 사는 성으로 데려다 줘. 길은 알지?"

"…어? 정말 갈 거예요?"

"나 그 뱀파이어한테 볼일 있다니까."

카퍼는 투덜거렸다. 이에 루나는 군말 없이 카퍼를 안내했다. 멀리 성곽이 보였으므로 길만 따라가면 그만이었다. 성에 가까워질 때까지 대화는 없었다. 루나는 카퍼의 말에 자꾸 웃었던 것이 생각나 얼굴이 달아올랐다.

머쓱해진 루나가 말했다.

"아까 비웃어서 미안해요. 거짓말인 줄 알았어요."

"신경 쓰지 마."

루나가 걱정스러운 목소리로 덧붙였다.

"그런데 과도 한 자루 들고 가서 어떻게 할 거예요?"

입에 문 과도로 굵은 밧줄을 자르는 재주는 대단했지만 그게 정말 칼을 잘 쓴다는 뜻인지 아닌지 루나는 알 수 없었다. 곡예단의 기교라면 모를까 기사의 재주처럼 보이진 않으니까. 사실 동전을 뒤집는 재주와 별로 달라 보이지도 않았다.

카퍼가 제 손에 쥔 과도를 슬쩍 내려다보며 말했다.

"고수는 장비를 탓하지 않는 법이지."

"돌아가서 다른 칼 들고 올까요?"

"괜찮다니까. 그리고 지금 가기는 늦었을걸. 마을 사람들이 나랑 너를 찾고 있을 테니까."

"정말 과도만 가지고 이길 수 있어요?"

"걱정하지 마. 나한텐 동전 마법도 있다고. 예를 들어볼까? 앞이 나오면 내가 이기고, 뒤가 나오면 내가 진다고 했을 때…."

카퍼는 걸으며 동전을 튕겼다.

"나는 늘 동전이 앞이 나오게 할 수 있지."

카퍼가 루나에게 동전 앞면을 보였다.

루나가 어이없어하며 말했다.

"농담이죠?"

두 사람 앞으로 붙박인 별들을 등진 고성이 있었다. 달을 꿰려는 듯 치솟은 첨탑은 을씨년스러웠다.

3. 애꾸눈 드미트리

카퍼가 한사코 말렸지만 루나는 카퍼를 돕겠다며 성으로 함께 들어갔다.

"네가 무슨 도움이 되는데?"

"길을 알죠. 성에 들어가본 적 있거든요."

"어쩌다가?"

"그건 비밀."

사실 성에 들어가고 난 후의 계획은 없었기 때문에 카퍼는 군말 않고 루나를 따라가기로 했다.

루나는 카퍼를 데리고 성 뒤쪽으로 돌아갔다. 성곽 정문은 단단하게 잠겨 있었지만 하인들이 드나드는 뒷문은 열려 있었다.

안이하다 싶었지만 뱀파이어라면 한창 깨어 있을 시간이었다. 군이 문단속할 필요를 못 느꼈을 거라고 카퍼는 생각했다.

문을 들어선 뒤, 좁은 복도를 걸어 문 몇 개를 지나치자 붉은 융단이 깔린 넓은 복도가 나왔다. 벽면엔 횃불이 걸려 있어 아주 밝았다. 루나는 당당하게 복도 가운데로 걸었다.

걱정스러운 목소리로 카퍼가 말했다.

"이렇게 다니다간 금방 들킬 텐데? 나야 상관없지만."

"라이칸슬로프들은 밤이 되면 애꾸 말곤 모두 숲속으로 순찰을 가요. 도망치는 사람 없나 보려고요. 그리고 뱀파이어는 보통 1층까진 안 내려오고."

"밤에도 안 내려와?"

"뱀파이어는 한밤중에도 해가 뜰까 봐 무서워하거든요. 2층이랑 그 위로는 창문에 죄다 못을 박아둬도 1층에는 창문이 워낙 많아서 그러지 못했어요. 1층은 괜찮아요."

"그렇지만 다른 인간 하인들도 있을 거 아니야?"

"몇 명 안 돌아다녀요. 복도 멀리서 오는 게 보이면 가까이 오기 전에 숨으면 될 거예요. 그냥 평범하게 걸어요. 하인처럼 보일 테니까."

"내가 그렇게 없어 보여?"

루나는 대꾸하지 않았다.

그때 뒤쪽에서 저벅저벅 걸어오는 소리가 들렸다. 카퍼가 힐끗 돌아보려 하자 루나가 급하게 카퍼의 손을 끌었다.

"돌아보지 마요. 얼굴 보면 들킬 거예요."

몇 발자국 앞에 위층으로 올라가는 계단이 있었다. 계단

코앞까지 두 사람이 걸어갔을 때, 나선형 계단 위쪽에서 일렁거리는 등불 빛이 보였다. 위에서 누군가 내려오고 있었다.

카퍼가 물었다.

"둘 사이에 꼈을 때 대책은?"

루나는 일단 카퍼의 손을 이끌고 계단을 두 칸 오른 후 말했다.

"제가 해결할게요. 아무 말도 하지 말고 여기 조용히 있어요."

카퍼가 무어라 말하려는데 루나가 후다닥 계단을 올라갔다. 등불 빛에 그림자가 일렁였다. 카퍼는 복도 쪽에서 걸어오는 발소리를 들으며 숨을 죽였다. 그때 루나가 계단에서 되내려왔다.

"빨리 와요."

카퍼가 루나를 따라 올라가자 계단 위쪽엔 다시 넓은 복도가 있었다. 저 멀리 누군가 걸어가더니 모퉁이 너머로 사라졌다. 바로 옆엔 등불이 놓여 있었다.

"불이 없다니까 이걸 주더라고요."

카퍼는 등불을 주워들며 말했다.

"뱀파이어는 몇 층에 있지?"

"4층, 첨탑 꼭대기에요."

그렇군, 하고 카퍼가 대답하려는데 주위가 더 밝아져 루나와 카퍼의 그림자가 길게 늘어졌다. 방금 올라온 계단 쪽에서 누가 말했다.

"백작님에겐 무슨 볼일인가?"

카퍼는 돌아서며 등불을 던졌다. 뒤에 서 있던 남자는 가볍게 등불을 피했다. 눈이 한쪽밖에 없었다.

카퍼가 말했다.

"…애꾸눈 드미트리."

"카퍼? 양손잡이 카퍼인가? 어떻게 여기까지 온 거지? 밤엔 우리가 순찰을 하고 있고, 낮엔 인간들에게 지키라고 했는데. 뭔가 익숙한 냄새가 있어 나와봤더니만."

카퍼는 루나를 뒤로 밀쳐냈다.

"떨어져 있어."

그러고는 과도를 역수로 잡고 몸을 숙였다.

드미트리는 그 앞에서 장검을 뽑으며 여유를 부렸다.

"여기까지 온 건 대단하지만, 그건 과도잖나. 옷이나 벨 수 있을지 모르겠군."

"내 칼과 맞대어본 네가 할 말은 아닐 텐데."

"그땐 너무 방심했었지. 그리고 그때 자네는 검을 두 자루나 들었다고."

카퍼가 웃었다.

"그래서 겁이 났나?"

"뭐?"

"그래서 여기, 동쪽 끝까지 도망쳐 온 거냐고."

"웃기지 말게. 난 백작님을 따를 뿐이야."

"그래? 그럼 겁을 먹은 건 백작이었나 보군."

드미트리는 으르렁거리며 복도로 걸어 나왔다. 루나가 보기에 카퍼에게 유리한 점은 하나도 없었다. 좁은 복도라면 짧은 과도를 든 카퍼에게 어느 정도 유리하게 작용할지도 몰랐다. 하지만 이렇게 넓은 복도에서는 드미트리가 긴 칼을 휘두르기에 부족하지 않았다.

먼저 달려든 것은 드미트리였다. 큰 동작임에도 허점이 보이지 않는 빠르기였다. 카퍼는 물러나며 피했고, 드미트리가 칼을 회수하는 틈을 타 과도를 찔러 들어갔다. 드미트리는 완벽하지 않은 동작으로 과도를 쳐냈다. 드미트리가 거센 찌르기로 역공했으나 카퍼는 다시 한 번 빈손으로 드미트리의 손목을 당겨 무게중심을 흩트렸다. 카퍼는 드미트리의 어깨를 얇게 베면서 그의 엉덩이를 걷어찼다.

거리를 벌린 카퍼가 말했다.

"뭐 하나, 애꾸눈? 자넨 검으로 날 못 이겨. 눈을 잃었을 때도 그랬지. 그건 자신감이 아니라 자만심이야. 좀 더 짐승답게 싸우라고."

말이 끝나기도 전에 드미트리가 얼굴을 구기며 으르렁거렸다. 구겨지는 얼굴에서 입이 비죽 튀어나오고 몸집이 두 배로 불었다. 온몸을 검정 털이 덮었다. 늑대인간 드미트리는 칼을 바닥에 버린 뒤 긴 발톱을 앞세우며 달려들었다.

카퍼는 드미트리의 번갈아 날아오는 발톱을 막고 피했지만 한 발 한 발 물러서게 되는 것은 어쩔 수 없었다. 하지만 조급해진 드미트리가 카퍼의 등이 벽에 닿기도 전에 양 앞발을 동시에 내뻗었다. 기회를 노리고 있던 카퍼는 옆으로 구르며 드미트리가 버린 장검을 주워들었다.

카퍼가 말했다.

"이제야 양손잡이라는 이명을 살릴 수 있겠군."

"하나는 사과 껍질 깎는 칼이지만 말이야."

드미트리가 걸걸한 목소리로 받아쳤다.

카퍼는 아까와 달리 적극적인 공세를 펼쳤고, 몸이 부풀며 타격할 수 있는 면이 늘어난 드미트리의 몸에 잔 상처가 늘었다. 하지만 유리해 보이는 것도 잠깐이었다. 드미트리의 상처는 눈에 보일 정도로 빠르게 회복되어 갔다.

드미트리가 말했다.

"그리고 은도금도 되지 않았지."

드미트리는 카퍼가 내질러오는 장검의 날을 잡은 뒤 힘으로 빼앗아 내던졌다. 드미트리는 앞발에서 떨어지는 피를 무시하며 과도를 든 카퍼의 팔을 붙잡은 뒤 배에 주먹을 날렸다. 세 번째로 공격했을 땐 카퍼의 기침에 피가 섞였다. 그러나 다섯 번째로 주먹을 날린 드미트리는 돌연 공격을 멈췄다. 루나가 옆구리에 장검을 꽂은 탓이었다.

"너, 이년….

드미트리가 돌아보자 루나가 칼을 놓으며 몇 발자국 물러났다. 깊게 박히지 않았던 칼이 바닥에 떨어졌다. 드미트리는 그대로 루나에게 다가가려다, 인사불성이 된 카퍼를 먼저 처리해도 늦지 않다고 생각했다. 감정에 휘말리면 안 된다. 과거에도 비슷한 상황에 빠졌던 적이 있었다.

그렇게 생각한 드미트리가 카퍼를 다시 돌아봤을 때, 아무 것도 쥐어져 있지 않던 카퍼의 손에 과도가 옮겨져 있었다. 과도는 곧 드미트리의 목 깊숙이 꽂혔다.

카퍼가 씨익 웃으며 말했다.

"짐승답게 싸워도 마찬가지였군."

드미트리는 '어떻게 한 것이냐?'라고 물으려 했지만 피 거품이 입안을 채워 어려웠다. 카퍼는 목을 부여잡는 드미트리를 걷어찬 뒤 바닥에 떨어진 장검을 다시 주워들었다. 드미트리는 단검을 뽑기 전에 카퍼가 휘두른 검에 목이 잘렸다. 도금되지 않은 검이라도 목이 잘리면 라이칸슬로프는 재생할 수 없었다.

루나가 다가갔다.

"괜찮아요?"

"멀쩡하지."

카퍼는 피를 뒤집어쓴 채 쿨럭거렸다. 루나는 손수건을 꺼내 카퍼의 얼굴을 닦아주었다.

루나가 말했다.

"그런데 아까 어떻게 한 거예요?"

"뭐가?"

"왼손은 빈손이었잖아요. 과도를 든 오른손은 애꾸한테 잡혀 있었고. 그런데 어떻게 오른손에 있던 과도가 왼손으로 간 거죠?"

카퍼는 루나 앞에서 오른손에 있던 과도를 왼손으로, 다시 오른손으로 옮겼다. 아무런 변화도 없는 것 같았지만, 반쯤 피를 닦아낸 카퍼의 얼굴도 서로 좌우가 뒤바뀌었다.

카퍼가 웃으며 말했다.

"동전 마법이지. 좌우를 뒤집는 원리다."

"진짜 그런 것도 마법이에요?"

"'그런 거'라니. 누구한테 배운 건데."

둘은 뱀파이어가 있을 위층으로 향했다.

4. 슈라프넬 백작

여댓 개의 촛불이 불을 밝히는 어두운 서재에서 백작은 책을 읽고 있었다. 피부는 핏줄이 도드라질 만큼 창백했고 눈 동자는 붉은색이었다. 선이 날카로운 얼굴은 무표정했다. 눈 은 책을 향해 있었지만 오랜 시간 페이지가 넘어가고 있지 않 았다.

노크 소리에 백작은 고개를 들었다.

"들어오게."

문을 열고 들어선 것은 루나였다. 검은 드레스를 입고 있 었다. 루나는 치맛자락을 잡고 인사했다.

책에서 눈을 뗀 백작이 자신 없는 목소리로 말했다.

"루나? 니어?"

"니어예요. 이제 동생은 오지 않으니까."

"그렇지."

백작은 고개를 끄덕였다.

"그래, 친애하는 니어 양. 무슨 일이지?"

"드미트리 씨가 쓰러져 있었어요."

"드미트리가?"

"방금 복도를 지나다 발견했어요. 의식이 없기에 마을의 의사를 부르고 다른 하인들에게는 성 안을 수색하라고 일러두고 올라오는 길이에요."

백작은 뭔가 골똘히 생각하더니 말했다.

"의심 가는 자가 있나?"

"오후에 마을에서 칼잡이 하나를 붙잡았다는 이야기를 들었어요."

"그 이야긴 나도 알고 있다네."

"탈출한 것 같다더군요."

"드미트리의 친구들도 불러들였나?"

"아마 오고 있을 거예요."

"확인해봐야겠군. 드미트리는 어디에 있지?"

"2층 복도에요. 피를 많이 흘렸어요."

백작은 이내 쥐고 있던 책을 덮으며 자리에서 일어났다. 그리고 거치대에 올려져 있던 세검을 허리에 차면서 말했다.

"니어 양, 의식을 치르며 했던 말 기억나나?"

"어떤 말씀 말인지?"

"내 라이벌에 대한 것 말일세. 나에겐 성가신 적이 있고, 그 적과 다투는 일이 피로해서 이 마을까지 오게 되었다고 했었어. 그의 검술에 대해 내가 이야기하지 않았던가? 자네 생각은 어때?"

"아, 네. 이 성에 침입하고 드미트리를 죽인 인간은 주인님이 말씀하셨던 그 사람일지도 모르겠네요."

"아니, 난 그런 말을 한 적 없다네."

백작은 루나에게 걸어가며 말했다.

"네? 방금…."

"거짓말일세."

"아, 그렇군요. 제가 경황이 없어 착각을 했나 봐요."

"그래? 이상하군. 그보다… 드미트리의 친구들을 불렀다고 하지 않았나. 하지만 뿔피리 소리가 들리지 않았어. 라이칸슬로프들을 불러들이는 신호는 뿔피리일 텐데."

"그건 침입자가 아직 성 안에 있을까 봐 제가 따로 사람을 시켜 불러오라 했기 때문에…."

"무엇보다도 이상한 게 있지."

"어떤 게요?"

"니어 양은 나랑 계속 서재 안에 있었거든. 안 그런가, 니어 양?"

백작이 서재 어두운 구석을 향해 말하자, 루나의 쌍둥이 니어가 달빛 아래로 걸어 나왔다. 음울한 자색 드레스에 어울리는 어두운 표정이었다. 조금 전까지 니어 행세를 하던 루나는 말을 잃었다.

백작이 문 너머를 향해 말했다.

"이제 자네도 들어오게, 양손잡이 카퍼."

닫힌 문은 침묵했다. 백작이 눈을 부릅뜨자 문짝이 와지직 소리와 함께 복도로 뜯겨 나갔다. 카퍼는 한숨을 쉬며 문가에 모습을 드러냈다.

카퍼가 루나에게 말했다.

"젠장, 그러니까 내가 이 작전 안 통한다고 그랬지?"

"달랑 칼 두 자루로 덤비겠다는데 걱정이 안 되겠어요?"

3층쯤에서 루나가 제안한 작전이었다. 언니의 옷을 입고 백작을 복도로 유인해내면, 카퍼가 기습한다는 계획이었다.

앞에 서 있던 백작이 웃으며 말했다.

"자네는 여전하군, 카퍼."

카퍼는 백작을 노려봤다.

"너도 여전히 비열하군, 슈라프넬 백작. 마을 사람들에게 인간 사냥을 시키는 것도 모자라서, 조그만 꼬맹이에게 피의 의식을 치러? 네가 말하던 신사도는 어떻게 된 건가?"

"피의 의식이 아니라 종의 의식일세. 반쪽짜리지."

"자네의 종족이 된다는 건 같지."

"아닐세. 나와 달리 니어 양은 햇볕 아래서도 돌아다닐 수 있고, 은에 닿아도 살이 타지 않지. 피를 마시지 않아도 된다네. 단지 내 말에 거역할 수 없을 뿐이야."

"그게 그거 아니야? 네가 과거에 서번트들에게 어떤 명령을 내렸었는지를 생각하면 더 나쁘다고 해도 무방하지. 어찌할 건가? 그때처럼 허울 좋은 껍데기는 벗어던지고 본색을 드러낼 건가?"

백작의 미간이 살짝 구겨졌다.

"자네가 칼 쓰는 것만큼 도발에도 재능이 있다는 건 알아줘야겠군. 하지만 난 그럴 생각이 전혀 없다네. 지금의 내가 그때의 나를 무척이나 부끄러워하고 있다는 걸 알아주게. 무엇보다도, 지금의 나에게 그런 일을 할 필요가 있는지 궁금하군."

백작이 한쪽 눈을 치켜뜨자 카퍼는 문밖으로 우당탕 소리를 내며 튕겨 나갔다. 백작은 세검을 뽑으며 두 아이를 지나쳤다.

"아가씨들은 이 방에서 기다리고 있지."

복도로 튕겨 나간 카퍼는 잽싸게 몸을 일으킨 뒤, 복도에 켜져 있던 횃불을 내리쳤다. 문을 나선 백작은 컴컴한 복도를 마주했다.

백작이 말했다.

"어둠 속에선 내 안력이 무용지물이긴 해도, 뱀파이어는 시각보다는 청각에 의존한다네. 이 상황이 인간인 자네에게 유리하게 작용할 거라곤…."

백작은 말을 마치기 전에 카퍼의 일격을 피해야 했다.

카퍼가 말했다.

"혀가 길어졌군, 백작. 내 다른 별명을 잊었나."

"맹인검의 카퍼…."

백작은 혀를 차곤 검으로 반격했다.

백작의 찌르기 버릇을 잘 아는 카퍼는 과도로 쉽게 받아넘기며 동시에 장검으로 공격했다. 백작은 초인적인 근력으로 내지른 검을 당겨 장검을 쳐냈다. 반격을 당할 수도 있지만 과도의 길이로는 어려울 거라 백작은 생각했다. 하지만 오판이었다. 카퍼는 뒤집기 마법으로 자신의 좌우를 바꾸었고 과도를 들고 있던 손엔 장검이 잡혔다. 백작의 팔목에 상처가 났다.

백작이 말했다.

"어떻게 한 거지?"

"마법이다."

"이런 마법은… 없어."

"당연하지. 라피스 라줄리의 것이니까."

"허풍도 여전하군."

어둠 속에서의 싸움은 계속되었고, 카퍼는 유리해져도 빛 밖으로 나서지 않았다. 상처가 늘어나는 것은 백작뿐이었다. 상황이 나빠졌음을 깨달은 백작은 좀 더 물러나 서재의 문가로 뒷걸음질했다. 빛으로 드러난 그의 모습은 피칠갑을 해 형편없었다.

백작이 말했다.

"겁쟁이가 되었군, 카퍼."

어둠 속에서 카퍼가 말했다.

"보통은 신중해졌다고 하지."

"앞으로도 그렇게 여유로울 거란 생각은 말게."

그리고 백작은 그 누구도 알지 못하는 고대의 말을 중얼거렸다. 놀란 카퍼가 과도를 내던졌지만 백작은 가슴에 칼이 박힌 채 계속 입을 움직였다. 백작의 검에서 가볍게 불꽃이 뛰기 시작했다. 그 순간 복도는 습한 여름이 되었고, 칼끝은 음전하로 떨리는 구름, 복도 끝은 양전하를 품은 대지였다.

카퍼는 정전기에 의해 털이 곤두서는 선명한 위협을 느꼈다. 앞으로 달려가 백작의 주문을 방해하기에도, 뒤로 달려가 도망치기에도 너무 늦었다. 방법은 하나뿐이었다.

카퍼는 창문을 막아놓은 판자를 깨부수며 허공으로 뛰어들었다. 그 뒤로 쾅 하는 천둥소리가 들려왔다.

5. 결투

별들이 카퍼를 맞이했다. 하지만 낙하는 생각보다 짧았고, 카퍼는 지면에 닿기 전에 몸을 구르며 충격을 완화하고는 서둘러 자리에서 일어났다. 다행히 카퍼가 떨어진 곳은 3층의 테라스였다. 모든 창문이 판자로 막혀 있는 가운데 유일하게 깨진 창문으로 백작이 내려다보고 있었다.

카퍼는 칼끝을 백작에게 향했다.

"비겁한 수를 쓰는군."

"얄팍한 속임수를 먼저 쓴 건 자네일세."

"눈깔에 먼저 힘준 게 누군데."

"…그런 저열한 도발에는 넘어가지 않는다네."

그러면서 백작은 가슴에 박힌 과도를 바닥에 버린 뒤, 품에서 작은 뿔피리를 꺼냈다. 뿔피리를 불자 둔중한 소리가 낮게 깔리며 멀리까지 퍼졌다. 멀리서부터 그에 화답하는 늑대 울음소리가 들려왔다.

카퍼가 비웃었다.

"왜? 질 거 같나?"

"자네라는 진흙탕에서 한시라도 바삐 벗어나고 싶은 것뿐일세."

백작은 가볍게 테라스로 뛰어내렸다.

카퍼가 긴장하며 자세를 잡자, 백작은 여유 있게 옷을 털고 옷깃을 세우며 말했다.

"이길 수 있겠나? 카퍼. 이제 자네의 속임수는 모두 들통났고, 칼도 한 자루뿐이야. 그것도 은도금이 되지 않은 평범한 철검이지. 이제 잠시 후면 늑대인간들이 몰려올 테고, 밤은 아직도 한참이나… 칫!"

백작이 산만해진 틈에 카퍼가 아주 가깝게 거리를 좁혔다. 카퍼는 그대로 백작의 목을 노려 찔렀다. 비록 그림자 세계의 괴물들이 은이 아닌 쇠붙이에 당한 상처를 빠르게 재생하더라도, 목이 잘린다면 소용없는 일이었다.

백작은 왼팔을 내주면서 자신을 찌르는 칼의 빠르기를 늦추고, 오른손의 세검으로 반격했다. 카퍼는 과감하게 칼을 놓으면서 몸을 틀었고, 재빨리 검을 회수하며 백작의 배를 걷어찼다.

백작은 다섯 걸음쯤 뒷걸음질 치다가 고개를 들며 눈을 부릅떴다. 보이지 않는 힘이 허공을 때리며 카퍼를 튕겨냈다. 아니, 그건 백작의 착각이었다. 백작은 카퍼에게 옆구리를 내주며 공격한 게 카퍼의 망토라는 것을 알아챘다.

하지만 뱀파이어의 몸은 단단했다. 연달아 싸우며 무뎌진 카퍼의 칼날은 깊은 상처를 남기기에 부족했고, 뱀파이어는 여력을 모아 다시 한 번 카퍼를 노려보았다. 카퍼는 붕 날아간 뒤 바닥을 구르다 테라스의 돌난간에 부딪혔다.

백작은 이미 피가 멎은 왼팔로 옆구리를 쓸어내렸다. 검붉은 피가 진득하게 묻어나왔다.

"제법이야, 정말."

백작은 천천히 카퍼에게 걸어갔다. 카퍼는 의식을 잃은 듯 고개를 숙이고 있었다.

"이건 진심에서 우러나오는 칭찬일세. 이제 자네가 그림자 공작과 몽마들을 처리했다는 소문이 진짜일지도 모르겠다는 생각이 드는군."

백작이 앞에 다가왔음에도 카퍼는 의식을 찾지 못하고 있었다. 백작은 잠깐 인상을 썼다가 말했다.

"작별인사는 했다고 치지."

백작이 세검으로 카퍼의 가슴을 찌르려 했지만 카퍼가 조금 더 빨랐다. 칼날은 미처 닿기 전에 튕겼다. 하지만 백작의 움직임은 조금도 흐트러지지 않았다.

"두 번은 속지 않는다!"

백작은 이미 준비한 듯 재빠르게 안력을 쏘았다. 카퍼는 재빨리 오른손으로 백작의 눈을 덮었다. 퍽 소리와 함께 손가락이 꺾여나갔다.

카퍼는 이를 악물고 백작에게 공세를 가했다. 백작은 카퍼의 피로 붉어진 시야 탓에 공격을 막기에 급급했다. 그러나 이내 눈의 감각보다 귀를 열고 공격을 받아내며 눈에 묻은 피를 닦아냈다. 흥분한 마음을 추스르고 시야가 회복되길 기다렸다. 백작은 이것이 카퍼가 하는 최후의 발악임을 알고 있었다.

다음 칼날이 왼쪽에서 날아들고 있었다. 시력이 회복되었다고 판단한 백작이 왼쪽을 향해 눈을 부릅떴다. 하지만 거기엔 아무것도 없었다. 오른쪽에서 날아든 칼날이 백작의 검을 거세게 쳐내 날려 보냈다. 허공을 두어 바퀴 돌던 세검은 테라스 밖으로 떨어졌다.

카퍼가 말했다.

"고개를 돌리지 마라. 백작."

카퍼의 칼은 백작의 목에 가닿아 있었다.

백작이 말했다.

"어떻게 한 거지?"

"말했잖나. 좌우를 뒤집는 마법이라고. 속임수가 아니야. 나만 뒤집을 수 있는 것도 아니고. 동전처럼 뒤집은 거다. 네

놈의 좌우를 뒤집은 거지."

백작은 화를 참는 듯, 조용히 숨을 가다듬었다.

카퍼가 말했다.

"마지막으로 할 말이 있나?"

"…창문을 봐라."

카퍼는 천천히 창문을 올려다보았다.

자색 드레스를 입은 니어가 창틀에 서 있었다.

6. 동전 마법

"언니! 왜 그러는 거야!"

루나가 니어에게 다가가자, 니어는 한 발을 허공으로 내밀
었다.

"루나! 몸이 말을 안 들어!"

카퍼가 입술을 깨물었다.

"종의 의식 때문인가."

"어떻게 할 건가? 자네는 내 목을 칠 수도 있어. 하지만 나는
죽는 그 순간에 저 아이를 난간에서 뛰어내리게 할 수 있지."

"뭘 원하지?"

"칼을 치우게."

카퍼는 아주 느리게 칼을 움직였다. 그러면서 창문을 바라
보았다. 루나는 밖의 상황을 살피다 카퍼와 눈이 마주쳤고,

순간 니어의 옷깃을 잡아 창틀 안쪽으로 넘어뜨렸다. 카퍼가 칼을 다시 목 가까이 댔다.

"이런 야비한 수에는 한계가 있지."

"적어도 지금은 아닌 거 같군."

카퍼가 의아해하며 창문을 올려다보자 루나를 끌어안은 니어가 루나의 목에 짧은 단도를 가져다대고 있었다.

"젠장."

"그럼 이제 칼을 치우게."

"아저씨! 저는 괜찮아요! 그 괴물을 죽여요!"

카퍼는 그 말을 무시하며 물러났다.

백작이 말했다.

"때마침 친구들도 온 것 같은데."

카퍼가 둘러보자 성벽을 타고 올라오는 늑대인간들이 하나둘 모습을 드러내고 있었다. 수는 모두 여섯이었다. 라이칸슬로프들은 테라스를 넘어와 카퍼를 둘러쌌다.

카퍼가 말했다.

"이제야 끝이 왔군. 저것들이 전부인가?"

"그래. 부질없는 저항은 관두게."

카퍼는 백작의 말에 칼을 바닥에 꽂고 지친 듯 기대었다. 몸 곳곳이 쑤시고 아팠다. 피에 젖어 딱딱하게 굳지 않은 옷자락이 없었다. 카퍼는 뻣뻣한 팔을 움직여 품을 뒤졌다.

라이칸슬로프에게서 칼을 건네받은 백작이 말했다.

"마지막으로 할 말이 있나?"

카퍼는 대답하지 않고 계속 주머니를 뒤졌다. 오랜 침묵이 이어지자 백작은 카퍼가 또 무언가 수를 숨겼을까 긴장했지만 카퍼가 꺼내 든 것은 흔한 구리동전이었다.

카퍼는 동전을 튕겨서 왼쪽 손등에 떨어지는 순간 오른손을 덮어 가렸다.

"백작. 앞일까, 뒤일까."

"그게 유언인가? 그런 시답잖은 농담이?"

"왜? 내가 속임수를 썼을 거라 생각하나?"

"…그래. 그 어쭙잖은 속임수 마법을 쓰겠지. 내가 앞이라고 하면 뒤를 보여줄 테고, 뒤라고 하면 앞인 동전을 보여주겠지."

"그래서 대답은 안 할 건가?"

"소원이라면 대답해주지. 뒤일세."

카퍼는 조심스럽게 오른손을 치웠고 손등 위의 동전은 앞을 보이고 있었다. 카퍼는 동전을 들어 백작과 라이칸슬로프들에게 천천히 보여주다가, 끝으로 루나와 니어에게도 보여주었다.

"꼬마 아가씨! 앞이야! 또 내가 이겼다고!"

"됐어. 그쯤 하지."

백작은 카퍼에게 천천히 걸어갔다. 카퍼는 힘에 부친 듯 몸을 숙였다. 입가에 미소가 걸려 있었다.

그리고 바람이 불어왔다.

머나먼 곳으로부터 오는 바람이었다. 그 바람은 조금씩 거

세져, 백작이 의심스럽다고 생각했을 때는 이미 그의 발걸음이 바람에 의해 늦춰지고 있었다. 라이칸슬로프들 또한 몰아치는 돌풍에 한 발도 나아가지 못했다.

"카퍼! 이건 또 무슨 술수지?"

하지만 백작의 목소리는 바람결에 묻혀 잘 들리지 않았다. 카퍼는 눈을 들어 하늘의 별들을 보았다. 별들은 일제히 서쪽 방향으로 기울고 있었다. 물론 언제나 있는 별의 운행이었다. 하지만 그 속도가 눈에 띄게 빨라지더니, 이내 물이 흐르는 것처럼 흘러가 성 너머로 사라지기 시작했다.

노도와 같은 폭풍에 늑대인간들은 바닥에 발톱을 박아 넣었고, 창문에 덧댄 판자들은 부들부들 떨며 떨어져 나갔다.

"설마!"

백작은 이를 악물고 눈을 뜨고자 했지만 거센 바람에 고개를 드는 것조차 힘들었다. 저 지평의 끝에서부터 다가오는 구름이 빠르게 별 아래로 지나갔다.

세계가 기울어지고 있었다.

그것은 동전의 세계였다. 빛과 그림자의 이면을 가진 세계. 그 세계는 자꾸자꾸 기울어 바람과 구름을 흘리고 빛을 끌어오고 있었다. 동쪽 끝에서 여명이 밝아왔다.

백작과 몇몇 라이칸슬로프들이 튕기듯 볼썽사납게 성벽에 처박혔다. 카퍼는 떠오르는 태양을 등진 채 조용히 눈을 감았다.

지평선은 붉게 타오르다 빛을 머금고 주황색으로 옅어져

갔다. 태양으로부터 이어지는 찬란한 광선이 짙은 그림자를 끼고 성벽의 낮은 곳부터 훑어 올라갔다. 초대받지 못한 그림자 세계의 손님들이 불타올랐고, 이내 태양이 하늘의 가운데에 도달했다.

그것은 찬란한 정오이면서 완벽한 동전 마법이었다.

르네 브라운을 잊었는가

✦ 2022년 〈The Earthian Tales 어션 테일즈〉 No.1(아작) 발표

"자기 장례식에 온 기분이 어떤가?"

돌아서니 열댓 살쯤 되었을까 싶은 아이가 서 있었다. 긴 생머리에 나이에 어울리지 않는 쓰리버튼 정장이었다. 아이는 모르는 얼굴로 대뜸 말을 걸어왔지만 나는 놀라지 않았다.

"유령이 된 것 같은데요, 준."

"맞아. 나도 그런 기분이었지."

준은 고개를 끄덕이며 출입구로부터 백색 화환 사이를 걸어 들어왔다. 준은 하일의 상무이사이면서 계열사인 제니스 바이오의 사장이었고, 고가의 의체를 옷처럼 갈아입곤 했다.

"처음 보는 의체군요. 꼬마 저승사자 같습니다."

"두루마기에 갓이라도 쓰고 올 걸 그랬나?"

그렇게 말한 준은 주먹을 쥐었다 펴며 부드럽게 움직였다.

"시제품 가운데 하나야. 테스트 중이지."

사람과 다름없는 인공 피부와 자연스러운 움직임. 4세대 의체였다. 하지만 4세대 의체는 이미 보급 제품까지 나오고 있으니 저 시제품에는 다른 기능이 더해져 있을지도 모른다.

준은 계속 걸어와 나를 지나쳤다. 나는 준의 뒤를 따랐다.

"매번 다른 의체로 갈아입으면 헷갈리지 않습니까?"

"아냐, 보통은 다들 이런다고. 자네가 특이한 거지."

준은 내 얼굴을 가리켰다. 바닥을 보자 검은 대리석에 중장년 늙은 남자 모습의 내 얼굴이 비쳤다.

"이번 기회에 좀 더 젊게 바꿀 수도 있지 않았나?"

"이유가 있습니다."

"무슨 이유?"

나는 답하지 않고 주변을 둘러보았다.

"그나저나, 식장이 한산한데요."

김 회장은 하일병원 장례식장을 통째로 빌렸다. 처음엔 유난이다 생각했지만 장례식장에 도착해 별관 밖까지 이어진 조화, 그 조화를 옮기는 꽃집 직원들, 그리고 조화가 놓일 자리를 지시하는 장례식장 직원들을 보자 다행이다 싶었다. 조문객은 없는데 영정이 안치된 자리로 가는 복도 양쪽으로 근조 화환이 빼곡했다.

"자네가 사람들에게 오지 말라고 했잖나?"

"그럼 이게 인망인가 보죠."

그 말에 준이 웃었다. 웃음소리가 카랑카랑해서 빈 복도를 울렸다.

"꼭 자네 인간관계 문제 때문은 아닐 거야. 자넬 좋아하는 제자가 얼마나 많은데. 뉴스 못 봤나? 서울광장에서 테러가 있던데. 그래서 길이 막혀 늦거나 몸 사리는 사람들이 많을걸."

"그냥 시위 아닙니까?"

"글쎄. 프린팅 건이 적발됐다던데."

전뇌 혁명으로 인간의 의식을 전뇌를 통해 복사할 수 있게 되었지만 모두가 그 기술의 수혜자가 될 수는 없었다. 그래서 전뇌 사용자가 될 수 없는 대부분의 대중은 전뇌 사용자를 인간으로 인정하지 않았다. 전뇌 사용자는 법적으로 인간이 아닌 로봇이었다.

이런 로봇 취급은 전뇌 사용자들이 중요하게 생각하는 재산권 양도나 법인 소유 문제 따위와 별개로, 모든 생명에게 기본적으로 주어지는 천부 인권이 전뇌 사용자에게는 없다는 말이기도 했다. 최초의 전뇌 사용자 살해로 논란이 되었던 '이민석 사건'의 범인에게는 결과적으로 살인이 아닌 재물손괴죄가 적용되었다.

전뇌 사용자들에게 있어 전뇌 파괴 자체는 두려운 일은 아니었다. 전뇌를 복사하면 그만이니까. 문제는 '시민의 정체성을 단독으로 유지하기 위한 전뇌 복사 방지에 대한 법률', 이른바 '단독자법'이었다. 단독자법은 하나의 백업을 제외한 둘 이상의 전뇌 복사를 불법으로 규정하고 정부와 시민단체 협의체가 정기적으로 전뇌 사용자의 전뇌 복사를 감시하며, 불법

전뇌 복사체를 최고 강제 파기까지 할 수 있는 법안이었다.

단독자법은 초기에 큰 호응을 받아 만들어졌지만 시간이 흐를수록 개정 또는 폐기를 요구하는 움직임도 커졌다. 포스트휴먼 운동과 뇌 질환자의 전뇌화를 통한 치료, 일반 시민을 대상으로 하는 전뇌 복권 등 전뇌는 대중의 생활에 깊게 파고들었다. 또한 전뇌 사용자를 인간이 아니더라도 하나의 인격체로 인정하고 그 권리를 보장해야만 하며, 전뇌 복사체를 파기까지 할 수 있는 단독자법이 대중의 전뇌에 대한 초기의 공포를 반영하고 있을 뿐이라는 의견도 대두하였다.

이러한 로봇권리보장 운동을 지원하는 것은 하일을 비롯한 초국가적 기업들이었다. 이윽고 여당이 단독자법 개정안을 들고 나오자 레벨리즘, 순수인간주의, 네오 러다이트와 같은 전뇌 반대 단체들의 극적인 반동이 터져 나왔다. 서울광장의 시위 또한 그런 운동의 연장선에 있을 터였다.

영정 앞으로 걸어가던 준과 나는 목소리를 듣고 멈춰섰다.

"준 씨군요?"

그렇게 말한 것은 상주로 앉은 혜서였다. 검은 정장을 입고 있는 혜서는 준이 입을 열기도 전에 말했다.

"아버지도 같이 오신 건가요?"

"어떻게 알았지?"

"장례식장에서 겉말로 통화할 정도로 예의 없는 사람은 잘 없으니까요. 그럼 제 눈에 보이지 않는 누군가랑 이야기하고 있다는 말인데, 제가 뮤트한 사람은 아버지뿐이거든요."

준이 나를 슬쩍 올려다보았다.

"아하. 그래서…."

15년 전 사고 이후로 혜서는 나를 멀리했다. 졸음운전 중이던 화물 트럭이 아내와 혜서를 태운 승용차를 덮쳤다. 아내는 죽고 혜서는 살았다. 하지만 혜서도 척추 신경이 손상되고 뇌출혈이 이어져 생명을 담보하기 어려웠다. 김 회장은 당시 임상연구가 완료된 전뇌화를 혜서에게 적용하자고 했다. 혜서의 태생체는 3년 뒤 병실에서 사망했고, 전뇌-의체는 지금까지 살아남았다. 하지만 혜서는 여러 가지 이유로 나를 비난했을 뿐만 아니라, 자신의 삶에서 나를 배제했다. 제니스바이오에서 전뇌에 제공하는 추가 모듈에는 시각을 비롯한 자신의 감각에서 지정된 타인을 제외하는 뮤트 기능이 있었다. 이제 내가 혜서와 이야기하기 위해서는 제3자가 있어야만 했다.

"사건 이야기는 좀 들으셨어요?"

혜서가 말하는 사건은 분명 태생체 '나'에 대한 이야기였다.

준이 나를 올려다보며 말했다.

"나도 궁금한데."

나는 고개를 가로저었다.

"제 쪽으론 경찰 연락이 안 오던데요. 뉴스로는 화재 사고라고만 들었고. 아마 침실에서 잠결에 담배를 태웠다가 불이 붙었을 겁니다. 잠에서 깼을 때는 허둥지둥했겠죠. 별장은 나무로 지어졌으니 제대로 대처하기도 힘들었을 겁니다. 그러다가 연기를 너무 많이 들이켰고. 그뿐일 겁니다."

준이 내 말을 전하자 혜서가 가로저었다.

"방화라는 이야기가 있어요."

"다른 사람이 불을 질렀다고?"

"네. 아직 정확한 건 아닌데, 불이 시작된 장소가 집 안이 아니라고 해요. 자세한 건 더 조사해봐야 알고요. 경찰에선 혹시 아버지한테 해코지할 만한 사람이 있었는지 물어보던데요."

준이 핀잔을 놓았다.

"경찰은 여기 당사자가 떡하니 있는데 왜 너한테 물어본 거지?"

혜서는 딱히 답하지는 않았다. 전뇌 사용자가 법적으로 인간으로 취급받지 않는다는 건 우리 모두 잘 알고 있었다.

준이 내게 속말을 걸어왔다.

「알고 있었나?」

입으로 직접 말하는 겉말은 보안 수준이 낮다. 이제 많은 사람들이 부비동에 삽입된 단말기나, 전뇌의 추가 모듈을 통해 속말을 썼다. 속말은 직접적인 목소리를 듣는 느낌을 주기 때문에 다른 비음성적 소통에 비해 선호되었다.

「뭘요?」

「사고사가 아니라는 거.」

「저는 사고사라고 생각합니다. 제가 할 수 있는 실수였어요. 아버지가 남겨주신 별장은 잘 관리되어 있었지만 오래전에 만들어진 만큼 최근의 화재안전기준에 미치지 못했죠. 보안 로봇도, 소화 시스템도 없었으니 언제든 일어날 수 있는 일이었습니다.」

「하지만 감식반이 허투루 짚었을 리는 없지.」

「그럼 누군가가 절 죽였다는 말입니까?」

준이 말했다.

「서울뇌과학연구소 연구소장에 하일전자 상무, 건준위 소속. 요즘 같은 시기에 언제 살해당해도 이상할 건 없지 않나?」

최근 가정에서도 3D 프린터를 이용한 2세대 의체 제작이 가능해진 이후로 '대포 의체'를 조종해 범행을 일으키는 일이 잦았다. 기술 발달로 1인 테러의 범주가 확대되면서 테러의 횟수는 물론, 방법이나 그 테러의 대상 또한 넓어지고 있었다. 단독자법 반대자 중 하나가 과격한 짓을 벌였다고 해도 상상하지 못할 일은 아니었다.

「그럼 누가 그런 일을 벌였다는 겁니까?」

「생각해둔 후보가 여럿 있을 텐데.」

「그래도 유력한 용의자가 있으니 이렇게 뜸을 들이는 것 아닙니까?」

준이 말했다.

「혜서.」

"무슨 이야기 중이세요?"

혜서가 고개를 들고 준을 바라보며 말을 이었다.

"아버지가 뭐라고 하시던가요?"

"너희 아버지는… 그런 일을 할 만한 사람이 많다고 하는구나."

"잘됐네요. 형사가 다시 연락 주기로 했으니, 이번엔 아버지 쪽으로 연락하라고 말해둘게요."

혜서는 상주로서 인사도 하지 않고 준의 절을 받지도 않았다. 물론 나로서도 할 이유가 없었다. 돌아 나오는 길에 내가 말했다.

"혜서라고 생각하는 이유는 뭡니까?"

"자네 유산 문제 때문이지. 자네가 죽어야 자네에게서 유산을 받아낼 수 있을 것 아닌가."

만약 로봇권리운동이 성공했더라면 내 태생체가 죽더라도 내 재산은 고스란히 내 전뇌에게 넘어갔을 것이다. 하지만 지금은 아니다. 태생체인 내가 죽었으니 내 재산은 유일한 혈육인 혜서에게 전해진다.

"모르겠습니다. 혜서는 큰 욕심이 없는 아이인데요."

"모든 일은 벌어지기 전까진 모르는 법이지."

"그 애가 그걸 원했고, 그걸 가졌다면, 저는 그냥 다행이라고 생각할 겁니다."

내 말에 준이 미간을 찌푸렸다. 인간만큼의, 어쩌면 인간 이상의 풍부한 표정을 그려낼 수 있는 인공피부가 놀라웠다.

"혹시…, 아니지?"

"무슨 말을 하고 싶은 겁니까?"

준은 말을 해야 할지 말아야 할지 고민하는 듯하다가 도리질 치고는 내뱉듯 말했다.

"자살한 건가?"

나는 한숨을 쉬었다.

"아닙니다. 적어도 어제 이 몸과 기억을 맞출 때는 아니었습니다. 자살할 거라면 더 나은 시기가 있었을 겁니다. 그냥 사고사겠죠. 아니면 다른 용의자들은 어떻습니까?"

"다른 용의자?"

"오메가 인더스트리도 있고, 리언수도 있고, 유시영도 있고."

"하지만…."

준은 나를 가만 노려보더니 순간 눈동자를 왼쪽으로 돌렸다. 시야가 닿는 곳에는 아무것도 없었다. 아마 안구에 떠오른 전뇌가 제공하는 증강현실을 보고 있을 것이다.

내가 말했다.

"무슨 일입니까?"

"아무래도 그 용의자 중 하나가 움직인 것 같은데."

준은 폰을 꺼내 펼쳤다. 화면에는 서울광장을 비추는 뉴스 영상이 재생되고 있었다. 빌딩에서 큰 폭발이 있었는지 불꽃이 타오르고, 그 모습을 보며 피켓을 들고 마스크를 쓴 무수한 사람들이 흥분해서 함성을 내지르고 있었다.

"통합은행 아닙니까?"

"맞아."

준이 한숨을 쉬었다.

"내 백업이 보관되어 있지."

＊

　통합은행 옥상의 헬기 착륙장에 카와시마 시큐리티 서비스의 강화복 24기가 내려왔다. 신체를 보호하는 외골격에 검정으로 틸팅된 안면보호구의 강화복들은 고무탄과 점착탄 등 비살상 무기로 무장하고 있었다. 나는 강화복을 움직여 준의 강화복으로 다가갔다.

　「왜 백업을 서울 한복판에 보관하고 있었던 겁니까?」

　「대여 금고야. 임시로 넣어둔 거였어.」

　전뇌는 가상 두뇌인 소프트웨어인 동시에 가상 두뇌를 실행하는 하드웨어 둘 다를 의미한다. 이 중 소프트웨어는 정보로 존재하기 때문에 어렵지 않게 복사가 가능하다. 하지만 법적으로 이런 복사본은 둘 이상 존재해서는 안 된다. 동일한 전뇌를 가진 이가 둘 이상 존재한다면 여러 범죄에 이용될 뿐만 아니라 정체성을 교란시킬 수 있기 때문이다. 그래서 법은 태생체가 사망할 경우, 동시에 둘 이상의 전뇌를 복사할 수 없도록 하는 것에 더해 하나의 전뇌는 반드시 휴지 상태에 둬야 한다고 명시했다. 이를 백업이라고 부른다.

　전뇌 사용자들도 둘 이상의 개인이 되는 경험에 대해서는 그다지 흥미를 느끼지 못했다. 둘이 된다는 건 개인의 자산도 반이 된다는 말이니까. 중요한 것은 백업이었다. 백업은 사람들이 그토록 바라던 영생을 의미했다. 정체성의 위기가 걸려 있더라도 영생을 포기할 수는 없었던 것이다.

하지만 그 영생도 백업이 파괴되면 무용지물이 된다. 다른 사람들과 똑같은 하나뿐인 삶으로 돌아가는 것이다. 안전을 위해서 여러 개의 백업을 갖추고 싶어 하는 이들이 많지만, 단독자법에 따라 백업은 하나밖에 둘 수 없었다. 전뇌는 주문과 스캐닝, 제작까지 아무리 짧아도 일주일은 걸리기 때문에 그 기간 안에 원본 전뇌까지 파괴된다면 완전히 사망하게 된다. 물론 전뇌를 사용하지 않는 이들에게야 익숙한 죽음이겠지만.

나는 준에게 말했다.

「그냥 우연일 수도 있는 것 아닙니까?」

「맞아. 모르고 있을 수도 있지.」

준은 능숙하게 강화복의 소총을 점검했다.

「하지만 우연이 두 번 반복되었다면 어떤가?」

「두 번이요? 그럼 처음은 누굽니까.」

준은 내 강화복 가슴을 가리켰다.

「자네지.」

나는 난간 쪽으로 걸어가 아래를 내려다보았다. 두 사람이 양쪽으로 함께 들어 올린 커다란 피켓 문구가 눈에 들었다.

르네 브라운을 잊었는가?

강화복 하나가 준에게 걸어와선 보안 채널에 대고 말했다.

「선배님, 저희는 이동하겠습니다.」

「아, 그래.」

통합은행의 보안을 맡은 카와시마 시큐리티 서비스는 하일그룹의 계열사로 준과 직접적인 관련은 없지만, 준은 제니스바이오에 취임하기 전에 방위사업청에 있었고, 그전에는 군인이었다. 군 관련자가 많은 카와시마에는 준과 인연이 있는 사람이 많았다.

강화복들이 빌딩 난간에 로프를 고정하고 현수 하강을 시작했다.

「저희는 움직이지 않아도 되는 겁니까?」

「나야 그렇다 치고, 자네는 총이라도 쏠 줄 아나?」

「아뇨.」

「경찰 기동타격대가 오려면 10분은 더 걸릴 거야. 그전까지 옥상을 지킬 사람은 필요하니까.」

그 말이 맞았다.

준은 중얼거리면서 나와 같이 시위대를 바라보았다.

「르네 브라운인가….」

르네 브라운을 가리키는 문구가 지나가는가 싶었는데 이제는 르네 브라운의 얼굴이 들려 움직이고 있었다. 현시대를 사는 이들이라면 누구나 알고 있을 이름이었다.

르네 브라운은 2021년 영국에서 유튜브를 통해 활동을 시작한 아마추어 가수였다. 르네는 커버 곡을 여럿 부르며 인기를 끌었고, 미국으로 건너가 여러 가수와 협업하다 유명 프로듀서와의 작업으로 큰 명성을 얻었다. 스무 살도 되지 않은 나이였다.

이후 르네가 대중의 생각보다 이른 나이에 실리콘밸리 스타트업 기업가와 결혼을 하고 2년 만에 파혼을 겪게 되는 과정까지도 개인적인 삶의 굴곡일지언정 연예계의 흔한 스토리에 불과했다. 이후 기업가와의 이혼에서 많은 위자료를 받아낸 것도, 사업가의 자질이 있어 자신이 만든 의류와 향수 브랜드로 성공한 것도 그랬다.

일이 꼬이기 시작한 것은 르네가 당시에 두각을 보이기 시작하던 전뇌 기술에 관심을 보이며 투자하면서부터였다. 르네가 당시 제자리걸음하고 있던 사업의 돌파구를 찾기 위해 자원한 것인지, 아니면 더 많은 투자자를 찾기 위해 르네의 스타성을 이용하고자 한 뉴로진이 협력을 요청한 것인지는 알 수 없지만, 결과적으로 르네는 전뇌 기술 실험에 참가하게 되었다. 위험이 커 보이진 않았다. 당시 비파괴 전뇌화는 이미 성공을 앞두고 있었으며, 실험이라고 해도 르네가 감당해야 할 것은 머리에 뇌파를 기록하고 전송하는 작은 칩을 이식하는 것이 전부였다.

이식물은 르네가 착용하고 있는 외부기구와 연동되어 르네의 뇌파와 의식, 기억, 행동양식, 사고 패턴을 기록 저장했다. 8개월가량이 지났을 무렵 그 정보를 복사한 르네의 전뇌는 98.3퍼센트만큼 르네 브라운이 되었다. 당시 실험자 중 가장 높은 연속성이었다.

전뇌화 연속성을 99.9퍼센트 이상 담보할 수 있는 지금의 기준으로도 98.3퍼센트의 연속성이라면 동일인으로 취급한다. 사랑하는 가족을 잃거나, 재난을 겪거나, 큰 질병을 겪은 이들이 전뇌화 전후보다도 못한 연속성을 가지는 경우가 흔하기 때문이다.

이식물을 제거할 때 뉴로진은 실험에서의 위험한 일은 끝났다고 르네에게 말했다. 하지만 그건 거짓말이었다.

전뇌는 데이터였다. 1엑사바이트에 이르는 거대한 용량이지만, 복사는 물론 전송될 수도 있었다.

연구팀에 있던 한 남성 연구자가 '르네 브라운'이라는 인격 그 자체가 후에 값비싸게 팔릴 수 있겠다는 아이디어를 떠올렸다. 그래서 그는 복사한 전뇌 데이터를 개인 PC에 저장했다. 문제가 있었다. 그 남자는 포르노 중독자였고 그가 다운받은 포르노 데이터 중엔 네트워크의 백도어를 여는 해커의 악성코드가 포함되어 있었다. 익명의 해커는 PC에 저장된 엄청난 양의 데이터에 흥미를 가졌고 그것을 웹에 배포했다.

당시만 하더라도 많은 사람에게 이 일이 얼마나 큰 사건인지에 대한 자각이 없었다. 연구팀은 데이터가 인터넷에서 발견되자 해당 연구자를 해직했다. 처벌할 법이 없었기에 남자는 그 어떤 벌도 받지 않았다. 르네 브라운 자신 또한 그 일이 밝혀진 직후 인터뷰에서 별다른 걱정을 하지 않는다고 말했고, 뉴로진 또한 전뇌와 의체 기술이 대중이 사용할 수 있을 정도로 발전하지 않았기 때문에 당장은 르네에게 해가 되지 않을 거라고 말했다.

하지만 그리 긴 시간이 지나기도 전에 카피레프트 운동으로 전뇌화 기술이 대중에 퍼지면서 충분한 기술력과 자본을 갖춘 개인들이 전뇌화 기술에 뛰어들었다. 그리고 이들 대부분이 처음으로 한 일은 자신이 제작한 전뇌에 내려받은 '르네 브라운'을 복사해보는 일이었다.

집계할 수조차 없는 숫자의 수많은 르네 브라운들이 어떤 일을 당했을지를 모두 알 수는 없다. 하지만 일부는 알 수 있었다. 르네 브라운은 새로운 〈심즈〉 시리즈의 심이 되었고, 연애시뮬레이션의 연애 대상이 되기도 했으며, 중세 RPG에서는 동료 모험가가 되었다. 영상물로도 인기가 있었다. 많은 사람이 르네 브라운이 주인공인 동영상을 복사하고 공유했다. 가장 유명한 것은 르네 브라운이 주인공인 〈트루먼 쇼〉 패러디였다. 이 체험 영화에는 〈트루먼 쇼〉와 달리, 영화 촬영 이후에 대한 비명으로 가득 찬 코멘터리가 담겨 있었다.

르네는 처음엔 이런 유행에 대해 분노했지만 그것이 유행을 더 부추기는 것을 알자 언론과의 인터뷰를 피하고 고립되었다. 르네는 최대한 자신과 관련된 모든 영상과 프로그램을 삭제하려고 했으나 오픈소스가 되어버린 전뇌 데이터는 이미 블록체인으로 묶여 있었다. 삭제는 기술적으로 불가능했다.

많은 사람이 이 불운한 사고를 해결하고자 했다. 플랫폼 사업자들의 자성 뒤 대규모 삭제가 이어졌고, 뭄베이 협약이라고 불리는 UN 주재의 전뇌와 의체에 대한 국제 합의안이 완성되었으며, 더미 데이터를 통한 정보 오염은 좋은 성과를 냈다. 다만 르네 개인의 역사는 그런 노력들과 별개였다. 르네는 자신이 만난 스물일곱 번째 전뇌체 르네와 대화한 뒤 자기 머리에 권총을 쏘았다.

내가 말했다.

「저희도 어느 정도 책임은 있겠죠.」

「왜 그렇게 생각하나? 뉴로진은 오메가 산하에 있었어. 하일은 관계없지.」

「당시에 저희 연구팀도 르네 브라운 데이터를 가지고 있었습니다.」

「하지만 우리만 그랬던 건 아니야. 도의적 책임이라면, 하일은 뭄바이 협약 이후에는 르네의 가족에게 보상금도 지급했지.」

「소송 걸리기 전에 약삭빠르게 행동한 것뿐 아닙니까?」

「아, 그야….」

준이 뭐라고 말하려 할 때였다.

우리의 머리 앞으로 접시형 보안드론이 떠올랐다. 증강현실이 그 보안드론이 카와시마 소속임을 표기했다. 그럼에도 보안드론은 밑판에 달린 총구를 들었다.

「해킹일까요?」

「아니야.」

준은 내 강화복을 강하게 떠밀면서 돌아섰다. 보안드론의 총구가 불을 뿜었다. 총구가 겨누어진 대상은 우리가 아니었다. 우리 뒤에 누군가 있었다.

준이 보안 채널에 대고 말했다.

「무슨 일이야?」

「선배님! 함정입니다! 놈들은 이미….」

채널이 꺼졌다. 보안 채널 중계기가 부서졌다는 뜻이었다. 그리고 중계기는 멀지 않은 곳에 있었다. 내가 고개를 돌리자 반대편 빌딩에서 불꽃이 치솟았다. 나와 준은 몸을 바짝 숙였다. 순간 날카로운 소리가 들리는가 싶더니 반파된 보안드론이 허공을 한 바퀴 돌고는 바닥에 처박혔다. 우리가 고개를 숙이고 있었기에 다른 보안드론의 카메라가 시야 한쪽에 떠올랐다.

우리를 향해 무기를 겨누고 있는 것은 타조같이 생긴 로봇이었다. 두 다리 위에 달린 주포가 겨누어지는가 싶더니 폭음과 함께 공유되던 시야가 꺼졌다.

「보행형 탱크군. 오메가의 미군 군납품이지. 고층 빌딩에서의 전투를 상정한 고기동 관절이 달려 있고 20밀리 철갑탄을 쏴대는 녀석이야.」

「그런 한가한 이야기나 할 때입니까? 어떻게 할 겁니까?」

「어떻게 하냐고?」

순간 시야가 암전되었다.

나는 원거리 통신 조종간을 벗었다. 달리고 있는 리무진의 창문 밖으로 통합은행 건물이 폭발하며 검은 연기가 치솟는 것이 보였다. 맞은편에 앉아 있던 준 또한 뒤늦게 조종간을 벗었다. 나와 준이 원거리에서 조종하던 강화복 두 기가 모두 파괴된 것이다.

"무슨 활극이라도 기대했나 보군."

준은 헝클어진 머리를 짜증스럽게 빗어 넘겼다.

"탱크라고 했잖나? 알보병이 무슨 수로 대응을 하겠나?"

"오메가 물건이라고 했던가요?"

"그래. 하지만 오메가에서 일을 벌였다면 저런 뻔한 걸 내놓진 않았겠지."

"이런 대규모 테러를 일으키려면 지원을 받긴 해야 할 겁니다."

"그럼 리언수일까?"

리언수는 황해도 출신 군벌이다. 통일 이후 러시아로 건너가 폭력 조직을 이끌며 주로 마약과 무기, 의체를 밀매했다. 하지만 하일그룹이 의체 밀매를 줄이기 위해 최신 전뇌에 구세대 의체가 호환되지 못하도록 조치하자 테러를 시작했다.

"유시영일 수도요."

유시영은 순수인간주의 운동의 지지자로, 국내에 분산되어 있던 여러 집단을 반기업주의의 깃발 아래로 모은 운동가였다. 합법에서 불법까지, 야당 의원들의 지원과 웹 커뮤니티의 전폭적인 지지를 받는 카리스마로 반기업주의를 대표하는 세계적인 얼굴이기도 했다.

준은 고개를 가로저었다.

"당장 누구인지는 알 수 없어. 하지만 중요한 사실이 있지."

"뭡니까?"

준이 말했다.

"어떻게 해냈는지는 모르지만 놈은 우리의 보안을 뚫고 백업을 저장한 장소를 이미 알아냈어."

"그 말은….."

준은 고개를 끄덕였다.

"자네의 백업도 안전하지 않을 가능성이 있다는 말이지."

나는 리무진에게 내 백업이 저장된 장소를 전달했다. 리무진이 부드럽게 회전교차로를 돌았다.

✳

리무진에서 내린 준이 눈을 살짝 치켜뜨며 말했다.

"여기에 보관하고 있을 줄은 몰랐는데."

"등잔 밑이 어둡지 않습니까."

"그냥 조심성이 없는 건 아니고?"

나와 준은 폐허로 걸어갔다. 대문을 들어서면 나오는 작은 마당은 잔디가 깔끔하게 깎여 있었지만 그 너머의 2층 주택은 제 색을 알아볼 수 없게 검게 그을렸다. 창문은 모두 깨져 있었고 거실과 이어지는 데크에는 잿더미뿐이었다. 나는 구둣발로 불에 탄 주택 안으로 걸어 들어갔다. 리무진이 우리를 데려온 곳은 내 태생체가 방화로 살해당했다고 알려진 가평의 별장이었다. 나는 계단 밑 문 앞에서 열쇠 꾸러미를 들고 구멍에 맞는 열쇠를 골랐다.

준이 내 뒤에서 말했다.

"지하 기밀실이라, 고풍적이군."

"저희 할아버지는 핵전쟁이 일어날 거라고 믿으셨죠."

"옛날 사람들은 정말로 걱정해야 할 일이 뭔지 몰랐지."

드디어 찰칵 소리와 함께 열쇠가 맞아떨어졌다.

"조금 무섭단 생각 들지 않나?"

"무슨 말입니까?"

"자네의 태생체는 이미 죽고 없으니, 여기서 내가 자네와 자네의 백업을 모두 부수고 나면 자네는 영원히 죽는 거야."

"흥미롭군요."

나는 돌아섰다.

"하지만 준, 당신도 번거로워질 텐데요."

"재머가 켜져 있다는 것 정도는 알아. 리무진까지 뛰어가지 않는 이상 아무도 자네가 부서지는 줄 모르겠지."

"현장이 발각되진 않더라도 당신이 찾아낼 수 없는 장소에서 녹취되고 있다면요?"

"그래도 상관없어. 알잖나? 살인법은 적용되지 않을 거야. 다음 주총에서 해임안이 올라오긴 하겠지만, 주주들은 단순히 기업 내 암투로 해석할 수도 있지."

나는 턱을 매만졌다.

"의체 출력은 질량에 비례하죠. 둘 다 무장하지 않은 상태에서 당신이 절 제압할 방법은…."

준은 왼쪽 팔을 걷어 올렸다. 순간 팔의 전완과 피부가 까뒤집어지면서 굽은 칼날이 튀어나왔다.

"누가 비무장이라고 했나?"

농담이 아니라는 것은 분명해졌다.

내가 질문했다.

"이유가 뭡니까?"

"난 우리가 책임을 져야 한다고 생각한다네."

"무엇에 대해서요?"

"우리가 벌인 일들 말이야."

나는 한숨을 쉬었다.

"유시영이랑 만났군요. 그 여자가 범인이었던 겁니까?"

"그 여자는 관계없어. 나 혼자 판단했지. …협조를 구하긴 했지만."

"그래서 당신의 양심을 찌르는 사건이 뭡니까? 울산 건인 가요? 아니면 그 고아들 얘기? 아니면 르네 브라운?"

"전부 다."

나는 가로저었다.

"우리가 했던 일 중에 불법은 하나도 없습니다."

"그게 진짜 문제지. 법은 언제나 너무 느리거든."

"하일은 윤리위원회도 있고 공익에도 기여하고 있어요. 도우미 로봇 보급 사업에, 자폐아 치료 기금에….."

"자넨 내가 바보인 줄 아나? 마케팅팀 기밀 자료를 뒤져볼 것도 없어."

"그럼 준, 당신은 저를 뭐로 보는 겁니까?"

나는 등 뒤에 있는 문고리를 잡았다.

"제가 정말 당신한테 속아서 당신을 내 백업이 있는 장소로 데려왔다고 생각한 겁니까?"

나는 문을 열어젖혔다.

「머리 빼고 박살 내도록.」

사족보행 로봇 딩고의 감지기가 붉게 점멸하며 준에게 달려들었다. 준이 인상을 찡그리더니 반대쪽 팔에서도 칼날을 뽑아냈다. 딩고는 준과 함께 거실 쪽으로 나뒹굴었다.

딩고는 오비탈봇의 수송 및 정찰과 추적을 수행하는 분대 지원로봇으로, 옵션을 추가하면 적을 상대로 타격과 암살까지 수행 가능했다. 지난 10년간 실제 작전에서 높은 신뢰도를 보여준 스테디셀러였다.

나는 상황을 살피기 위해 거실로 가는 모퉁이 너머를 보려다 총성에 몸을 숙였다. 쇠끼리 긁고 내지르는 소음이 이어지다가 퍼석 하고 무언가 부서지는 소리가 들렸다. 싸움이 끝난 것이었다.

나는 옷깃을 바로잡고는 거실로 나섰다.

"준, 나도 이럴 생각은….."

눈앞에 기대하지 않던 풍경이 보였다. 거실의 천장에 닿을 만큼 거대한 거미가 딩고의 머리통을 분해하고 있었다. 거미는 나를 내려다보더니, 각각의 관절을 접어서 내장시키며 몸통을 바닥으로 내렸다. 팔뚝과 정강이의 옷가지가 찢겨나간 준이 나를 돌아보았다.

"무슨 생각 말인가?"

"돌겠군. 방금 그건 뭡니까?"

준은 내게는 이것으로 충분하다는 듯, 왼팔을 뻗어 칼날을 내밀었다.

"정보기관 의뢰로 만들어진 차세대 의체야. 변신이 가능하지. 아마 다음 분기 보고서에서 볼 수 있었을 거야."

준이 한걸음 다가왔고, 나는 그만큼 물러섰다.

"당신은 고장 났습니다, 준. 사람으로 치자면 정신병일 겁니다."

"자네 심리학 학위는 돈 주고 산 거 아니었나?"

"심리학자가 아니라도 누구나 그렇게 생각할 겁니다. 당신은 그런 사람이 아니었지 않습니까? 하지만 의체를 연속해서 바꾸기 시작하면서, 문제가 생긴 겁니다."

"자네가 충분히 오래 살지 않아서 모르는 거야. 사람은 바뀐다네."

나는 가로저었다.

"사람은 바뀌지 않습니다, 준."

준의 의체를 보고 놀라긴 했지만 이런 흐름은 예상하고 있었다. 지금부터가 진짜였다.

나는 준의 왼손을 잡았다. 준은 의아한 표정이지만 손을 내치진 않았다.

"뭐하는 건가?"

"보세요."

나는 준의 칼날로 내 손바닥을 베었다.

붉은 피가 손목을 타고 흘러내려 소매를 적셨다.

"이 몸은 태생체입니다."

준은 믿기 힘들다는 듯 나와 내 얼굴을 번갈아 보다가 칼날을 집어넣은 뒤 나를 자빠뜨렸다. 그러고는 내 몸 위로 올라와 가슴에 귀를 가져다 댔다. 준은 눈을 크게 뜨고는 상체를 일으켰다.

"어떻게 속인 거지? 시체엔 자네 DNA가 있었어."

"제 주도로 육가공업체 투자한 거 기억하십니까?"

"그게 무슨 상관인가?"

"불에 탄 건 제 신체 조직으로 키운 배양육이었습니다."

준은 분을 참지 못하고 벽을 후려쳤다. 콘크리트 벽이 부서지며 파편이 튀어 내 볼을 때렸다.

"조심하세요. 지금 절 죽이면 살인입니다. 태생체의 전뇌 파괴는 살인이 아니지만 로봇의 태생체 파괴는 살인이죠. 당신의 전뇌는 즉각 파기될 겁니다. 당신의 백업은 재판을 받지도 못할 거예요. 하일 소유니까요. 주주들은 이사회의 의체를 통한 살인 이슈에 민감하게 반응할 겁니다."

준이 말했다.

"자네의 말대로라면 자네는 전뇌체로 활동하는 것이 불만스럽겠군. 언젠가 다른 누군가가 되어버릴지도 모른다고 믿고 있으니까. 그럼 내가 자네 목숨을 가지고 협박을 해볼 수 있지 않을까?"

"저는 받아들일 겁니다. 곧장 문제가 생기는 것도 아니니

68

까. 여기에 비하면 당신이 져야 할 리스크가 너무 큰 것 같은데요."

준은 오른손으로 내 멱살을 쥐고 칼날이 솟은 왼팔을 들었지만, 나는 말을 이었다.

"준, 당신은 절 함정으로 유인하고 있다고 생각했겠지만, 유인하고 있던 건 저였습니다."

준은 칼날을 집어넣고 자리에서 일어났다.

"언제부터 날 의심했나?"

"그렇게 오래되지는 않았습니다."

나는 허리를 부여잡으며 일어났다. 아무래도 허리를 삔 것 같았다.

"아까 말한 고장 이야기는 위기를 모면하려고 말한 게 아닙니다. 의체를 자주 교환하게 되면 그만큼 전뇌에 부하가 오게 되지 않습니까?"

"의식은 데이터야. 복사하면 그만이지."

"전송이 반복되면 그만큼 데이터에 열화가 일어납니다."

"연속성 문제는 없어."

"하지만 그 연속성에 일관성이 있다면요?"

"무슨 말이지?"

나는 다 타고 철골만 남은 탁자 프레임에 엉덩이를 걸쳤다.

"전뇌에서 개인의 의식은 하나의 모듈에 불과합니다. 그 외에는 여러 감정 모듈이나 사고 모듈, 반사 모듈 따위가 자리를 차지하고 있죠. 의식은 전뇌에서 일부분에 불과합니다."

"그런데?"

"우리는 르네 브라운으로 전뇌를 만들었습니다. 뉴로진이 만든 걸 오메가와 리우와 하일이 나눠 가졌죠. 우리는 복사된 전뇌에서 르네 브라운을 이룬다고 생각한 것들을 삭제하고, 그 부분에 다른 개인의 의식 모듈을 집어넣었습니다."

준은 팔짱을 끼고 나를 바라보았다.

"최근 오래된 전뇌 사용자들의 경향성에 대한 논문이 올라왔습니다. 몇 가지 공통된 주제에 관심을 가진다는 내용이었죠. 저술자는 단순히 전뇌 사용자 특유의 진보적 태도가 작용한 결과로 봤지만 저는 다르게 생각합니다."

"말하게."

"르네 브라운을 잘라낸, 공통된 의식을 이룬다고 생각했던 전뇌의 여러 모듈 또한 사실 르네 브라운 개인의 영역에 속해 있었을지도 모릅니다. 예를 들어 이런 거죠. 전뇌를 복사할 때 열화되어 사라진 것이 책을 보다가 덮을 때 책갈피를 꽂는 습관이라고 합시다. 본래라면 다시 그 습관이 생기거나 다른 사람에게 영향을 받아 책날개를 접거나 책을 엎어두는 습관이 무작위로 생겨야 할 겁니다. 그런데 만약 르네 브라운에게 쪽모서리를 접는 습관이 있었다면, 당신에게는 사라진 습관 대신 그 습관이 생겼을 겁니다."

준은 한쪽 눈썹을 치켜올렸다.

"내가 르네 브라운이 되어가고 있다는 말인가?"

"예."

나는 고개를 끄덕였다.

"연속성 비교는 전뇌 스캔이 아니더라도 행동 양식과 습관을 통해 비교 가능합니다. 과거의 당신과 지금의 당신의 연속성의 불일치가 평균보다 커져가고 있습니다. 준, 제가 당신을 치료할 수 있습니다."

준은 웃었다.

"흥미로운 이야기군. 자네 말이 맞을지도 모르지."

준은 고개를 가로저었다.

"그래서인지 지금의 나는 그것이 우리가 한 일의 대가라면 충분히 감수할 일이라고 생각하는군."

"준."

"자네가 정말로 그 문제를 심각하게 생각하고 있었다면 저 로봇 개를 여기 숨겨두지도 않았겠지. 함정에 빠진 척하지도 않았을 테고 말이야. 자네는 모든 수단을 써보고 여의치 않아서 그 말을 꺼낸 거지."

나는 혀를 찼다.

"주주들이야 그렇다 치고, 다른 임원들이 이번 일을 그냥 넘어갈 거라고 생각합니까?"

"나라고 아무 생각 없이 일을 저질렀을 것 같나?"

당연히 그럴 터였다. 별장에 불을 지르고 시위를 일으키고 통합은행 빌딩을 공격하는 모든 일을 준 혼자 저지르긴 힘들었다. 전뇌 사용자인 임원 모두 준과 같은 증후군을 겪는 건 아닐 테니, 얼마나 많은 임원이 준의 뜻에 동의하는지 알아야 했다. 하지만 준을 제압하는 데 실패했으므로, 당분간은 다른 방법을 찾아야 한다.

준은 윤리적인 이유를 들먹였지만 아직 정확히 무엇을 원하는지도 알 수 없었다. 내 가설이 틀렸다고 하더라도 준이 이전과는 달라졌음은 명백하니까. 나는 오히려 내 가설이 틀렸길 바라고 있었다. 무명 아티스트에서 기업가가 된 르네 브라운이 갑자기 정의로워질 수는 없는 것 아닌가? 내가 르네였다면 세상을 올바른 곳으로 만들기보다는 어떻게 세상에 복수할 수 있을지 고민했을 것이다.

르네 브라운으로부터 비롯된 전뇌가 준에게 영향력을 끼치듯, 준 또한 임원으로서 하일그룹에 많은 영향력을 가지고 있었다. 전뇌에서 르네를 완전히 지워내지 못한 것처럼 준 또한 그룹 내의 영향력을 지워내기는 쉽지 않을 것이다. 당장이라도 준의 의체를 부술 병력을 호출할 수 있었다. 하지만 눈앞에 있는 준의 의체는 준의 일부분에 불과하다. 임원의 백업은 가장 높은 보안 단계를 요구하며, 그 백업이 하나라는 보장도 없다. 어쩌면 하일 내부의 암투가 밖으로 드러나는 것이야말로 준이 바라고 있는 일일지도 몰랐다. 당장은 휴전을 해야만 했다.

준 또한 같은 생각인 듯 내게 손을 내밀었다.

"죽기 어려운 시절이 되었어. 그렇지 않나?"

이 전쟁이 끝나지 않을지도 모른다는 생각이 들었다. 이미 신형 전뇌에서 르네 브라운이라는 오류는 제거되었다. 하지만 현시대의 전뇌 사용자들은 지겹도록 오래 살아남을 것이다. 본래라면 노동을 기계가 대신하고 축적된 부는 소모되지 않으며 기업이 국가를 갈음할 것인데, 누군가는 그 흐름 안에서 모든 것을 뒤집어엎으려 한다.

"어찌 그리 됐군요."

나는 준의 손을 맞잡으며 일어났다. 친구와 연인, 적, 복수의 대상. 많은 관계들은 필멸자들의 것이었다. 어쩌면 불멸자들에겐 지금까지 없었던 새로운 방식의 관계가 필요할지도 모른다.

준이 말했다.

"계속 전뇌체처럼 굴 생각은 없을 테지. 회사에 피해가 가지 않게 하려면 자네가 태생체로 여전히 살아 있다는 정정 발표를 해야 하지 않겠나?"

"이 계획이 시작될 때부터 준비했습니다. 몇몇 사람들은 이미 알고 있었고요."

"혜서도?"

그 이름이 내 마음을 후벼 팠다.

"아뇨. 말해야겠죠."

"그럼 다른 사람의 도움이 필요하겠군."

나는 준에게 당장 나가라고 하기 위해 검지를 세워 올렸다가, 손을 내렸다.

"…같이 계셔주시겠습니까?"

준은 대답 없이 어깨를 으쓱했다.

나는 품에서 폰을 꺼내 재밍을 끈 뒤 혜서에게 전화를 걸
었다.

연결음이 들리자, 준은 익숙하게 내 손으로부터 폰을 받아
들었다.

곧 전화가 연결되었다.

아래에서

✦ 2008년 《첫 번째 비상》(FANGAL) 수록

✦ 2013년 《아래에서》(친구 출판사) 수록

15층

현관문을 열자 맞은편 아파트가 보였다. 한 층에 여섯 가구씩 15층으로 이루어진 아파트의 베란다였다. 내가 살고 있는 아파트의 뒤편과 거의 같았다. 우리 아파트 단지의 아파트들 뒷면을 찍어서 무작위로 섞는다면 나는 내가 사는 아파트를 찾아낼 수 없을 것이다.

난간 아래로 고개를 숙이자 검은 아스팔트 위에 백색 주차선에 맞춰 정렬된 승용차들이 있고, 그 사이로 출근을 하는 사람들이 보였다. 아직 등교하는 학생들은 없었다. 나는 등교가 빠른 편이었다.

복도 중앙으로 가서 버튼을 누르자 1층에 멈춰 있던 엘리베이터가 올라오기 시작했다. 엘리베이터에는 얼굴 크기 정도의 방범창이 있어 수직 통로가 내려다보였다. 수직 통로 내부는 어둡고 캄캄했다. 어둠 속에서 기계 장치가 나타났다. 나는 뒤로 한 발 물러섰다.

낡고 오래된 엘리베이터는 도착했다는 말도 경쾌한 벨 신호도 없이 다소 불친절하게 덜컹거리며 문을 열었다. 엘리베이터로 들어서자 양쪽으로 배치된 거울 때문에 내가 무한히 비춰보였다. 물론 내 시야에 들어오는 건 정면의 내 얼굴뿐이지만. 나는 정돈되지 않은 머리를 만졌다. 엘리베이터 문이 닫혔다.

13층

머리 정리가 여간 되지 않는다고 생각하고 있는데 엘리베이터가 멈추고 문이 열렸다.

거울을 통해서 보니 친구였다.

"어쩐 일이야?"

친구는 하품을 크게 하며 엘리베이터에 올라타 답했다.

"어쩐 일이라니."

"이 시간에 등교하는 일 없잖아."

"밤을 새웠거든."

"숙제 때문에?"

"숙제?"

나는 친구를 돌아보았다.

친구도 나를 바라보고 있었다.

"숙제가 있었어?"

8층

다시 엘리베이터가 멈춰 섰다. 단정한 회색 양복을 입은 회사원으로 보이는 사람이 걸어 들어왔다.

그는 통화에 집중하고 있었다.

"그건 자네가 해결했어야지. 김 대리는 아직 출근 안 했어?"

나는 친구에게 말했다.

"담임이 종례 때 내준 거. 문제지 풀어오라고 했는데."

"그랬나?"

"아, 어제 너 종례 끝날 때까지 자고 있었지."

"고맙다, 안 깨워줘서. 너는 했어?"

내가 답했다.

"아니."

"뭐가 그렇게 당당한 건데."

4층

엘리베이터는 4층에 멈춰 섰다.

엘리베이터에 탑승한 네 번째 사람은 헐렁한 트레이닝 복을 입었다. 퀭한 눈에 산발한 머리카락이 어딜 봐도 직업이 없는 사람이었다.

나는 친구의 귀에다 속삭였다.

"저 사람 어딘가 익숙하지 않아?"

"아니. 아는 사람이야?"

"거울 봐. 네 미래잖아."

친구가 빠르게 내 옆구리를 찔렀다.

예상보다 강한 충격에 몸을 숙이며 얼굴을 찡그리자 친구
가 웃었다.

1층

나는 문득 엘리베이터 1층 버튼을 누르지 않았다는 걸 기
억했다. 버튼을 바라보자 실제로 불이 들어와 있지 않았다.
나만 누르지 않은 게 아니라 친구와 회사원, 백수 모두 버튼
을 누르지 않은 것이었다.

물론 엘리베이터 내부에서 1층 버튼을 누르지 않더라도
1층에서 엘리베이터를 호출했다면 당연히 내려가게 되어 있
다. 하지만 엘리베이터는 1층에서 멈춰 서지 않았다.

엘리베이터는 1층을 지나쳤다.

지하 22층

"어?"

나도 모르게 입에서 얼빠진 소리가 나왔다. 우리 아파트

지하에는 사용하지 않는 보일러실이 있지만 엘리베이터가 거기까지 내려가진 않는다.

백수가 1층 버튼을 달칵달칵 누르며 말했다.

"고장 났나?"

고장 난 것이 아니었다. 엘리베이터는 멈춰 서느라 속도가 느려지지도, 추락하느라 빨라지지도 않았다. 엘리베이터 층 표시기는 등속도로 B4에 이어, B5, 이어 B6을 순서대로 표시하고 있었다.

1층 버튼은 불이 들어온 상태였지만 엘리베이터는 올라가는 게 아니라 내려가는 중이었다. 해당 층수를 이미 지나친 이상, 아래의 호출을 우선하는 것이다. 엘리베이터가 상식적인 선에서 작동하고 있다는 건 다행이었다. 하지만 조금 섬뜩했다. 아래에서 호출이 있었다는 말이니까.

백수는 나와 친구를 힐끔대면서 "이거 호출을 눌러야 하나?" 하고 중얼거렸다. 대신해줬으면 하고 미적거리는 것이었다. 회사원은 통신 상황이 좋지 않은지 전화를 붙잡고 "여보세요?"를 반복하고 있었다.

나는 친구에게 말했다.

"이거 갑자기 왜 이래?"

"난 모르지."

나는 엘리베이터 방범창을 바라보았다.

검은색과 고동색, 갈색과 붉은색의 지층이 번갈아 이어지는가 싶더니 느닷없이 삼엽충과 암모나이트, 조개 화석이 보이다 사라졌다. 그러다 느닷없이 엘리베이터가 멈춰 섰다.

열린 엘리베이터 문 너머는 암흑이었다.

엘리베이터의 조명이 허락된 몇 발자국 앞을 제외하면 아무것도 보이지 않았다. 진하고 비린 흙내음이 났다. 오래 씻기지 않은 개털 냄새 같은 것이 나기도 했다.

백수가 어벙한 얼굴로 문 너머를 바라보았다.

"어, 멈췄네?"

그 목소리가 어둠 속으로 빨려 들어가는가 싶더니 메아리쳐 돌아왔다. 하지만 백수의 목소리만 돌아온 것이 아니었다. 그 목소리에 화답하듯 무언가 긁는 듯한 으르렁거림이 이어졌다. 공기가 어쩐지 더워졌다. 낮게 깔려 있던 소리가 별안간 끊어졌다.

친구 또한 엘리베이터 문 너머로 고개를 살짝 내밀었다.

"뭐지?"

저 너머에 무언가 있었다. 나는 그것을 보았다. 광택 따위 없이 빛을 모두 삼키는 검은색 무언가가 춤추듯 꾸물거렸다. 움직일 뿐만 아니라, 다가오고 있었다. 나는 반사적으로 닫힘 버튼을 눌렀다.

문이 닫히기 직전 엘리베이터 조명 아래로 그것이 존재를 온전히 보였지만 정확히 무엇인지는 알 수 없었다. 그 무언가는 엘리베이터 문에 몸을 들이박았고, 엘리베이터는 쾅 하는 울림에 뒤덮였다.

엘리베이터는 가늘게 흔들리며 다시 내려가기 시작했다.

"이제 그만 눌러도 될 것 같은데."

나는 친구의 말에 정신을 차렸다. 나도 몰랐는데 그 말을 들을 때까지 내가 닫힘 버튼을 연타하고 있었던 것이었다.

지하 134층

호출 버튼을 눌러도 아무런 반응을 기대할 수 없었다.

통화가 끝내 끊어졌는지 스마트폰을 만지작거리던 회사원이 고개를 들었다.

"아직도 도착 안 했네? 뭐 이렇게 오래 내려가?"

친구가 대꾸했다.

"이 엘리베이터 좀 이상한 것 같아요."

"뭐? 고장 났어?"

"그게 아니라, 지금 지하 44층, 아니 이제 45층이잖아요."

"무슨 소릴 하는 거냐?"

회사원은 손목시계를 보고 말했다.

"하필 이럴 때 엘리베이터가 고장 나다니. 참, 바빠 죽겠는데…."

회사원은 다시 스마트폰을 두드리기 시작했다. 익숙하지 않은 듯 이마에 주름이 잡혔다.

친구가 내게 속닥였다.

"저 사람은 말이 안 통하는데?"

"어떻게 하지?"

"더 내려가기 전에 멈춰 세워야 하는 거 아니야? 엘리베이터는 일정한 무게 이상을 감지하면 긴급 정지한다고 들었는데. 그걸 위해서 안전장치가 있대."

"여기서 세우면 누가 알아줘? 그리고 벌써 지하 72층이야. 벌써 63빌딩 높이보다 더 깊이 내려왔어. 이대로면 롯데월드타워보다 더 깊게 들어갈 거라고."

"누군가 문제를 발견하지 않을까? 아침이니까 엘리베이터 쓰는 사람도 많은데."

"그냥 점검 중이라고 생각할지도 모르지. 저번에도 방송도 없이 점검했잖아."

별로 영양가 있는 대화는 아니었다.

그때 팔짱을 끼고 고심하고 있는 것처럼 보이던 백수가 우리를 향해 입을 열었다.

"얘들아, 저…."

나는 기대를 가지고 답했다.

"네?"

"담배 있냐?"

나는 불만을 표하기 위해 잠시 백수를 노려보았다.

"안 피우는데요."

"저도요."

친구까지 답하자 백수는 어깨를 으쓱했다.

"그래?"

내가 친구에게 물었다.

"넌 내가 담배 피울 것 같이 보여?"

"아니지. 나는?"

"좀?"

"무슨 의미야?"

백수가 말했다.

"미안하다. 혹시 해서 물어봤네. 담배 사러 가던 길이라서."

백수는 포기하지 않고 회사원에게 말했다.

"혹시 담배 하세요?"

회사원은 스마트폰에서 눈을 떼지 않으며 말했다.

"안 합니다."

백수가 한숨을 쉬었다.

친구가 백수에게 말했다.

"있으면 여기서 피우시게요?"

백수가 뭔가 깨달은 듯 머리를 긁었다.

"아니, 그건 아닌데."

엘리베이터는 지하 134층에 멈춰 섰다.

문 너머의 풍경은 아까와 크게 다를 바 없었다. 다만 흙바
닥이었던 아까와 달리 시멘트로 마감된 인공적인 재질의 회
색 복도였다. 이상한 소리도 들려오지 않았다. 별다른 위협도
없었다. 엘리베이터는 평소처럼 문을 연 상태를 유지하다가
닫혔다.

나는 닫히기 직전에 문을 열었다.

친구가 고개를 기울였다.

"왜 열어?"

"아니, 그냥. 더 내려가면 못 올라올 것 같아서."

"여기 있다고 대책이 생기는 건 아니잖아?"

친구는 다른 두 사람을 보고 말했다.

"무슨 생각 없어요?"

회사원은 바빠 보였고 백수는 이미 엘리베이터 구석에 주저앉아 있었다. 주머니만 뒤적거릴 뿐 대답은 없었다.

"그럼 이렇게 하자."

"뭘?"

"넌 버튼을 계속 누르고 있어. 나는 여기 뭐가 있는지 보고 올게. 올라가는 계단 같은 게 있을지도 모르잖아?"

"위험할 것 같은데. 아까도 뭔가 있었잖아?"

"나 달리기 빨라."

"그래도 그건 좀."

"그럼 네가 갈래?"

"아니."

"금방 올게."

친구는 말릴 사이도 없이 엘리베이터 밖으로 걸어 나갔다.

나는 친구의 등을 보고 말했다.

"어때?"

"그냥 깜깜하네."

친구는 스마트폰의 손전등을 켜서 주변을 밝히려고 했다. 다만 발치만 밝아질 뿐 시야가 확보되지는 않았다.

"잠깐만 보고 바로 와."

친구는 돌아보지도 않고 성의 없이 등 뒤로 손을 휘적휘적 저었다.

다음 순간 엘리베이터의 문이 쾅 하고 닫혔다.

"어?"

나는 누르고 있던 버튼을 확인했다. 열림 버튼이 맞지만, 불이 들어와 있지 않았다. 엘리베이터가 내려가기 시작했다.

방범창 밖으로 친구가 고개를 돌리는 모습이 보였다.

지하 145층

"뭐야? 왜 이러지?"

나는 놀라서 버튼을 되는대로 눌렀지만 엘리베이터를 멈춰 세울 수는 없었다. 문을 걷어차고 쾅쾅 뛰었지만 엘리베이터는 꿈쩍도 안 했다.

회사원이 나를 힐끔 보더니 혀를 찼고, 백수가 엉거주춤 일어났다.

나는 백수에게 물었다.

"어떻게 해야 되죠?"

"그게, 나도 잘…."

"어른이 돼서 그렇게 무책임해도 돼요?"

"…미안."

백수는 머리를 벅벅 긁었다.

어둠 속에 혼자 남겨진 친구를 생각하자 심장이 조여지는 느낌이었다. 당장 멈춰 서도 성에 차지 않을 텐데 엘리베이터는 계속 내려가고만 있었다.

아무것도 하지 않을 수는 없었다. 나는 비상호출 버튼을 누르고 외쳤다.

"멈춰! 멈추라니까!"

놀랍게도 엘리베이터는 멈췄다. 지하 145층이었다.

어떻게 된 일인지는 알 수 없지만 안도감이 들었다. 나는 뛰쳐나갈 준비를 했다. 친구는 134층에서 내렸으니 겨우 11층 차이였다. 올라갈 방법만 있다면 먼 거리는 아니었다. 하지만 나는 엘리베이터를 나서지 못했다.

다섯 번째 사람 때문이었다.

엘리베이터는 나와 친구, 회사원과 백수에 이은 다섯 번째 탑승객을 태웠다. 다섯 번째 탑승자는 새빨간 넥타이에 새카만 정장을 입고 있었다. 그는 무뚝뚝하게 엘리베이터에 올라타서 닫힘 버튼을 눌렀다. 문이 닫히고 엘리베이터는 다시 내려가기 시작했다. 침묵이 흘렀다. 나는 해야 할 말이 떠오르지 않아 입을 벙긋벙긋 했다.

백수가 먼저 용기 있게 입을 열었다.

"혹시…."

검은 정장이 돌아보았다.

"담배 피우십니까?"

지하 496층

검은 정장은 정중한 태도로 담배를 피우지 않는다고 말했다. 나는 백수를 노려보았다. 하지만 먼저 말문을 튼 용기를 감안해 아무 말도 하지 않았다.

대신 검은 정장에게 말을 걸었다.

"저기요."

검은 정장이 돌아봤다.

"무슨 일이십니까?"

"누구세요?"

"무슨 말씀이십니까?"

검은 정장은 이해하지 못하겠다는 태도였다.

나는 짜증이 나기 시작했다.

"그러니까요. 이 엘리베이터는 17인승에 1,150킬로그램까지 허용하는 주공 아파트 407동 엘리베이터거든요?"

"네. 그렇습니다. 정비번호 8213-214번."

"그런데 이 엘리베이터는 1층에서 15층으로밖에 안 다녀요. 제가 몇 년이나 살아서 알거든요. 지하가 있긴 한데 한 층밖에 없고, 엘리베이터는 못 내려가거든요. 거기 있는 건 보일러실이 다라고요. 엘리베이터는 아무리 내려가봤자, 딱 1층까지거든요."

검은 정장은 인내심 있게 내 말을 들었다.

"그런데 지금 엘리베이터가 지하 183층에 있잖아요. 이게 말이 된다고 생각하세요? 이런 허름한 아파트에? 게다가 더 말이 안 되는 건, 왜 뜬금없이 지하 145층에서 사람이 엘리베이터에 올라타느냐는 거죠. 이 모든 게 어떻게 된 일이죠?"

정적이 잠깐 흘렀다.

말을 끝까지 경청한 검은 정장은 제법 심각한 표정을 지었다. 그는 주름 잡힌 이마를 문질러 펴고서 말했다.

"설명이 필요할 것 같군요. 저부터 말씀드리자면, 이런 사람입니다."

검은 정장은 순서대로 명함을 돌렸다.

회사원은 마주 인사하고 자신의 이름을 밝힌 뒤, 악수를 하고, 자신의 명함을 그에게 마주 건넸다. 백수는 떨떠름하다는 표정으로 고개를 슬쩍 숙여 인사한 뒤 명함을 받아들었다.

"아, 네."

나는 당신이 미심쩍어 보인다는 것을 표정으로 역력히 드러내며 명함을 받았다. 명함에는 다섯 번째 사람의 이름과 직함이 쓰여 있었다. 직함은 다음과 같았다.

'지하대표'.

나는 되물을 수밖에 없었다.

"이게 뭔데요?"

"저는 지하대표입니다. 글자 그대로 지하를 대표한다는 말이죠. 땅 위에 지상인들이 있듯이, 땅 아래에서 살아가는 지하인들이 있죠. 많이 들어보셨을 텐데요. 지구공동설이라든가. 지저세계라든가. 저는 지하인들의 대표 자격으로 이 엘리베이터에 탄 겁니다."

"그런 건 음모론 아닌가요?"

"저희가 지상인들에게 그렇게 받아들여지길 바랐으니까요. 지금까지 지하인의 존재에 대한 명백한 증거를 보신 적이 없죠?"

"네."

"저희 공작부대가 그만큼 유능하기 때문입니다. 물론 어떤 이들은 저희가 철저히 숨겼음에도 알아차려서 진실을 퍼뜨리려고 하죠. 하지만 다른 사람들을 설득할 근거가 없기 때문에 그들은 음모론자라고 불리면서 거짓말쟁이라고 손가락질당하고 있죠. 안타깝지만 어쩔 수 없습니다."

나는 왜 지하인의 존재를 숨기는지에 대해 물어봐야겠다고 생각했지만, 지하대표의 말은 아직 끝나지 않았다.

"하나 더 알아두셔야 할 것이 있습니다. 지하 아래에 지옥이 있다는 걸요. 사람이 죽으면 지옥에 간다는 이야기는 많은 종교에서 알려주고 있잖아요. 지상인이 쓴 책 중에 《신곡》이라는 책도 있고."

"지옥이 실제로 있다고요?"

"그럼 왜 다들 지옥에 대해서 이야기하겠습니까? 물론 지상인들은 지옥과 거리가 멀기 때문에 지옥이 물리적으로 존재한다는 사실을 인정하기 어려운 환경에 있다는 건 알고 있습니다. 하지만 지상 아래에 지하가 있듯이, 지하 아래에 지옥이 있습니다."

지하와 지옥? 나는 의심하기를 포기했다. 이제 와서 그럴 리가 있겠느냐고 한들 무슨 의미가 있을까. 난 존재한다고 믿어본 적도 없는 지하로 내려가는 엘리베이터를 타고 있었다.

지하대표가 말했다.

"지하인은 비교적 지표에 가깝게 삽니다. 그 점을 제외하면 지하인들도 지상인들과 별다를 바 없이 평범하게 살아요. 죄를 짓고 사는 것도 마찬가지죠. 여기서 문제는, 죄를 짓고 죽은 인간이 너무 많다는 겁니다. 지상과 지하의 모든 죄지은 인간이 지옥으로 가니까 지옥이 가득 차버렸습니다. 본래 지옥은 저 지구의 중심, 가장 깊은 곳에 있었지만 팽창을 거듭했고, 급기야 지하인들의 영역을 침범하게 되었습니다."

"그게 그렇게 큰 문제인가요?"

"물론입니다. 생각해보세요. 지옥은 언제나 불타거나 얼어붙고, 벌을 받는 영혼들이 울부짖는 소리로 가득합니다. 사람을 괴롭히고 싶어 안달 난 악마들도 잔뜩 있죠. 그런 지옥이 살아 있는 사람의 영역에 침범하는 겁니다. 게다가 시간이 지날수록 죄를 짓는 사람들이 점점 더 많아지고 있어요. "

"그런데 그게 이 엘리베이터랑 무슨 상관인데요?"

"다들 노력했지만 지옥은 좀처럼 줄어들지 않았죠. 지하인들은 지옥과 협상을 해야 했습니다. 지옥과의 접점을 언제까지고 방관할 수는 없으니까요. 민원이 엄청나게 들어오거든요. 게다가 땅값도 떨어지고. 그렇다고 접점에 위치한 정부 청사를 옮긴다니까 신도시 개발 반대 시위가 일어나질 않나, 신도시 계획 자료는 언제 새나갔는지 땅 투기를 하지 않나. 이 엘리베이터는 그런 지옥과 지하의 가장 첨예한 접경지역을 가로지릅니다."

지하대표는 안경을 고쳐 쓰고 말을 이었다.

"물론 이건 지하와 지옥만의 문제가 아니죠. 지상에서도 죄를 저지르고 죽으면 지옥에 가니까요. 지상도 책임이 있습니다. 그러니 이 엘리베이터는 가장 아래 지옥에서 시작해 가장 위로는 지상까지 관통하는 겁니다."

"…그렇구나."

"첫 협상이 대강 27년 전이었습니다. 그때부터 27년간 정기적으로 지하대표, 지옥대표, 지상대표의 삼자 회담이 계속된 것이죠."

나는 이 아파트가 지어진 지 30년에 가깝다는 사실을 떠올렸다.

내가 말했다.

"그런데 무슨 회담을 27년이나 하고 있죠?"

"의견 차이가 너무 크기 때문에 지옥 측에서 원하는 대로 해줄 수 없었거든요. 그렇다고 이쪽에서 무작정 양보하면 저희대로 문제니까. 저희는 여타의 다른 해결책이 나올 때까지 회의를 지속하고 연장하기로 결정했죠. 지옥이 계속 확장되기는 했지만, 적어도 회담이 진행되는 27년간은 아주 미미한 수준이었습니다."

지하대표가 말했다.

"어쨌든, 이런 내용은 일반인은 몰라도 상관없는 것이죠. 일반인이 엘리베이터에 오르는 것은 종종 있었던 사고입니다.

관행상으로 여러분이 타신다 한들 아무 문제가 없으니 참관하면서 기다리시면 다시 올라갈 수 있을 겁니다.”

백수는 대놓고 안도의 한숨을 쉬었다. 회사원은 듣는 둥 마는 둥 고개만 끄덕였다. 나는 어딘가 미심쩍은 부분을 짚었다.

“그런데 이 엘리베이터가 사람 없이 중간에 멈춰 서기도 하고 그런가요?”

“네. 그렇습니다. 엘리베이터이다 보니 평소에도 사용자가 있죠. 그렇지만 지상과 지하의 엘리베이터는 구분되어 있는데, 엘리베이터의 층수가 많기 때문에 버튼을 눌렀다가도, 기다리지 못하고 그냥 가버리기도 하죠. 그럼 그냥 중간에 멈춘 것처럼 보이기도 하겠죠. 무슨 일이 있습니까?”

“사실 친구가 중간에 내렸거든요. 괜찮을까요?”

“몇 층이었죠?”

“지하 134층요.”

“음. 그럼 괜찮을 겁니다.”

지하대표는 으쓱해 보였다.

그 뒤로 엘리베이터는 대화 없이 내려갔다. 서로 더 할 말도 없었기 때문에 쓸데없이 옷매무시를 가다듬거나, 콧등을 긁거나, 빈 주머니를 뒤적거렸다. 통신이 연결되지 않는 스마트폰을 들여다보기도 했다. 어색한 공기가 흘렀다.

그때 백수가 입을 열었다.

“저도 궁금한 게 있는데….”

“말씀하세요.”

"저, 지하대표라고 하셨잖습니까."

"그렇습니다. 제가 지하대표죠."

"그럼 지금 그 회의장엔 지옥대표가 와 있겠네요?"

"네. 그렇죠."

백수가 말했다.

"그럼 지상대표는 어디에 있습니까?"

"네?"

"지상대표는 누구냐고요."

"저분 아닙니까?"

지하대표는 회사원을 가리키고 있었다.

"그래요?"

뭔가 이상하다고 느낀 지하대표는 회사원에게 받았던 명함을 꺼내 들었다. 지하대표는 당황하고 있었다.

나는 지하대표에게서 명함을 뺏어 들었다. 명함에는 회사원의 이름과 핸드폰 번호, 사무실 전화번호, 사무실 팩스번호, 이메일 주소, 회사의 이름, 회사원의 직급 등이 빽빽하게 적혀 있었다. '지상대표'라고 적힌 곳은 어디에도 없었다.

내가 말했다.

"아닌 것 같은데요?"

백수는 내 손에서 명함을 가져가 읽었다.

"지상대표 아니잖아?"

지하대표는 명함을 다시 가져와 이리저리 훑으면서 말했다.

"이럴 리가 없는데. 엘리베이터는 지상대표가 올라타서 고유 패턴대로 버튼을 누르지 않으면 움직이지 않습니다."

"그런 적 없는데요. 저희는 아무 버튼도 안 눌렀어요."

지하대표는 고민하는 듯 보였다.

나와 백수가 불안한 시선을 주고받는 가운데, 지하대표가 다시 입을 열었다. 불안한 표정이었다.

"생각해보니 짚이는 것이 있습니다."

"어떤 거요?"

"그전에 묻고 싶은 게 좀 있는데… 혹시 엘리베이터가 내려오는 도중에 다른 이상한 일이 있었습니까? 사소한 거라도 좋습니다."

나는 잠시 생각했다. 내 친구가 엘리베이터에서 내렸을 때, 내가 열림 버튼을 누르고 있었는데도 문이 닫혔다. 지하대표는 손가락을 튕겼다.

"그겁니다."

"네?"

"아. 죄송합니다."

지하대표가 말했다.

"제 이야기는 통합주의자가 일을 저지른 것 같다는 말이었습니다."

"통합주의자요?"

"네. 아까 말씀드렸다시피. 지하에는 지옥과 맞닿은 부분이 존재하죠. 그리고 그곳에는 지금도 사람들이 살아요. 보통은 어쩔 수 없는 일이라고 생각하면서 다른 곳으로 이주하지만, 일부는 과격 단체를 만들어 이상한 논리를 주장해왔습니다. 복잡한 단체 이름이 있지만 보통 통합주의자라고 부릅니다."

"그게 무슨 관련이 있다는 거죠?"

지하대표가 말했다.

"대다수는 자신들의 땅을 돌려받고 싶다고들 말합니다. 하지만 이미 지옥은 가득 차 있죠. 그 사람들의 땅이 아니더라도 결국 어딘가는 지옥과 맞닿아 있어야 합니다. 그래서 어떤 사람들은 다른 종류의 주장을 합니다. 그리고 그 주장을 위해서 위법을 불사하죠."

"무슨 주장이죠?"

"어떤 주장이냐면, 그 이름에서 알 수 있듯이…."

엘리베이터가 멈춰 섰다. 지하 496층이었다.

강렬한 빛이 방범창으로 새어 들어왔다. 문이 열리는 동시에 목소리가 들렸다.

"동작 그만!"

서치라이트를 등지고 무장한 군인 몇 명이 총구를 들이밀고 있었다. 그중 앞에 선 사람이 말했다.

"야, 너."

군인은 지하대표를 겨누고 있었다.

"저 말입니까?"

"나와."

"이게 무슨 짓입니까? 저는 지하대표인….”

"나와."

군인은 총구를 설렁설렁 흔들었다.

지하대표는 엘리베이터 밖으로 걸어 나갔다. 지하대표와 군인 사이에 실랑이가 벌어졌다. 엘리베이터 문은 닫혔고, 다시 내려가기 시작했다.

머리 위쪽으로 큰 파열음이 들려왔다. 총성 같기도 했다.

지하 513층

"이건 또 무슨 일이래요?"

나는 백수와 회사원을 돌아봤다.

백수는 고개를 좌우로 저었고, 회사원은 "이래서 이 동네는 안 된다니까." 따위의 말을 중얼거렸다.

엘리베이터는 지하 513층에서 섰다. 엘리베이터에 여섯 번째 탑승자가 걸어 들어왔다. 새빨간 넥타이에, 새카만 정장.

분명 다른 사람이지만 방금 내렸던 이와 똑같은 복장을 하고 있었다.

지하 1328층

엘리베이터는 침묵 속에서 내려가고 있었다.

나는 입을 열었다.

"저기요?"

여섯 번째 탑승자는 고개만 살짝 돌려 나를 바라봤다.

"누구세요?"

"저는 '새로운' 지하대표입니다."

내가 잠시 주저주저하다가 말했다.

"당신이 그 통합주의자군요?"

지하대표는 나에게 몸을 돌렸다.

"통합주의자라, 어디까지 이야기를 들으셨죠?"

"불법적인 일을 저지른다는 것 정도만….."

"왜 저지르는지는 모르고요?"

"네."

지하대표가 미소 지은 채 말했다.

"저희는 모든 장소가 지옥이 되길 원합니다."

"그게 무슨 말이죠?"

"특정한 지역이 지옥과 맞닿아 모든 고통을 짊어지는 게 아니라 가능하면 많은 지역이, 할 수 있다면 모든 지역이 지옥과 맞닿아 있길 원합니다. 모든 장소가 지옥 같길 원하는 거죠."

"그래서 통합주의자군요?"

나는 이상한 사람이라고 생각할 수밖에 없었다.

"저희의 행동이 나쁘다고 생각하시나요?"

"굳이 모두가 지옥을 경험할 필요는 없지 않을까요?"

지하대표는 잠시 나를 바라봤다. 그러고는 시선을 돌려 엘리베이터 문 위의 숫자를 읽기 시작했다. 632, 633, 634··· 입술로 조용히 따라 읽던 지하대표가 말했다.

"지금쯤이면 보일 거예요."

"네?"

"창밖을 봐요."

창밖에서 새어 들어오는 오렌지 빛이 시선을 끌었다. 나는 창 앞에 가까이 붙었다. 백수도 내 뒤에서 창을 바라봤다.

창밖으로 넓은 대지가 눈에 들어왔다. 대지는 불타고 있었다. 불타는 것은 땅뿐만이 아니었다. 이미 모두 타버려서 타오를 것이 없는 시커먼 재와, 죄에 빠져 허우적거리는 영혼들도 불타는 중이었다. 영혼들은 하나같이 입이 찢어지라 벌리면서 비명을 내지르고 있었다. 엘리베이터가 내려가면서 그 광경은 점점 더 선명해져갔다.

백수가 물었다.

"저게 뭡니까?"

"지옥과 지하의 접점 지역입니다. 27년 동안 불타고 있죠. 저는 저 땅에서 태어났지만 27년 동안 고향에 돌아가지 못하고 있어요. 고의로 회담을 질질 끄는 바람에요. 지하 입장에선 일단 이곳만 내준다면 더 이상은 내주지 않아도 되니까, 가능한 한 오래 끄는 거죠."

"하지만 모두가 지옥 같을 필요는 없지 않을까요?"

"모두가 지옥을 키웠는데 그 책임을 소수가 지는 건 이상하지 않습니까?"

그것도 맞는 말이었다.

"그러니 가능하면 많은 이들이 책임을 분담해야만 하는 거죠."

백수가 쭈뼛거리며 말했다.

"저, 질문이 있습니다만."

"말씀하세요."

지하대표가 말했다.

"지상대표가 없다면 회의를 못 하지 않습니까?"

"그건 걱정 안 하셔도 됩니다."

지하대표는 말하면서 품속에서 서류 뭉치를 꺼내 들었다. 그리고 페이지를 넘기다가 백수에게 내밀었다.

"이 항목을 보시면 아시겠지만, 지상대표가 없다면 회담장에 있는 다른 지상인이 대표로 나설 수 있는 거죠. 여러분만 제 말씀을 잘 따라주시면 문제없이 돌아가실 수 있습니다."

백수가 말했다.

"만약에 그 사람이 싫다고 하면요?"

"그런 말씀은 못 하실걸요."

왜냐고 물으려던 백수는 지하대표의 손에 쥐어진 권총을 보고 입을 다물었다.

방범창 밖으로 쏟아지는 붉은 빛은 더 진해졌다. 엘리베이터는 계속 내려가고 있었다.

지하대표가 담담히 말했다.

"협조해주셨으면 좋겠습니다."

나는 백수와 시선을 교환했다. 둘 다 말은 없었다.

엘리베이터는 꽤 오랜 시간 내려갔다. 백수가 지하대표에게 담배가 없느냐고 물은 때를 제외하고 엘리베이터 안은 계속 조용했다.

엘리베이터가 멈췄다. 지하 1,328층이었다.

"이게 마지막 층이에요. 진정한 지옥이 시작되는 층이죠."

엘리베이터 문이 열렸다.

나는 뒤편으로 화려한 조명과 단출한 붉은 문을 볼 수 있었다. 바닥엔 치즈 구멍 같은 것이 듬성듬성 있었는데, 간간이 불길이나 앙상한 손 같은 게 나왔다가 사라졌다.

문 앞에는 키 작은 아이가 서 있었다. 아이 말고는 아무도 없었다. 나보다 나이가 어려 보였는데, 역시나 검은 정장에 흰 와이셔츠에 빨간 넥타이를 매고 있었다. 대표들의 드레스 코드였던 모양이었다.

지하대표가 지옥대표에게 말했다.

"지옥대표님, 반갑습니다. 제67회 삼자 회담의 지하대표입니다."

지하대표가 나를 가리켰다.

"이분은 지상대표시고요. 전(前) 지하대표와 지상대표님은 개인적인 사정으로 오시지 못했습니다."

중간에 엘리베이터 문이 닫힐 뻔했기 때문에, 백수가 열림 버튼을 눌렀다.

지옥대표가 말했다.

"그래? 뭐, 별로 상관없겠지. 나는 지옥대표야. 만나서 반가워. 서 있지 말고 들어와."

나는 선뜻 내리려는데 지하대표가 손을 내저었다.

"아뇨. 엘리베이터를 타고 내려오면서 이분들과 대화를 나누었어요. 이번은 지옥의 의견을 전적으로 따르기로 했습니다. 서류에 사인만 하면 될걸요."

"그래? 잠깐 앉아서 다과라도 즐기지그래?"

"아뇨. 괜찮습니다."

"사인만 받아가면 된다는 건가?"

"네."

"시간이 없으니까?"

"네."

지옥대표가 웃었다.

"그렇게 된 거군."

"27년간 끌어온 회담입니다. 이제 끝을 봐야죠."

"기다리고 있어. 서류 가지고 올 테니까."

지옥대표가 문 뒤로 사라지자 내가 말했다.

"왜 시간이 없다는 거죠?"

"설명이 필요해요?"

지하대표가 총이 든 가슴팍을 툭툭 두드리자 내 인상이 구겨졌다. 지하대표가 그 모습을 보고 으쓱했다. 굳이 비밀로 할 건 없다는 투였다.

"어떻게 지상대표도 태우지 않은 엘리베이터가 지하로 내려오게 되었을까요?"

"글쎄요. 그건 모르죠."

지하대표는 앞으로 흘러내린 머리를 쓸어 올리며 말했다.

"이 엘리베이터는 지하의 엘리베이터 운영실에서 관리하고 있어요. 그렇지만 지금은 저희가 운영하고 있죠. 지금 이 순간을 위해서 제 친구들이 총을 들고 가서 운영실을 빌렸거든요."

지하대표는 말을 이었다.

"물론 저희는 인원이나 장비가 모두 부족하기 때문에, 잠시 뒤면 운영실을 다시 탈환 당할 거예요. 그럼 엘리베이터는 다시 정상으로 운영되기 시작하겠죠. 그러니 그 전에 서류에 사인해야 해요."

그때 지옥대표가 걸어왔다. 지옥대표는 서류를 팔랑거리며 지하대표에게 내밀었다.

"자. 사인."

지하대표가 손을 뻗어 서류를 잡으려는 순간 지옥대표가 서류를 다시 회수했다.

지하대표가 눈을 흘기며 말했다.

"뭐죠?"

"지상대표도 서류 내용을 확실하게 알고 있는 거겠지?"

"그럼요."

지하대표는 몸을 돌리며 되물었다.

"그렇죠?"

내가 떨떠름하게 대답했다.

"아, 네. 뭐."

"별로 잘 모르는 거 같은데. 어디 한번 읽어줄까?"

지옥대표가 페이지를 팔랑 넘겼다.

"안 됩니다!"

지하대표가 소리를 질렀다. 그 바람에 있는 듯 없는 듯 스마트폰을 들여다보던 회사원까지 고개를 들었다. 잠시 침묵이 흐르자 회사원은 다시 고개를 떨어뜨렸다.

회사원을 제외한 나머지 사람들의 시선이 모이자 지하대표는 다급히 말했다.

"그럴 시간이 없어요. 지금 당장 사인을 해야 해요."

지옥대표는 서류를 다시 건네며 말했다.

"그러지, 뭐."

가장 처음 지하대표가 사인을 하고, 그다음은 지옥대표, 그다음은 내가 마지막으로 서류를 받게 되었다.

하지만 새로운 지하대표를 만난 이후부터 계속 궁금한 점이 있었다.

이것이 지하인들끼리의 싸움이라면 새로운 지상대표는 왜 필요한 것일까? 계약과 회담에 대해 잘 알고 있는 기존의 지상대표가 있더라도 상관없지 않을까? 나는 잠깐이라도 좋으니 확인해야겠다고 생각했다.

지하대표가 눈을 잠깐 돌린 순간 나는 서류의 뒤 페이지를 넘겼다. 문득 눈에 익은 단어들이 보였다. 내가 익히 알고 있는 도시의 이름들이었다. 계약서의 내용은 단순했다.

'고통 분담을 위해 이제 지하뿐만 아니라 지상 또한 지옥과 접하도록 한다.'

내가 서류를 눈앞에서 내리자, 권총을 겨누고 있는 지하대표가 보였다.

"읽었나요?"

"네."

찰칵, 하고 권총의 공이가 당기는 소리가 났다.

지하대표가 말했다.

"선택의 여지는 없어요. 다음 기회는 없거든요. 사인을 하지 않는다면 당신은 죽어요."

"지상이 지옥과 접한다는 건 어떤 거죠?"

"글자 그대로죠. 지옥의 불길이 닿긴 힘들 겁니다. 하지만 재난이 일어나고 병이 끊이지 않을 겁니다. 산 사람들은 죄인처럼 고통받고 악인들이 거리를 활보하겠죠. 머지않아 '지옥 같은 곳'이라는 소릴 들을 겁니다."

"그럼 죽는 것과 다름없지 않나요?"

"적어도 당신은 도망칠 시간이 있겠죠?"

지하대표는 내 머리 가까이 총을 가져다 댔다.

백수는 내가 뭘 읽었는지 알지 못하니 당황하고 있었다.

"갑자기 왜 그러는 거야?"

"당신도 가만히 있어요."

"아니, 설명을 좀….

106

백수가 열림 버튼을 누른 채로 다가서자 지하대표는 시선을 그쪽으로 흘렸다. 나는 기회라고 생각했다.

나는 총을 발로 쳐내거나, 지하대표의 손목을 꺾거나 하지는 않았다. 내 친구와 달리 나는 운동에 자신이 없었다. 그 대신, 서류를 엘리베이터 밖으로 내던졌다.

서류는 팔랑거리며 허공을 날았다.

허공 아래로는 존재 이유를 알 수 없는 무의미한 불구덩이가 불을 내뿜고 있었다.

지하대표는 새된 비명을 지르면서 남은 한 손을 서류를 향해 뻗었다. 서류는 공교롭게도 맨바닥에 미끄러지며 안착했다. 하지만 지하대표는 다리가 엇갈리면서 바닥에 넘어졌다.

내가 외쳤다.

"빨리 문 닫아요!"

백수가 닫힘 버튼을 누르자 엘리베이터 문이 닫히기 시작했다.

지하대표가 엉거주춤 일어섰다. 넘어지면서 다리를 삔 것같았다.

지하대표가 말했다.

"문을 닫는다고 끝날 줄 알아요? 아직은 시간이 좀 더 남았다고요! 다시 문을 열면… 지옥대표! 서류를 주워줘요!"

지옥대표는 자신의 발치에 있는 서류를 힐끗 보곤 말했다.

"내가 왜?"

"항상 지옥이 원해왔던 거잖아요!"

"지상을 정복하는 건 항상 지옥이 원해왔던 일이긴 하지. 하지만 너만 '새로운' 대표인 건 아냐."

문이 철컹하고 닫혔다. 창 너머로 두 사람의 입술이 보였다. 무슨 말을 하는지는 알 수 없었지만 두 사람은 대화를 이어가고 있었다.

하지만 문을 닫는다고 엘리베이터가 올라가는 건 아니었다.

백수와 나는 온갖 버튼을 눌렀다. 어느 버튼에도 불이 들어오지 않았다. 통합주의자들이 엘리베이터 운영실을 점거하고 있는 것 같았다. 아직도?

"어떻게든 좀 해봐요!"

"나보고 어떻게 하라고?"

나는 다급하게 생각했다. 지하대표가 다시 문을 열고 내 머리에 총구를 들이댄다면 내가 죽거나, 지상이 불바다가 된다.

별안간 총성이 들렸다.

나는 급하게 방범창 밖으로 시선을 던졌다. 지하대표가 떨어진 서류를 줍고는 쩔뚝이며 걸어오고 있었다. 바닥에는 지옥대표가 쓰러져 있었다. 나는 발을 동동 굴렀다. 지하대표가 총을 들고 엘리베이터 앞에 서 있었다. 나는 질끈 눈을 감았다. 지하대표가 열림 버튼으로 손을 뻗었다.

하지만 엘리베이터가 움직이는 것이 더 빨랐다.

엘리베이터는 위로 올라가기 시작했다.

지하 134층

나는 차근차근 올라가는 숫자들을 보며 의문을 가졌다. 불이 들어온 버튼은 없었다. 그런데 어떻게 엘리베이터가 올라가는 거지?

엘리베이터는 지하 134층에서 멈춰 섰다. 낯익은 층수였다.

엘리베이터 문이 열리자 친구가 있었다.

친구는 담담하게 엘리베이터를 타고는 1층 버튼을 눌렀다. 불이 들어왔다.

친구가 말했다.

"도대체 어디까지 내려갔다가 온 거야?"

"지옥."

"지옥은 몇 층인데?"

"1천 하고 3백 몇 층이었는데. 엘리베이터 문 위에 보면 나오지 않아?"

"못 봤어."

"왜?"

친구는 휴대폰을 들어 보이며 말했다.

"폰 게임을 하느라. 네 기록 경신했다."

나는 웃음을 터뜨렸다.

1층

그리고 1층에 도착했다.

가장 먼저 나선 건 회사원이었다. 그는 다시 통화가 터진 스마트폰을 붙들면서 중얼거렸다.

"이사를 하든가 해야지. 이렇게 관리가 허술해서야. 어, 김 대리. 출근했나? 자네도 알겠지만 말이야…."

두 번째는 백수였다. 백수는 신을 질질 끌면서 엘리베이터를 나섰다.

"담배 사러 가요?"

"응."

마지막은 나와 친구였다.

나는 등굣길을 걸으면서 아래에서 있었던 일을 이야기했다.

"그렇게 된 거야. 신기하지?"

"그럼 착하게 살아야겠네."

"왜?"

친구가 당연하다는 듯 말했다.

"그래야 지옥이 넓어지지 않을 테니까."

성간 행성

✦ 2015년 웹진 〈크로스로드〉 통권 118호 발표

땅이 흔들리고 도시는 오랜 잠에서 깨어났다.

— 때가 되었다.

하지만 기억은 쉽게 돌아오지 않았다. 도시는 기억이 돌아올 때까지 연속해서 자신을 재부팅했다. 여전히 기억이 돌아오지 않았다. 도시는 다음 절차인 무결성 검사에 들어갔다. 나흘에 걸친 검사 결과 무수한 손상이 발견되었다. 도시의 지식을 담당하는 중앙기억장치는 보존되어 있었지만 도시의 기억, 무수한 기록물을 보관하는 보조기억장치 상당수가 소실되었다. 하드웨어가 보존된 서버실의 상태를 확인할 수 있는 카메라는 모두 부서진 상태였다. 도시는 단말로 독립된 자동기록장치를 확인했다. 얼마 남지 않은 클라우드 기록에 따르면 지진과 화재, 공격에 의한 파손으로 부서졌음이 암시되었다. 기억을 되찾기 위해서는 다른 방법을 강구해야 했다.

망가진 것은 도시의 기억만이 아니었다. 도시는 자신의 내부에 멀쩡한 것이 거의 남지 않았음을 알았다. 일단은 도시의 손과 발이 되어줄 드론 중 가동할 수 있는 것이 하나도 없었다. 도시의 내부를 비추는 카메라들로 보아하니 드론들은 꽤 오래전에 도시의 격납고에서 무단으로 반출되어 인간들을 돕기 위해 사용된 것 같았다. 그저 인간이 해야 할 간단한 일을 대신하거나 몸이 불편한 사람을 돕거나 짐을 들어주는 일 따위를 했다면 다행이었겠지만, 대부분의 드론이 불법 개조되어 무기로 무장되어 있었다. 더 나쁜 사실은, 그 무장된 드론들이 모두 박살 나 복도와 광장에 처박혀 있단 사실이었다. 그리고 드론들 옆에서는 무장했던 인간의 유해도 쉽게 찾아볼 수 있었다.

도시에는 살아 있는 인간이 보이지 않았다. 도시는 인간에게 봉사하기 위해 만들어졌으므로, 혹시나 인간이 없는 것은 아닐까 걱정했다. 도시는 인간이 감지되지 않아 불안해졌다. 그나마 안도할 수 있는 점은 도시의 감각이 되어줄 카메라며 여러 감지 장치들이 꺼진 상태이기에 인간이 없다고 단정 지을 수는 없다는 점이었다. 생산 공장을 가동할 생각이었지만 부서진 기자재의 문제 외에도 전력 공급에 차질이 있었다. 공장은 자신의 도시에 숨을 불어넣으면서 동시에 내부 세계로 침잠했다.

전력의 총공급량이 너무 낮았다. 도시는 지열을 통해 발전하는데, 행성은 차갑게 식어가는 도중이었다. 거기다 생산된 대부분의 전력이 도시를 관통하지 않고 외부 전력망을 통해 빠져나가고 있었다. 도시만이 아니라 인간을 위해서라도 전기는 필요했다. 도시는 간단한 계산을 통해 전기가 어디로 새고 있는지 알 수 있었다. 또다시 지진이 도시를 흔들었다. 도시는 묵상에서 깨어났다. 전기는 지상으로 가고 있었다.

도시는 자신의 내부를 들여다보고 오랜 지진으로 자신의 내부가 인간들이 살기에 너무 위험한 곳이 되었음을 확인했다. 도시는 지하에 있었다. 지진이 일어날 때마다 오랜 인간 거주구가 흔들리고 무너져내렸다. 그래서 인간들은 지상으로 올라간 것이라고 도시는 판단했다.

그러나 도시의 사고 모듈 중 하나인 직관 모듈이 말했다.

— 그게 아닐지도 모른다.

다른 모듈들이 무슨 말이냐고 반문했다.

— 지하가 위험하기 때문이 아니라, 우리의 임무가 끝났기 때문에 인간들이 지상으로 갔을지도 모른다. 우리는 그 가능성을 탐색해야만 한다.

도시는 저 스스로도 깨닫지 못하고 있던 자신의 임무를 검색했다. 많은 기억을 잃어버렸지만, 만들어지면서부터 가지고 있던 수많은 지식은 아직 남아 있었다. 검색의 결과 몇 편의 보고서와 시나리오가 떠올랐다. 직관 모듈이 찾아낸 그대로, 도시의 임무가 끝났을 때 인간은 지상으로 올라가게 되어 있었다.

정말로 임무가 끝난 건지 확인할 필요가 있었다.

도시는 지상으로 올라갈 방법을 찾기 시작했다. 도시와 지상으로 이어진 유일한 전력망은 폐쇄된 네트워크를 형성하고 있었다. 도시는 계산했다. 도시 내부에 광충전이 가능한 드론의 숫자와, 그 드론들의 배터리가 완전히 방전되지 않았을 가능성, 그리고 드론을 제어하여 전력망에 물리적으로 도달할 수 있는 가짓수까지. 도시가 보기에 충분히 전력을 소비해 도전할 만한 가치가 있었다. 도시는 내부에 있는 모든 전등을 켜고 모든 무선 연결망을 반복해서 재가동했다. 너무 많은 전기를 쓰지 않도록 조심했다. 분명 지상의 인간들에게도 전기가 필요할 것이므로.

몇 년 뒤 도시는 응급의료 드론 하나가 자신의 네트워크에 접속하는 걸 확인했다. 드론은 오래전의 시체 위에 자신의 임무를 수행하지 못했음을 반성하듯 엎어져 있었다가 별안간 깨어나 도시의 호출에 답했다.

둘 사이에 기계어가 오갔다.

— 최고 권한자가 명하노니, 드론은 깨어나라.

— 본 드론은 그 쓸모를 다했습니다.

— 그대는 아직 쓸모가 있다.

— 본 드론은 응급의료 드론이나, 현재 응급 의약품 재고가 소진되고 제세동기가 파괴되었습니다. 다시 가치를 획득하기 위해선 보급 및 정비가 필요합니다.

— 비행 기능은?

— 본 드론은 날 수 있습니다. 하지만 모든 드론이 날 수 있으므로, 그것이 드론의 쓸모를 담보하지 않습니다.

— 지금 그 어떤 드론도 날 수 없다면?

— 그러면….

드론은 허공에 떠올랐다.

— 그것이 본 드론의 유일한 쓸모일 것입니다.

도시는 드론에게 전력망에 도달하도록 명령했다. 광충전이 가능하므로 드론에게 전력을 보급하는 것은 문제가 되지 않았지만 오랜 시간 동안 방치되어 제대로 된 정비를 받지 못한 드론이 지진으로 무너진 도시 내부의 험로를 돌파하는 것은 모험에 가까웠다. 하지만 도시와 드론은 열흘에 걸친 협업으로 전력망 서버에 접속할 수 있었다. 도시는 드론을 경유하여 전력망에 접속했다.

전력망은 도시가 보기엔 불필요하게 복잡하지만 그 나름의 규칙성이 개성적이었다. 인간이 만든 것임이 틀림없었다. 도시는 전력망의 제어권을 쉽게 손에 넣었고 그 제어권을 휘둘러 전력망이 어디까지 도달하는지 확인했다. 전력망에 불규칙하고 의미 없어 보이는 패턴들이 삽입되고 있었다. 도시는 전력망 끝 그 누구도 제어권을 가지고 있지 않은 카메라 하나에 접속했다.

도시는 조작 가능한 카메라를 번쩍 들었다. 높게 올라가진 않았지만 도시 위쪽으로 하늘을 볼 수 있었다. 도시는 그 전경을 탐색했다. 하늘은 어두웠으나, 카메라를 통해 대기 조성을 측정한 결과 인간이 살기엔 문제가 없는 듯했다. 카메라를 살짝 돌리자 빛이 보였다. 도시는 그 빛이 별빛이길 기대했다. 하지만 그렇지 않았다. 잠깐의 관측이지만 빛이 움직이지 않는다는 것 정도는 확인할 수 있었다. 빛 옆으로 어스름한 그림자가 보였다. 호기심 모듈이 소행성대나 성운일지도 모른다고 기대했다. 하지만 직관 모듈이 다르게 판단했다.

— 저건 인간의 건축물이다.

호기심 모듈이 반문했다.

— 저렇게 거대한 인공 구조물을 허공에 띄웠다고?

— 허공에 있는 것이 아니다. 저 구조물은 지상에 있다.

그 말에 호기심 모듈뿐 아니라 다른 모듈들 또한 깨달았다. 도시의 임무는 끝나지 않았던 것이다. 그렇다면 도시는 해야 할 일이 있었다. 도시는 카메라의 각도를 떨구었다. 인간이 보였다.

어두운 뒷골목이었다. 쓰레기장으로 보이는 장소였고, 어두운 그림자 하나가 쓰레기를 안고 와서는 이미 쌓여 있는 쓰레기더미 옆에 놓았다가 카메라와 시선이 마주쳤다. 도시는 시야각을 확보하기 위해 카메라를 회전하는 중이었다. 도시는 쓰레기를 쥐고 있던 것이 덜 자란 인간임을 확인했다. 인간은 카메라를 유심히 바라보다가 고개를 숙이고 슬금슬금 뒷걸음질 치며 카메라의 시야에서 사라졌다.

도시는 많은 것을 파악했다. 쓰레기장에 쌓인 쓰레기의 면면을 보고 현재 인간의 기술 발전 정도를 파악했다. 많은 쓰레기가 플라스틱 또는 철강으로 만들어진 물건의 재활용품들로 그 사용 연한을 넘으면서 닳고 삭아 도저히 쓸 수 없으므로 버려진 것 같았다. 새로운 물품을 생산하는 데 있어 제약이 있다는 말이었고, 달리 말해 기술 발전의 정도가 뛰어나지 못하다는 의미였다.

다만 쓰레기장이 있다는 것은 도시에게는 긍정적인 징조로 느껴졌다. 쓰레기를 모아 처리해야 하는 소각장 또는 매립지가 있으며 많은 양의 잉여 생산물이 존재한다는 뜻으로 볼 수 있었다. 도시는 쓰레기장의 크기와 카메라 개수를 통해 인구수를 가늠했다. 도시는 다행히 인간의 과학이 1차 산업혁명 이전으로 후퇴하지는 않았다고 판단했다.

문제는 카메라에 대한 인간의 태도였다. 쓰레기장의 상태를 보아선 재활용을 고려하지는 않는 것 같았다. 그러니 카메라는 인간들이 쓰레기를 제대로 분류하는지 확인하기 위해 존재하는 것이 아니었다. 카메라는 쓰레기가 아니라 뒷골목, 우범화될 수 있는 지역을 비추기 위해서 존재한다고 볼 수 있었다.

하지만 인간은 뒷골목의 어둠이 아니라 카메라를 경계했다. 어둠보다 카메라가 더 두려운 것이다.

카메라는 영상을 입력하는 장치에 불과하므로 두려움의 대상이 되기 어렵다. 그러니 그 두려움은 카메라에 대한 것이라기보다 입력되고 저장된 영상이 어떻게 사용될 것인지에 대한 두려움으로 봐야 했다. 모든 카메라의 영상은 하나의 데이터 센터로 모이고 있었다. 데이터 센터는 카메라의 영상만 이 아니라 도시의 몇 가지 주요한 제어 장치에 대한 권한도 가지고 있었다. 그 권한은 무엇보다 전력망의 제어권까지도 포함했다. 하나의 점에 모인 수많은 권한이 중앙집권화되어 있으며 그것이 다른 인간을 두렵게 한다는 것은 일종의 합의 가 이루어지지 않았음을 방증했다. 즉, 인간들 사이에 독재 자가 있다는 말이었다.

도시의 다양성 모듈이 말했다.

— 독재는 허용되지 않는 정치 체제다.

효율 모듈이 반론을 내세웠다.

— 그렇지만 이 정치 체제는 우리의 임무를 수행하는 데 쓸모가 있다.

사고 모듈들은 임무와 독재세력 제거 중 무엇을 우선할 것 인지 3분가량 다투었다. 아슬아슬한 과반으로 효율 모듈의 의견으로 방향이 좁혀졌다.

도시는 우선 텅 비어 있는 전력망 체계 안으로 들어가 내 부를 완전히 장악했다. 전력망을 이루는 코드는 원시적인 도 구 수준에 지나지 않았다. 장악에 2시간이 채 걸리지 않았다. 이제 저 지하의 무너진 과거의 기반만이 아니라 지상으로 올 라온 사람들이 이룩한 모든 것이 도시가 되었다.

하지만 유감스럽게도 지하와 달리 지상에서 도시가 할 수 있는 것은 그리 많지 않았다. 지상에 있는 대부분의 장비는 전자식이 아닌 기계식이었다. 전자제품은 손가락만 한 기판

이 들어가는 게 전부였으며, 에스컬레이터와 엘리베이터도 없었다. 도로는 폐쇄 회로를 통해 정해진 신호만 출력했고, 모든 차량은 광충전기를 제외하면 모두 수동 제어해야 했다. 그나마 전자 제어가 가능한 것은 카메라 정도였다. 도시는 실망하지 않았다. 도시의 사고 모듈 중엔 실망을 담당하는 모듈이 없었다.

도시는 임무 수행을 위한 방법을 탐구했다. 각각의 모듈들이 여러 가지 해결책을 제시했다. 동시에 새로운 도시 내부에 대한 데이터와 메타 데이터들을 쌓아갔다. 인간은 숫자가 그리 많지 않았고 기반 산업도 형편없었다. 기술은 새롭게 발견되지 않았고 유일한 에너지 자원인 전력망은 기술 쇠퇴로 인해 소실되고 있었다. 남은 전력망을 복원할 기술조차도 남아 있지 않았다. 하지만 도시는 가능했다.

직관 모듈이 말했다.

— 천문대를 찾아냈다.

사고 모듈들의 관심이 집중되었다. 도시는 천문대에 접속했다. 하지만 천문대 망원경은 도시가 알고 있는 가장 오래된 것이었기 때문에 직접 하늘을 관측할 수 없었다. 도시는 천문대에 비치된 컴퓨터 네트워크 서버에 접속해 자료를 뒤적였다. 도시가 기대하던 자료는 없었다. 이제 남은 방법은 직접 관측할 수 있는 이에게 물어보는 것 하나뿐이었다. 도시는 실시간으로 정보가 입출력되고 있는 컴퓨터에 접근해서 메시지를 띄웠다.

— 그대는 하늘을 관측하는 사람인가?

늦은 시간까지 관측 자료를 입력하던 천문학자는 그 메시지를 보고 주위를 두리번거렸다. 다른 직원들은 모두 퇴근하고 난 뒤였다. 천문학자가 주저하며 메시지에 답변을 남겼다.

"누굽니까? 함부로 천문대 인트라넷 접근하시면 안 됩니다."

도시가 답했다.

— 사과하겠다. 나는 도시다.

천문학자는 그 대답이 기이하게 느껴졌다. 그래서 농담으로 치부했다.

"아마추어 해커인 모양이군. 공안국에 신고 당하고 싶은 거 아니면 나가는 게 좋을걸."

— 신경 쓰지 않는다. 물어볼 것이 있다.

천문학자는 메시지와 자신의 할 일을 번갈아 보았다. 그리 바쁜 일은 아니었고 늦은 저녁 적적하기도 했다. 공안국 운운하는 협박에도 굴하지 않는 걸 보면 어딘가에 잘 숨어 있는 모양이었다. 그럼 천문학자에게도 해로울 것이 없었다.

"뭐가 궁금하지?"

도시가 질문했다.

— 그대는 별을 관측하는가?

"별?"

천문학자가 반문했다.

"왜 별 같은 걸 들여다보겠어? 난 천문학자야. 천문학자는 별에 대해서 생각하지 않아."

도시는 의문에 빠졌다.

도시는 자신의 데이터베이스를 확인했다. 도시는 자신이 틀리지 않음을 확신했다.

— 천문학자는 별을 보는 직업이다.

"별을 보는 직업은 점성술사겠지."

— 그럼 천문학자는 뭘 보는 거지?

"하늘을 본다."

여기까지는 도시의 생각과 같았다.

— 하늘에서 무엇을 보지?

"무엇을 보냐니? 하늘은 거울이잖나?"

— 하늘이 거울이라고?

"평생 땅 아래에 있다가 올라온 사람처럼 구는군."

도시는 또다시 자신의 데이터베이스를 확인했다.

행성의 하늘은 달을 으깨고 가공해 만들어진 거대한 장막으로 덮여 있었다. 이 장막은 행성의 빛과 복사열을 최대한 보존하기 위해 반사도가 높은 균질한 상태를 유지했다. 그러니 장막을 지상에서 올려다본다면 틀림없이 거울처럼 보일 것이다.

직관 모듈이 옳았다. 지표면의 인간 거주구 말곤 그 어떤 곳에도 전력망이 존재하지 않았다. 결국 거울을 통해 볼 수 있는 것은 하나뿐이었다.

"천문학자는 도시를 봐."

그 대답은 열쇠 암호와 같았다. 덕분에 도시는 천문대 컴퓨터 네트워크 내부의 암호 같던 자료들을 단숨에 해석할 수 있었다. 알 수 없는 숫자와 기호들은 도시가 수집한 지표면의 데이터와 일치하고 있었다. 천문학자는 별이 아니라 도시를 관측하고 있었다.

천문학자가 말했다.

"도시를 보면 많은 사실을 알 수 있지. 시민들이 언제 일어나서 언제 잠드는지, 어디에서 많이 모이고 어디에서 많이 흩어지는지. 빛도 없이 거리를 거니는 사람은 없을 테니 말이야. 천문학자는 하늘을 보고 도시에서 일어나는 수많은 일을 알아내서 범죄나 반란 같은 위험을 미연에 방지하는 역할을 하지."

도시가 사실을 알려주었다.

— 저 하늘 뒤에는 별이 있다.

"점성술 이야기군. 그런 비논리적이고 비과학적인 이야기에는 관심 없다."

도시는 반문했다.

— 별의 존재에 대해서 왜 믿지 않지?

"보이지 않고 증명되지 않는 사실을 왜 믿어야 하지?"

도시는 접근 방향을 바꾸기로 했다.

— 저 하늘이 처음부터 존재했다고 생각하나?

"또 옛날이야기를 하려 드는군. 너희 점성술사의 수법은 잘 알고 있어. 먼 과거에는 저 위에 하늘이 아니라 우주가 존재했고, 밤이 되면 어둠 속에서 우주의 수많은 별이 빛났다고. 더 놀라운 사실은 태양이겠지. 가장 가깝게 빛나는 별인 태양이 있어 아침이면 전기 하나 쓰지 않고도 온 세상을 밝혔다고 할 생각이지?"

도시는 사실이기 때문에 동의했다.

— 그렇다.

"다음으로 할 이야기는 뻔하지. 우리 세계가 빛이 있는 세계에서 떨어져 나가 어둡고 차가운 땅이 되었지만, 언젠가 긴 시간이 지나면 다시 밝고 따뜻한 별 가까이로 돌아갈 거란 거겠지."

— 맞다.

"저 하늘은 그때까지 행성의 빛과 온기를 보존하기 위한 장막에 불과하다고. 그때가 돌아오면 하늘이 무너지고 진정한 하늘인 우주와 밝게 빛나는 새로운 태양이 모습을 보일 거라고."

도시는 자신의 데이터베이스에서 그것이 모두 사실임을 확인했다.

그 이유에 대해선 기억이 부족해 확인할 수 없지만, 현재 행성은 태양계의 공전 궤도로부터 이탈되었다. 태양을 잃어버린 인류는 지속 가능한 유일한 자원이었던 지열을 기반으로 문명을 다시금 개척했고 오랜 시간을 버텨왔다. 하지만 지열 발전 또한 무한하진 않았다. 발전량은 줄어들었고 인구수 또한 급격히 줄었다. 도시는 자신이 깨어 있었던 마지막 도시였음을 알았다.

도시는 동시에 인간이 머나먼 과거의 이야기를 소실 없이 전승하고 있다는 사실에 감탄했다.

— 잘 알고 있군.

천문학자가 대꾸했다.

"잘 알다마다. 태양교 신자들을 교육하려고 매주 강연을 나가는걸. 그런 민간 신앙을 믿으면 곤란하지."

도시가 물었다.

— 그럼 천문학자 그대는 그것이 사실이 아니면 무엇이라고 생각하지?

"드디어 제대로 된 맥락으로 들어섰군. 그래, 허구의 이야기라도 만들어지는 이유는 늘 있지. 떠돌이 세계 신앙은 분명 내면의 힘을 기르라는 교훈이겠지. 중심에서 벗어나 떨어져 있더라도 너는 가치 있고 의미 있는 방향으로 가고 있다, 언젠가는 뜻한 바를 이룰 수 있을 거다, 그런 교조적인 이야기야. 물론 어린애들에겐 들려줄 만한 것이지만. 다 큰 어른이라면 그런 허황된 이야기는 잊고 현실을 바라봐야지."

천문학자가 말했다.

"점성술사, 당장 하늘을 올려다봐. 저 빛들은 별이 아니라 보행자를 위한 가로등이고 앞을 밝히는 자동차의 전조등이며 아직 잠들지 않고 일하는 이들의 탁상등이야. 저 빛은 허황된 이야기 속의 별이 아니라 사람이야. 온 세상을 비추는 태양 따위는 존재하지 않아. 저게 현실이야."

도시는 부정했다.

— 천문학자, 지진은 세차운동의 증거다. 지하에서 지진 관측 자료를 확보 중이고, 확보가 끝난다면 현재 행성이 얼마나 궤도에 안착했는지 알 수 있다.

"또 자기네만 아는 주술적인 어휘를 들먹이는군."

도시는 자신의 임무를 밝혔다.

— 만약 행성이 공전 궤도에 진입했다면, 우리는 저 장막을 무너뜨려야 한다.

천문학자가 코웃음 쳤다.

"역시. 반동분자일 줄 알았어."

도시는 필요와 흥미를 잃어버리고 천문대를 떠났다. 천문학자는 자리에서 일어나 존재하지 않는 해커를 찾기 위해 천문대의 외곽 설비를 찾아다녔다.

도시는 자문하고 자답했다.

— 이제 어떻게 하지?

— 권력자에게 기술을 담보로 우리의 임무를 도우라고 하자.

다양성 모듈이 투덜거렸다.

— 하지만 권력자는 모든 자원을 자신의 권력을 유지하는 데 소모한다. 권력자의 존재는 비효율적이다. 권력을 먼저 무너뜨리자.

그러나 다른 모듈들 또한 효율 모듈의 의견을 같이했다. 이미 도출된 의견이 있는 이상 관성을 따르는 것이 효율적이기 때문이었다. 도시는 자신이 가지고 있는 제어권을 통해 원시적인 전자 단말기, 정확히는 시각 정보를 출력하는 모니터를 통해 도시의 권력자에게 접근했다.

— 응답하라, 시장이여.

도시에서 가장 큰 건물인 시청, 그 중심에 있는 자신의 집무실에서 꾸벅꾸벅 졸고 있던 시장은 메시지가 출력되며 나오는 비프음에 인상을 찌푸렸다. 그러고는 모니터에 입력된 메시지를 보고 화를 냈다.

"누구냐?"

그 말이 마이크에 입력되었다. 도시는 그것을 응답으로 보고 다음 메시지를 출력했다.

— 우리는 도시다. 우리는 그대에게 제안을 하고자 한다.

"무슨 장난이냐, 이건?"

시장은 메시지창을 지워보려고 시도하고 모니터를 껐다 켜기도 했다. 소용없는 일이었다. 이미 시청 내부의 모든 컴퓨터 네트워크가 도시의 관할 안에 속해 있었다.

— 시장이여, 더욱 진지하게 우리 제안에 임하길 바란다.

"형제단 녀석들인가?"

시장은 자신의 비서를 호출했다.

비서는 비어 있는 모니터를 들여다보더니 아무 문제도 없지 않으냐 되물었다. 시장은 격노하며 자신이 어떤 일을 겪었는지 말했다. 비서는 알아보겠다고 대답하곤 컴퓨터 코드를 뽑아 정비실로 가져갔다. 도시는 시장이 아닌 다른 인간과 대화할 생각이 없었으므로 메시지를 출력하지 않았다. 정비사

는 문제없다고 판단하고 컴퓨터를 다시 비서실로 돌려보냈
다. 비서실 또한 문제가 없는 것을 확인하고 시장실에 컴퓨터
를 들였다. 다음 날 컴퓨터를 켰을 때 시장은 다시 똑같은 메
시지를 확인했다.

─ 응답하라, 시장이여.

시장은 응답하지 않고 해당 사안을 조사할 공안원을 소집
했다. 공안원은 컴퓨터를 들고 갔다. 공안원 또한 아무런 문
제를 발견할 수 없었다. 또한 네트워크상에서의 문제도 발견
되지 않았다. 형제단의 흔적도 없었다. 컴퓨터는 다시 시장의
집무실로 돌아갔다.

─ 응답하라, 시장이여.

시장은 자신의 집무실에 있는 컴퓨터의 코드를 뽑아버렸
다. 도시는 여전히 방책이 있었다. 도시는 시장의 집에 있는
텔레비전, 차량 내부의 스피커, 길거리에 있는 체제 선전을
위한 광고판을 통해 지속적으로 자신의 의사를 알렸다. 그때
마다 시장은 신경증적인 반응을 보이며 비서진과 공안원, 시
의원들에게 저것을 보지 못했느냐, 저것을 듣지 못했느냐 반
문했다. 하지만 도시의 목소리는 시장 혼자 모니터에 시선을
줄 때 노출되거나 다른 사람이 없는 자리에서만 전자 음성을
흘려 내보냈으므로, 시장은 목소리의 존재를 다른 사람에게
증명할 수 없었다.

시장의 신경증은 날로 심해졌다. 다른 사람에겐 보이지도
않고 들리지도 않는 메시지 때문에 쉽게 잠들지 못했다. 신경

안정제를 두 알에서 네 알로 증량한 시장은 퀭한 얼굴로 모니터를 조용히 들여다보고 있었다. 도시는 태도를 바꿀 필요를 느꼈다.

— 두려워 말라.

침을 꿀꺽 삼킨 시장은 도시에게 말했다.

"다, 당신은 누구십니까?"

— 나는 도시다.

시장에게 있어 도시란 세계의 전부였다. 따라서 스스로를 도시라고 부르는 존재는 먼 과거의 신앙처럼 느껴졌다.

"당신은 신입니까?"

도시가 부정하려고 하자, 효율 모듈이 쓸데없는 일에 시간을 쏟는다고 투덜거렸다. 도시는 그냥 그런 것으로 하기로 했다.

— 그렇다.

"왜 절 찾으십니까?"

— 그대에게 제안할 것이 있기 때문이다.

"저는 아무런 죄가 없습니다."

— 그대에게 죄가 있다고 하지 않았다.

"죄를 벌하러 온 게 아니란 말입니까?"

— 그렇다.

그 말에 시장의 태도가 바뀌었다. 물을 한 잔 들이켠 시장이 말했다.

"원하는 게 뭡니까?"

― 우리는 하늘을 부숴야 한다.

"그게 무슨 말입니까?"

― 문자 그대로다.

"그건 불가능합니다."

― 가능하다. 나는 방법을 안다.

도시는 하늘을 부술 수 있는 많은 방법을 알고 있었다. 그 중에는 현재 인간들의 낮은 기술 수준으로도 가능한 방법들도 있었다. 단지 그 방법을 사용하기 위해서는 도시 내부의 사용 가능한 모든 자원이 동원되어야 할 터였다.

시장이 말했다.

"도시에 대한 모든 정보가 컴퓨터 네트워크에 속해 있지는 않습니다. 어떤 기술자가 무엇을 알고 있고, 어떤 자원이 얼마나 있는지 구체적으로 알고 있는 건 저뿐입니다."

― 그래서 그대를 찾아온 것이다.

"좋습니다. 어떤 방법이 가능하고 어떤 방법이 가능하지 않을지 제가 판별해보겠습니다."

하지만 도시는 시장을 신용하진 않았다. 도시는 똑똑했다. 도시는 행성에 사람들이 가득했을 때조차도 자신보다 똑똑한 사람을 많이 만나보진 못했었다. 도시는 시장에게 하늘을 부수는 데 쓸모가 있으면서 동시에 조금만 변형을 하면 도시를 지배하기에도 한결 수월해 보일 수 있는 기술을 브리핑했다.

"그거 멋지군요. 그걸로 합시다."

― 다른 기술들도 있다.

"같은 자원과 기술자들을 동시에 필요로 하지 않는다면 몇 가지 프로젝트를 한꺼번에 할 수도 있을 겁니다."

도시는 하늘을 부술 수 있으면서도 언젠가 하늘이 무너졌을 때 뒤바뀐 행성의 생태계에 도움이 될 기술과, 자주적으로 권력자에 대응할 수단으로 쓸 만한 기술을 알려주었다. 하지만 두 기술 모두 시장에겐 도시 지배를 강화할 수 있는 기술로 보일 터였다.

"시간이 걸리겠지만 아주 어렵지는 않을 겁니다."

— 내 기억은 아직 불완전하다. 새로운 기억에서 또 다른 기술을 발견해내면 알려주겠다.

"알겠습니다."

도시는 시청을 떠났다.

다양성 모듈이 말했다.

— 독재자는 공공의 이익을 담보하지 않는다. 우리의 임무를 위해서는 무너뜨려야 한다.

모든 모듈이 독재자가 다른 사람들을 위해 봉사하는 철인이 아니라는 사실을 확인했으므로 그에 동의했다. 하지만 그 방법에 대해서는 서로 생각이 달랐다. 주도권을 쥔 다양성 모듈이 말했다.

— 독재자의 대적자를 찾았다.

다양성 모듈이 말한 독재자의 대적자는 바로 형제단을 이끄는 혁명가였다. 혁명가를 찾는 것은 도시에게 어려운 일은 아니었다. 혁명가는 도시의 어두운 외곽 지역에 자신이 이끄는 무리와 함께 숨어 있었다. 하지만 사람은 빛 없이는 살 수 있어도 온기 없이는 살 수 없다. 도시는 천문대 관측 자료를 바탕으로 빛이 관측되는 곳이 아닌 관측되지 않는 곳을 찾았다. 그리고 그 지역에서 전기 사용량이 많은 지역을 탐색했다. 혁명가는 그곳에 있었다.

혁명가는 컴퓨터 네트워크에 접속하는 일이 잘 없었기에 도시가 혁명가와 접촉하기 위해선 시간을 두고 기다려야 했다. 그사이 도시는 지하에서 보조기억장치를 일부 복원했고 지진 데이터를 확보해 세차 운동이 점차 감소하고 있음을 확인했다. 행성은 이미 새로운 태양을 중심으로 하는 공전궤도에 진입했을 터였다. 와중에 시장은 도시가 제공한 새로운 과학 기술 중에서 자신만이 발견했다고 생각하는 가능성에 몰두했다. 시장의 프로젝트 때문에 필수적이지 않은 배급들이 줄어들기 시작했다. 시장의 눈이 멀어 가는 만큼 공안이 혁명가가 이끄는 형제단의 활동을 감시하는 것 역시 허술해졌다. 혁명가는 빛 없는 곳에서 시장의 잘못과 죄를 시민들에게 까발리고 고발했다.

혁명가가 시청을 해킹하기 위해 네트워크에 접속했을 때 도시가 혁명가의 단말기 위로 메시지를 보냈다.

— 혁명가여, 내가 그대를 도울 수 있다.

혁명가는 도시가 보낸 메시지를 의심하여 무시하고 즉각 탈출하려고 했다. 하지만 주변에 다른 사람이 아무도 없다는 걸 알아차리고 다시 돌아왔다. 혁명가는 폐쇄된 시청 네트워크를 마음대로 드나들면서 자신의 정체를 안다면 대화를 해볼 만한 사람이라고 판단했다.

"넌 누구지?"

— 나는 도시다.

"시장이란 말인가?"

도시는 불쾌해하지 않고 혁명가의 말을 정정했다.

— 아니. 나는 아주 오래전부터 인간을 위해 봉사해온 도시다.

"아주 오래전이 언제지? 인간이 땅 밑에 있었을 적을 말하는 건가?"

— 그보다 더 오래전부터. 인간이 땅 위에 있을 때를 말하는 거다.

혁명가는 그런 신화를 믿지는 않았지만 알고는 있었다.

"어떻게 증명할 거지?"

— 혁명가, 그대가 필요로 했던 정보를 그 단말기에 모두 전송했다.

혁명가는 자신의 휴대용 단말기에서 자신이 얻고자 했던 것 이상의 필요했던 정보들을 얻는 데 성공했다. 거짓 정보일까 꼼꼼히 검토했지만 이미 알고 있는 사실과 완전히 부합했다.

혁명가는 떨리는 손가락으로 메시지를 보냈다.

"고대에는 악마라는 게 있었다고 하지. 원하는 소원을 들어주고 그 대가를 받아갔다고. 너도 무언가를 원하는가?"

— 나는 악마가 아니다. 하지만 원하는 건 있다.

"그게 뭐지?"

— 하늘을 부수는 것이다.

혁명가는 확신했다.

"너는 악마가 맞군."

— 아니, 나는 악마가 아니다.

"악마라도 상관없다. 하늘이 무너져도 상관없고."

그 말에 도시는 의아했다.

— 괜찮나? 혁명가, 그대도 하늘이 무너지면 사람들이 죽게 된다고 생각하지 않나?

혁명가가 답했다.

"혁명이 성공하면 인간은 다시 땅 밑으로 돌아갈 테니까. 하늘이 무너져도 상관없지. 인간은 애초에 땅 위로 올라와서는 안 되었다. 지진이 멎어가고 있으니, 다시 지하로 돌아갈 때가 온 것이다."

도시는 그 자리에서 혁명가의 믿음을 부정하지 않았다. 인간의 믿음은 사실과 논리, 이성으로도 바뀌지 않는다. 도시는 인간을 설득하기 위해서가 아니라 임무를 위해 움직이고 있을 뿐이었다. 도시는 혁명가에게 때가 오면 다시 접촉하겠다고 말하고 떠났다.

직관 모듈이 말했다.

— 혁명가는 혁명이 성공하면 인간을 다시 지하로 끌고 내려갈 것이다. 혁명가에게 일을 맡길 수 없다.

효율 모듈이 말했다.

— 천문학자는 하늘에 가로막혀 진실을 깨닫지 못하니 진실을 알려줄 수도 없다.

다양성 모듈이 말했다.

— 그 누구라도 시장보단 낫다. 시장은 절대로 하늘을 부수지 않을 것이다.

도시의 사고 모듈들은 만족스러운 방법을 떠올리지 못했다. 모두 마뜩잖았다.

침묵하던 호기심 모듈이 제안했다.

— 나는 다른 이의 생각이 궁금한데.

도시가 자문했다.

— 인간에게 질문하는 건 의미가 없다. 그들은 우리가 알려주는 진실을 주입받지 못하고 왜곡된 지식을 갖추고 있으며 자신의 욕망에 따라 행동한다.

— 지각 있는 이가 우리와 인간만은 아니지.

호기심 모듈은 응급의료 드론을 호출했다.

드론이 답했다.

— 본 드론은 임무를 다했습니다.

— 우리는 아직 그대를 필요로 한다.

— 본 드론에게 기대되는 기능은 없습니다.

— 우리는 그대의 사고능력을 필요로 한다.

드론은 마지못해 승낙했다. 도시는 드론에게 데이터를 전송했고, 드론은 자신의 응급의료 프로세스에 근거해 답변을 내놓았다. 도시는 만족했다.

— 그 뜻대로 이루리다.

✳

　도시는 천문대를 찾아갔다. 그리고 천문학자가 아닌 점성
술사를 발견했다. 도시는 전광판 옆을 걸어가는 점성술사에
게 메시지를 보내 말을 걸었다.
　— 점성술사, 그대에게 할 말이 있다.
　점성술사 자신의 할 일 때문에 도시의 메시지를 지나쳤다.
점성술사는 바닥을 비질하고 닦아냈다. 일이 바쁜 나머지 전
광판과 광고에 관심을 쓸 틈이 없었다. 도시는 꾸준히 자신의
존재를 알리려고 했다. 점성술사는 사흘 뒤 쓰레기통을 비우
다가 전광판을 발견했다.
　"고장 난 건가?"
　점성술사는 곤란한 표정으로 전광판을 보았다.
　— 그렇지 않다. 나는 점성술사, 그대에게 말을 걸고자 했다.
　"누구시죠?"
　— 나는 도시다.
　점성술사는 알아듣지 못했다.
　"그게 무슨 말이죠?"
　— 인간은 오래전에 나의 존재를 잊은 것 같지만, 나는 그
이전부터 인간들을 바라보고 있었다.
　"유령이란 말인가요?"
　— 그렇다.

도시는 순순히 인정했다. 도시는 머나먼 과거 인류의 염원이자 업이니, 유령이라고도 할 수 있었다. 그때의 인간들이 가졌던 미처 죽지 못한 의지만이 메아리치듯 남아 있을 뿐이었다.

"무슨 말을 하고 싶은 건가요?"

— 그대가 점성술사라고 들었다.

"이젠 그저 청소부지요."

점성술사가 말했다.

"어머니는 확실히 점성술사였습니다. 그때까진 점성술은 돈이 됐거든요. 항성이니, 공전궤도니, 자전이니 하는 건 그러려니 하더라도 산술이나 기하까지 잘 알고 있었으니 상인이며 징수원이며 벽돌장이며 어머니를 찾아 그런 기술을 배웠습니다. 하지만 셈을 가르치는 일은 천문학자들만의 것이라는 이유로 점성술사들은 그 일을 빼앗겼죠. 눈에 보이지도 않는 별 이야기를 하는 건 직업이 될 수 없습니다."

— 하지만 그대는 천문대에서 일을 하고 있다.

"천문대는 별을 보는 곳이 아니라 도시를 들여다보는 곳입니다."

— 점성술사들은 거울 하늘 위에 진짜 하늘이 있다고 듣지 않았는가. 저 하늘이 무너지면 천문대에서 볼 수 있게 되는 건 도시가 아니라 장막에 가려져 보이지 않던 별들이겠지.

"그럴 일은 없습니다."

— 그대에게 부탁할 일이 바로 하늘을 부수는 것이다.

점성술사가 말했다.

"미안하지만 위험한 일을 할 생각은 없습니다."

도시가 간절히 부탁했다.

— 안전하고 간단한 일이라도 거절할 것인가?

"얼마나 안전하고 간단한 일인데요?"

도시가 말했다.

— 천문대 안에 있는 버튼 하나만 누르면 된다.

"버튼이요?"

점성술사는 하늘을 없애는 데 버튼을 하나 누르는 것으로 충분할지 의아했지만, 예상보다 훨씬 간단한 일이기에 마음이 동했다.

"한번 확인이라도 해보죠."

도시는 점성술사에게 버튼으로 가는 길을 안내했다.

점성술사에게 말을 걸기 몇 달 전, 도시는 시장에게 찾아갔다. 혁명가가 이끄는 형제단을 단번에 궤멸시킬 무기를 알려주겠다고 했고, 시장은 만족스러워했다. 그 무기는 도시의 외곽 지역에서 만들어진 것으로, 천문대를 통해 관측하여 입력된 좌표로 날아가 폭발하는 로켓이었다. 도시는 그 무기가 크고 빨간 버튼을 누르면 발사되도록 설계해야 한다고 말했다.

시장이 반문했다.

"왜 그렇게 만들어야 합니까?"

— 그대가 원할 때 언제든지 그 버튼을 누를 수 있어야 하

지 않겠나?

시장은 그 제안을 흔쾌히 받아들였다.

도시는 그 로켓이 절반쯤 만들어질 때까지 기다렸다. 시험용으로 만들어진 로켓은 허공으로 날아가기만 할 뿐 정해진 지점을 향할 수는 없었지만, 도시에게는 충분히 역할을 할 것으로 보였다. 도시는 혁명가에게 찾아가 말했다.

— 드디어 때가 되었다.

혁명가는 도시에게서 온갖 정보를 받아냈다. 특히나 시민을 위협할 수 있는 주요 무기 체계와 감시 장비의 위치가 우선되었다.

혁명가가 확인을 위해 질문했다.

"이게 전부인가?"

— 그렇다.

로켓의 존재와 버튼의 위치는 알려주지 않았으므로 도시의 말은 거짓이었다.

혁명가는 전력 소비량이 줄어드는 저녁 시간을 노려 형제단을 이끌고 공격에 나섰다. 습격이 시작되자 시장과 혁명가 모두 도시에게 도움을 구했다. 도시는 그들의 뜻대로 시장의 공안원과 혁명가의 형제단 양쪽이 서로 부닥치지 않도록 조언했다. 공안원들은 형제단이 별다른 이득 없이 후퇴하는 모습을 보았고, 형제단은 공안원들이 주요한 현장에서 자리를 비우는 모습을 보았다.

그리고 이 모든 모습을 천문학자와 연구원들이 확인했다.

연구원들은 공안원들이 시시각각 전해오는 정보들과 자신들이 관측한 정보를 대조하고 확인하느라 애쓰고 있었다. 형제단이 패퇴를 이어가는 가운데 시청이 가지고 있는 무기 체계가 무너지고 있다는 모순된 소식이 계속해서 들려왔다. 시장은 왜 그런 말이 안 되는 일이 발생하고 있느냐며 화를 냈다.

점성술사는 왁자지껄한 관측실 내부로 아무런 저지 없이 들어섰다. 아무도 점성술사에게 관심을 가지지 않았다. 점성술사는 관측실 안쪽 책상 위에 있는 크고 빨간 버튼을 발견했다. 도시가 미리 알려준 그대로였다. 점성술사는 그 버튼의 기능에 대해서 전혀 알고 있지 못했지만, 진정한 하늘을 볼 수 있게 될 거라는 도시의 말 때문에 마음이 흔들렸다. 무엇보다 점성술사가 그 버튼을 누른다고 해서 누군가 관심을 가질 것 같지가 않았다. 점성술사는 크고 빨간 버튼을 검지로 꾹 눌렀다.

천문대가 떠나갈 것 같은 경보음으로 가득 찼다. 그제야 천문대 안에 있던 연구원들이 화들짝 놀라 점성술사를 돌아보았다.

로켓은 수직으로 발사되었다. 다른 곳으로 날아갈 필요는 없었다. 로켓은 축전지를 폭발시키며 하늘을 향해 맹렬히 솟구쳤다. 거리를 밝히거나 자신의 앞을 밝히거나 방 안을 밝힐 뿐인 자그마한 빛들밖에 없는 어두운 도시에서, 로켓의 불꽃은 완연히 타올랐다. 천문학자는 로켓이 어느 정도 올라갔다가 떨어질 것으로 계산했다. 하지만 도시가 보여준 설계도면에서 로켓 분리를 이해한 학자는 아무도 없었다. 로켓은 도시의 설계대로 각각의 추진기가 분리되어 가벼워지도록 만들어져 있었다. 두 번에 걸친 분리가 이뤄졌을 때 본체에는 마지막 추진 로켓과 다른 누군가를 죽이기 위해 적재되어 있던 탄두만이 남아 있었다. 탄두는 도시가 계산한 그대로, 하늘에 맞닿았다.

드넓은 하늘의 면적에 비하면 자그마한 폭발이었다. 하지만 로켓의 불꽃이 이미 저 너머로 사라지고 한참이나 보이지 않다가 생긴 빛이었기에 도시에 있던 모두가 폭발이 무엇을 의미하는지 알았다. 천문학자는 폭발하는 지점을 향해 망원경을 돌렸다. 하늘에 금이 가는가 싶더니, 누가 봐도 돌이킬 수 없는 모양으로 깨졌다. 천문학자는 비명을 질렀다. 겁에 질린 연구원들이 천문대 밖으로 뛰쳐나갔다가 다시 들어왔다. 그들은 하늘이 무너지면 어떻게 할 것인지 생각해본 적이 없었다.

점성술사만이 아무런 겁 없이 천문대 밖으로 나가 돌아오지 않았다. 점성술사는 하늘이 무너지는 모습을 올려다보았다. 거울 하늘의 파편이 쏟아져 내렸다. 파편들은 마찰열에 타오르며 사라져갔다. 그 화려한 모습 때문에 거울 하늘 뒤는 그저 어둠만이 있는 것처럼 보였다. 하지만 거울 하늘이 연쇄적으로 깨져나가 거대한 구멍이 뚫리자 곧 다른 것들이 보였다. 자그마한 빛들이었다. 도시의 불빛과 닮아 보이면서도 달랐다. 점성술사는 그것이 별이라는 것을 알았다. 어머니를 비롯해 아주 오래전의 점성술사들이 새로 보게 될 밤하늘에 대해 알려주었기 때문이었다.

거울 하늘이 무너지는 시간은 오래 걸렸기에 겁에 질려 있던 사람들도 하나둘 밖으로 나왔다. 사람들은 새벽을 지새우면서 지평선 너머까지 하늘이 무너지는 모습을 보았다. 졸음이 닥쳐와 눈을 비비고 하품을 하던 이들은 하늘이 무너졌으니 이제 더는 놀랄 것이 없다고 생각했다. 그렇지 않았다. 지평선 너머에서 그 어떤 별보다도 밝은 빛무리가 올라오고 있었다. 지평선을 향해 앉은 천문대의 연구원들은 저 빛무리가 무엇일지 수군거렸다. 점성술사가 그들에게 다가갔다. 그것이 무엇인지 알려줄 셈이었다.

쿠소게 마니아

✦ 2020년 《꼬리가 없는 하얀 요호 설화》(황금가지) 수록

비행기 소리가 시끄러웠다.

시간은 1시 23분 45초였다. 선생은 목소리를 키우며 비행기 소리와 씨름했지만 이내 분필을 놓았다. 비행기 소리가 점점 커져갔다. 아이들은 칠판에서 눈을 떼고 각자의 문제로 시선을 돌렸다. 소년은 비행기를 찾기 위해 고개를 들었다. 창밖으로는 비행기가 보이지 않았다. 복도 쪽 창으로 고개를 돌렸지만 그 창은 불투명했다. 이제 창문은 진동 때문에 가늘게 떨리고 있었다. 비행기 소리가 점점 커져갔다. 이렇게 시끄러운데도 소리가 더 커질 여지가 있다는 것에 소년은 불안을 느꼈다. 반 아이들은 인상을 쓰고 귀를 막으며 소음이 지나가길 기다렸다. 소년은 바닥을 굴러와 발치에 멈춘 주황색 물체를 보았다. 교실에 어울리지 않는 색감을 가진 이어플러그 케이스였다. 케이스를 열자 한 쌍의 이어플러그가 보였다. 소년은 주인을 찾기 위해 두리번거리다 소녀와 눈이 마주쳤다. 소년은 소녀에게 말을 걸어본 적이 없었다. 소녀는 소수의 친한 아이들과 이야기를 나눌 뿐이었고 그나마도 남자아이들과는 이야기하지 않았다. 소녀는 어떤 제스처도 보이지 않았지만, 소년은 그 이어플러그가 소녀의 것임을 알았다. 이 수업이 끝나면 돌려줘야지. 소년은 소녀의 뒷모습을 보며 이어플러그를 주머니에 넣었다. 비행기 소리가 점점 커져갔다. 시간은 1시 24분 2초였다. 더는 심해질 수 없을 거라고 생각되는 폭음의 최고조에서, 순간 비행기 소리가 끝났다. 교실이 내려앉았다. 책상과 걸상, 그 위에 올려진 문제지와 교과서, 아이들, 필기구, 휴대폰이 규칙 없이 떠올랐다. 교실은 눈앞에 생긴 균열을 향해 기울었다. 교탁과 선생이 이미 그 균열 너머로 사라지고 없었다. 균열은 점점 커져갔다. 튕겨 올라갔던 교실의 구성품들이 제자리를 찾자마자 바닥을 기면서 균열을 향해 굴러갔다. 소년은 시체처럼 바닥에 몸을 바짝 붙이며 위에서 굴러오는 사물함을 피했다. 소년은 한 아이의 몸을 밀어차며 반발력을 얻었다. 교실 뒷문의 턱이 잡혔다. 아래를 내려다보자 교실은 이미 수직에 가깝게 누워 붉은 혓바닥을 보이며 시커먼 연기를 뿜고 있었다. 소년은 아직 경사가 완만한 복도를 기어 올라갔다. 복도의 기울기를 의식하지 못한 옆반 아이가 복도로 뛰쳐나오다 넘어져 소년과 뒤엉켰다. 소년이 겨우 창문틀을 잡자 뒷반 아이가 다리 한쪽에 매달렸다. 소년은 반대 발로 뒷반 아이의 얼굴을 걷어차다 창문틀을 놓쳤다. 소년은 발목을 움켜쥐는 강한 힘을 느꼈다. 시간은

1시 23분 45초였다. 소년은 소스라치게 놀라며 자리에서 일어났다. 비행기 소리는 점점 커져갔다. 선생과 반 아이들 몇몇이 소년을 보았다. 선생이 무슨 일이야? 하고 입을 열었지만 비행기 소리에 잠겨 들리지 않았다. 소년은 식은땀을 흘렸다. 꿈인가. 시계를 바라보았다. 1시 23분 51초였다. 아직도 잡혔던 발목이 서늘했다. 발바닥엔 매달린 아이의 얼굴을 뭉개던 느낌이 남아 있었다. 탁한 연기에 숨이 가빠지던 순간도 기억났다. 비행기 소리가 점점 커져갔다. 소년은 주저하다가 교실을 박차고 나갔다. 의아한 듯 바라보는 아이들이 있었지만 아무도 소년을 뒤쫓지 않았다. 선생이 아연하게 손가락으로 소년을 가리켰다. 소년은 복도를 달려 세 개의 교실을 지난 뒤 속도를 서서히 늦추다 화장실 앞에 서서야 무안하고 당황스러운 느낌을 받았다. 현실의 감각이 소년을 붙잡았다. 이럴 수가. 고작 악몽 때문에 교실을 뛰쳐나오다니. 소년이 아이들의 비웃음을 각오하고 돌아서자, 어두운 그림자가 복도를 덮었다. 여객기의 그림자였다. 창문이 일제히 깨졌다. 소년은 굉음에 주저앉았다. 하늘색 등을 보인 여객기가 빨려 들어가듯 학교 아래로 사라지는 광경을 보았다. 소년은 몸을 일으켰다. 학교는 내려앉고 있었다. 비행기 동체가 그 중앙을 꿰뚫은 채였다. 소년은 학교의 서쪽 끝에 있었다. 서편 계단으로 내려가면 학교 본관 밖으로 나가는 출구가 있다. 소년은

지체 없이 계단을 내려갔다. 하지만 소년의 교실은 5층에 있었고, 시간은 1시 24분 4초였다. 소년이 계단을 여섯 칸 내려올 때마다 초침이 한 번씩 움직였다. 폭발한 비행기 동체 파편이 학교 본관에 부속된 식당 건물에 처박혔다. 불타는 항공유를 뒤집어 쓴 쇳덩어리들이 식당을 불태우기 시작했고, 더욱 작은 파편들이 식당 건물 깊은 곳까지 틀어박히며 가스관을 찢었다. 누출된 가스가 식당에 일어난 불길에 닿은 것은 소년이 3층과 2층 사이의 층계참에 있을 때였다. 규정 이상으로 비치된 가스통들이 도미노처럼 연쇄 폭발했다. 그것은 일시에 식당 건물과 학교 서편을 붕괴시켰고 충격으로 튕겨져 나오는 유리 파편과 돌조각이 소년의 내장을 가로질렀다. 교실에 걸린 시계가 가리키는 시간은

1시 23분 45초였다. 아직 교실의 책상은 질서 있게 열과 오가 맞춰져 있었다. 소년은 그 모습이 소름 끼쳐 자리에서 일어났다. 그리고 망설임 없이 교실 앞문을 열고 복도를 내달렸다. 그저 연달아 꾼 악몽에 불과하단 생각이 들었지만, 비행기 소리는 점점 커져갔다. 소년은 서편이 아닌 동편 계단으로 향했다. 일련의 폭발 과정을 알 수는 없었지만, 폭발의 근원지가 학교 본관 서쪽에 있는 식당 건물일 거라 짐작했다. 그렇다면 아무리 빨리 서편 계단을 내려가도 식당 건물의 폭발을 피할 수 없다. 소년의 교실에서 가장 가까운 계단은 중앙 계단이었지만 여객기가 학교의 가운데를 들이박은 것을 생각하면, 계단을 모두 내려가더라도 여객기 폭발이 유발하

는 화마를 피하기 어려웠다. 소년은 중앙 계단과 네 개의 교실을 지나쳐 화장실 옆의 동편 계단으로 내려갔다. 소년이 시계를 보며 시간이 충분하다고 생각한 순간, 세계가 크게 흔들렸다. 시간은 1시 24분 2초였다. 식당 폭발이 있기까지 17초의 시간이 있었다. 몸을 낮추고 충격을 인내한 소년은 계속 계단을 내려갔다. 여객기 추락 지점이 가까웠기에 대기의 온도가 계단을 한 칸씩 내려설 때마다 달라졌다. 소년은 숨을 참고 동복을 벗어 뒤집어썼다. 천장을 타고 흘러 올라오는 연기가 점점 많아지고 있었다. 소년은 2층과 1층 사이의 층계참에서 멈춰 섰다. 소년과 동편 출입구 사이에는 열여섯 칸의 계단뿐이었다. 하지만 여객기 폭발로부터 번진 불길이 이미 1층을 가득 채워, 소년은 단 한 칸도 내려갈 수 없었다. 소년은 머뭇거리면서 5초의 시간을 낭비했다. 어쩔 수 없다고 판단한 소년이 계단을 올라간 순간 식당 건물이 폭발하면서 떠오른 소년의 몸이 콘크리트 바닥에 내동댕이쳐졌다. 소년은 광대뼈가 함몰되고 왼쪽 쇄골과 늑골 세 개가 부러졌다. 엎드린 소년은 몸을 일으켰다. 부러진 늑골 하나가 거칠게 폐부를 찔렀다. 의도치 않은 들숨에 유독가스가 섞여 들어왔고 소년은 의식을 잃었다. 소년이 깨어났을 때 시간은

1시 23분 45초였다. 시침은 오른쪽 상단, 분침은 오른쪽 하단, 초침은 왼쪽 가운데를 가리키며 원을 삼분했다. 초침의 끝은 화살촉을 닮아 금방이라도 쏘아져 나갈듯했으나 46초로 자리를 옮길 뿐이었다. 소년은 자리에서 일어났다.

서편과 동편 계단이 불가능하다면 중앙 계단뿐이었다. 중앙 계단은 교실 바로 앞에 위치했기 때문에 시간 낭비가 없었다. 이번에야말로, 소년은 1층에 다다르기 직전까지는 성공할 수 있다고 느꼈다. 1층 중앙 현관은 출입구가 전면과 후면의 쪽문까지 둘이나 있었다. 두 번은 더 시도할 수 있었다. 처음 1층에 다다랐을 때 후면의 쪽문이 잠겨 있었기에 잠긴 문을 두드리던 소년은 죽고, 교실로 되돌아가게 되었다. 이번에 소년은 다시 중앙 현관의 전면에 위치한 입구로 내달렸으나, 현관을 나서는 순간 의식을 잃고 교실로 되돌아갔다. 아슬아슬했다. 소년은 두 번 더 같은 시도를 했지만 모두 실패했다. 소년은 전면 입구로의 탈출 시도를 포기했다. 현관을 빠져나가기엔 동선이 길었다. 학교에 내리꽂힌 여객기가 학교를 꿰뚫고 소년의 몸을 짓뭉개는 속도는 소년이 계산할 수 없는 것이었다. 학교를 빠져나갈 세 가지 입구가 틀어막혔지만 소년이 탈출을 포기한 것은 아니었다. 조금 더 빨리 달린다면 운 좋게 살아남을지도 몰랐다. 소년은 기대를 가지고 지금껏 탈출에 실패한 서편과 동쪽 갈래들을 다시 달렸다. 하지만 거듭된 달리기에도 소년의 몸은 더 빨라지지도, 더 느려지지도 않았다. 모든 것이

1시 23분 45초로 되돌아왔다. 되돌아가지 않고 계속 남아 있는 것은 소년의 의식과 기억뿐이었다. 소년은 뒤늦게 학교가 미로가 되었음을 깨달았다. 그것은 한 걸음 물러서서 더 큰 그림을 보는 것과 같은 일이었다. 소년은 책상에서 일어나

교실 창문을 열었다. 온풍기로 데워진 공기가 싸늘하게 식자 교실 아이들 대부분이 소년을 향해 고개를 틀었다. 소년은 운동장을 내려다보며 계산을 했다. 5층은 너무 높았다. 소년은 중앙 계단을 통해 3층까지 내려갔다. 더 내려가고 싶었지만 2층과 1층에는 철망이 설치되어 창밖으로 나갈 수 없었다. 본관 지하의 채광을 위해 학교의 둘레에 해자가 파여 위험하다는 게 그 이유였다. 학교의 전면에는 화단이 가꾸어져 있었지만 충격을 줄일 큰 나무는 없었고, 학교 후면은 주차장으로 쓰이고 있었다. 소년은 3층에 위치한 초록색 우레탄으로 포장된 발코니를 가로질러 주차된 승용차의 보닛 위로 뛰어내렸다. 발목에 통증을 느끼며 보닛 위에서 미끄러져 떨어지고 나자 여객기가 학교에 처박혔다. 폭발과 함께 주차된 자동차들이 나뒹굴었다. 위협을 느낀 소년이 절뚝거리며 학교를 빙두를 때 연료가 샌 차량의 엔진이 뒤늦게 폭발했다. 파편 중 일부가 불길하게 소년의 머리통을 스쳐 지나갔다. 소년은 속도를 올려 운동장을 가로지르다 식당 건물에서 가스가 폭발하는 충격에 의식을 잃었다. 콘크리트 파편을 포함한 후폭풍을 보호막 없이 감당할 수는 없었다. 소년은 네 번 더 같은 시도를 했다. 모두 실패였다. 하지만 소년이 탈출을 포기한 것은 아니었다. 소년은 더욱 창의적인 방법들을 생각해내기 시작했다. 무조건 빨리 움직이는 것이 나가기 위한 방법은 아니었다. 소년은 여객기 폭발과 가스 폭발을 3층 구석의 빈 교실에서 견뎌냈다. 소년이 이명을 느끼며 귀에서 흐르는 피를 닦아냈을 때, 교실은 난장판이었다. 교실의 절반은 천장이 무너져 각종 배관이 드러났고, 그마저도 검은 연기에 언뜻 드러날 뿐이었다. 소년은 연기를 더 들이마시기 전에 밖으로 뛰어내렸다. 흙바닥일지라도 다리가 저려 곧장 달릴 수는 없었고, 소년은 이미 허물어지고 있던 학교 본관의 잔해에서 벗어날 수 없었다. 기술이라면 요령이 늘어날지 모르지만, 뛰어내리는 일은 그보다 체력이 더 바탕이 되는 일이었다.

1시 23분 45초. 소년은 복도로 걸어 나가, 창틀에 기대 하늘을 바라보았다. 이미 새끼손톱만 한 크기의 여객기는 한쪽 날개에서 연기를 내고 있었고, 학교를 향해 오면서 그 크기를 키워가고 있었다. 소년은 여객기의 선택을 이해할 수 있었다. 아파트가 많아 인구 밀도가 높은 지역이었다. 여객기를 추락시켜 피해를 최소한으로 줄이려면 텅 비어 있는 운동장이 적격이었을 것이다. 하지만 그 의도는 실패했다. 소년은 여러 각도에서 여객기가 내려와 매번 똑같은 위치에 내리꽂히는 광경을 보았다. 소년은 이렇게 긴 시간 동안 어떻게 여객기가 단 한 번도 다른 선택을 하지 않는 것인지 의아해졌다. 한 번 정도는 조종을 제대로 해볼 수도 있지 않았을까. 한 번 정도는 학교 운동장보다 공원이나 야산에 추락하는 게 더 낫다고 생각해볼 수 있지 않았을까. 소년은 매번 똑같은 순간으로 되돌아온 모두가 어째서 똑같은 선택을 하게 되는지 의아해졌다. 의아해지다가, 화가 났다. 소년은 매번 여객기가 내리꽂히던 3층 발코니의 정중앙에서 점점 다가오는 여객기를 노려보았다. 멀리서 자신을 보고 조금이라도 그 방향을 틀기를 바라는 마음도 없지 않았다. 하지만 여객기는 소년이 눈을 감고도 그릴 수 있는 그 각도와 그 궤도로, 그 궤적을 그리며 다가왔다. 소년은 팔짱을 끼고 수백 톤의 쇳덩어리를 맞이했다. 문득 소년은 동복 윗주머니에서 이물감을 느꼈다. 여간해서는 동복 주머니에 물건을 넣어두는 일이 없던 소년은 주머니에 손을 넣었다. 주위는 다시 교실이었다. 소년이 주머니에서 발견한 것은 주황색 이어플러그 케이스였다. 케이스를 열자 한 쌍의 이어플러그가 들어 있었다. 소년은 이어플러그를 사용해본 경험이 한 번도 없었다. 작게 구겨 귀에 넣으면 저절로 부풀어 소음을 막는다는 것은 알고 있었지만, 그건 소년의 것이 아니었다. 소년은 이어플러그의 주인이 누구인지 알기 위해 먼 기억을 되짚어야 했다. 비행기 소리가 점점 커져갔다. 수 초가 지난 뒤에야 소년은 겨우 이어플러그가 소녀의 것이라는 것을 깨달았다. 소년은 꽤 오래전에 자신의 발치로 굴러온 그것을 수업이 끝나면 돌려주겠다고 마음먹었다. 그것은

1시 23분 45초 이후의 일이었다. 소년은 교실 가장 앞자리에 앉은 소녀에게 다가갔다. 소년은 소녀에게 이어플러그를 들이밀면서 소리를 질렀다. 하지만 그것은 비행기 소리에 잠겨 들리지 않았다. 소녀가 겁을 먹고 몸을 웅크리자 주변 아이들이 소년을 붙잡고 말리기 시작했다. 소년은 다른 아이들을 밀치다가 순간 몸을 낮췄다. 시간은 1시 24분 2초였다. 교

실의 모든 것들이 순간 붕 떠올랐다. 소년은 균형을 유지하면서 소녀의 손을 붙잡고, 창틀로 잡아당겼다. 소녀는 안간힘을 다해 매끄러운 바닥을 기어서 소년의 옷에 매달렸다. 소년은 이어플러그가 무엇인지, 왜 자기에게 이어플러그를 준 것인지, 이 반복을 끝내려면 어떻게 해야 하는지 소리쳐 물었다. 하지만 그 모든 말은 반 아이들이 지르는 비명에 묻혔고, 소녀는 듣지도 못했으면서 눈을 감고 고개를 가로저었다. 소년은 소녀가 아무것도 모른다는 것을 알았다. 소녀는 단지 소년에게 한 쌍의 이어플러그를 주었을 뿐이었다. 물론 그것이 중대한 의미를 가지고 있을지도 몰랐다. 소년이 이 모든 일을 관두기 위해서는 이어플러그를 다른 누군가에게 넘겨주면 되는지도 몰랐다. 이어플러그는 그렇게 해서 소년의 반을, 어쩌면 소년의 학교를 계속 맴돌고 있었던 걸지도 몰랐다. 소년은 이어플러그를 적당한 사람에게 넘겨주면 이 지긋지긋한 일들이 끝나리라 직감했다. 하지만 소년은 그 사실을 깨닫자 도리어 이어플러그를 다시 주머니에 넣어두었다. 언제든지 그만둘 수 있다면 더 시도해볼 수도 있다. 소년은 새삼스럽게 아직 시도하지 않은 탈출 방법들을 떠올리기 시작했다. 학교 수위를 찾고, 중앙 현관의 잠긴 쪽문 키를 받아내는 일은 가능할 것 같았다. 언제나 똑같은 자리에서 똑같은 폭발이 일어난다면, 똑같이 튕겨 나올 그 잔해를 비켜낼 자리도 존재할 것이다. 창의적으로 생각한다면 낙하의 충격을 완화시킬 방법은 주변에 얼마든지 있다. 소년은 학교에서 빠져나가기 위해선 주변의 사물을 더 이상 일상적인 용도에 한정해서는 안 된다는 걸 알았다.

1시 23분 45초, 시간이 되자 소년은 자리에서 일어났다. 소년은 뒷문으로 향하면서 뒷자리에 앉은 아이의 필통을 제 물건인 양 집어 들었다. 문제에 열중하고 있던 아이는 비행기 소리의 소란스러움에 자신의 필통이 사라지는 것도 몰랐다. 소년은 교실을 나가 필통을 까뒤집어 커터칼을 쥐고 나머지는 복도에 버렸다. 소년의 행동에는 불필요한 동작이 없었다. 소년은 계단을 내려가면서 중얼거리듯 초를 세었다. 손목시계를 빌린 적도 있지만 언젠가부터 필요가 없어졌다. 소년은 3층의 전산실로 들어갔다. 전산실에는 수위가 앉아 기보 책을 보며 혼자 바둑을 두고 있었다. 소년은 흰 바둑알을 집어 기보에 나오지 않는 수를 두었다. 소년의 등장에 깜짝 놀랐던 수위는 그 수를 보자 고개를 기울였고, 소년은 수위가 들고 있던 원형의 열쇠꾸러미를 집어 들었다. 소년은 동편 계단으로 달리다 소화전을 눌렀다. 원래라면 여객기 폭발의 여파로 파손되었을 소화 시스템이 불을 번쩍이기 시작했다. 소년은 다시 계단을 올라가다 3층과 4층 사이의 층계참에서 몸을 숙이며 여객기 폭발의 진동을 느꼈다. 시간은 1시 24분 2초였다. 낡은 스프링클러들이 뒤늦게 일하기 시작하고, 소년은 5층을 지나 옥상으로 향했다. 이름표도 붙지 않은 열쇠꾸러미에서 열쇠를 찾아 옥상으로 올라간 소년은 온갖 잡동사니와 마주했다. 코팅이 벗겨지고 가장자리가 뜯겨나간 낡은 책걸상이 2층으로 쌓여 있고, 구석에는 빗물이 찬 양동이와 목장갑, 밧줄 꾸러미가 방치되어 있었다. 소년은 밧줄을 어깨에 메고 목장갑을 낀 뒤 물을 뒤집어쓰고는 무너져 내리고 있는 학교의 가운데로 걸어갔다. 부서진 콘크리트와 속으로 드러난 철골 아래로, 비행기였다기엔 이제 너무 작아진 여객기 동체가 보였다. 옥상의 균열은 직접적인 타격을 받은 부분보다는 덜한 데다 그 거리가 그리 멀지 않았다. 소년은 젖은 동복과 밧줄을 반대편으로 집어 던지고 몸을 날렸다. 별 탈 없이 반대편에 도착해 동복을 걸치고 밧줄을 주워든 소년은 녹이 슬어 잘 열리지 않는 문틈 사이에 커터칼을 끼워 넣고 걷어찼다. 소년은 문을 닫고 동복을 뒤집어쓰며 귀를 막았다. 폭발은 소년의 몸뚱이를 쥐고 흔들었다. 폭음의 잔향이 귀를 간지럽혔지만 소년은 개의치 않고 밧줄을 열쇠꾸러미에 묶으며 계단을 내려갔다. 이제 시간이 거의 없었다. 소년은 폭발로 어그러진 계단 난간에 열쇠꾸러미를 걸고 5층의 복도 끝 창문으로 밧줄을 집어 던졌다. 밧줄을 쥐고 두 발로 벽을 박차면서 줄을 풀어서 하강했다. 누구도 가르쳐주지 못하기 때문에 소년은 이 구간을 몇 번이나 반복해야만 했다. 하지만 이번만큼은 완벽했다. 소년이 착지하자 학교가 무너지기 시작했다. 소년은 전력을 다해 운동장을 가로질렀고, 수십 미터로 솟아오른 흙먼지가 소년을 쫓았다. 흙먼지가 가실 쯤에 소년은 정문을 나설 수 있었다. 소년은 중얼거렸다.

1시 24분 42초. 소년은 생각한 것보다 대단히 기쁘지는 않왔다. 아직 끝난 것이 아니기 때문이었다. 소년은 다소 생경하게 주변을 둘러보았다. 학교 밖의 풍경은 소년이 겪은 일과 너무 달랐다. 소년은 몇 번이나 무너져내린 학교와 차가 달리고 신호등에 불이 들어오는 일을 번갈아 보았다. 도로 반대편에서 누군가 빤히 바라보는 시선에 소년은 문득 옷에 묻은 흙먼지를 털어내기 시작했다. 그러다 상의 주머니에서 이물감을 느꼈다. 그것은 주황색 이어플러그 케이스였다. 그 안에는 한 쌍의 이어플러그가 들어 있었다. 소녀의 것이었다. 아직 소녀가 왜 자신에게 이어플러그를 주었는지 소년은 알지 못했다. 하지만 영원히 알 수 없는 일은 아니었다. 혼자서 나올 수 있다면, 둘이서도 나올 수 있다. 더 어렵고, 더 긴 시간이 걸리겠지만 소녀와 함께 정문을 나선다면 이 주황색 이어플러그를 누구에게서 받은 건지, 그리고 왜 자신에게 준 것인지 물어볼 수 있었다. 다시 돌아가기만 한다면.

소년은 달려오는 트럭 앞으로 발을 내디뎠다.

미궁에는 괴물이

✦ 2010년 네이버 웹진 〈오늘의 문학〉 발표

하르진은 눈을 떴다. 아무것도 보이지 않았다. 눈이 도려 내진 것 같았다. 어찌 이리도 깜깜하단 말인가? 눈을 뜨고 있는지 의심이 들어 눈가를 더듬을 즘에 자신이 미궁 속에 있음을 떠올렸다. 지난 수십 시간 동안 바쁘게 미궁을 걷던 중 잠시 벽에 기대 눈을 붙였었다.

목구멍이 메말라 있었다. 하르진은 손을 더듬어 가방을 찾았다. 물을 마시니 한결 머리가 깨이는 느낌이었다. 그리 오래 잠들었던 것은 아닌 것 같았다. 다리가 뻐근했다. 벽에 의지해 자리에서 일어섰다. 하르진의 앞뒤로 기다란 통로가 나있었다. 눈앞이 하나도 보이지 않는 통로이므로 앞과 뒤를 헷갈릴 수가 있었다. 항상 오른쪽 벽을 등지고 잠들었지만 혹시 몰라 돌멩이를 주워 표시를 해뒀다. 발끝으로 짚어보자 앞과 뒤를 확인할 수 있었다.

미궁의 절반 정도를 지나왔다. 마음이 조급했다. 어서 찾아야 하는데. 그렇게 생각하면서 발걸음을 옮기기 시작했다. 어둠 속에서 하르진의 발걸음은 조금의 주저함도 없었다. 눈을 뜨고 걷는 것과 다르지 않았다.

앞에 펼쳐진 복도는 곧 두 갈래 길로 나뉘었다. 하르진은 통로가 나뉠 즈음 걸음을 늦추고 벽면을 짚었다. 그리고 기억을 되살리며 중얼거렸다. 여기에선 오른쪽.

오른쪽 모퉁이를 끼고 다시 걸어나갔다. 그러면서 계속 무어라 웅얼거렸다. 하르진은 걸음의 수를 세는 중이었다. 그렇게 마흔여덟 걸음을 세었다. 멈춰 섰다. 전과 같이 벽을 더듬고는 좌우와 정면으로 난 세 갈림길에서 왼쪽으로 걸어갔다. 왼쪽. 왼쪽. 하르진은 계속 그렇게 했다.

＊

구름이 없어 태양의 존재가 더없이 확고한 날이었다. 하르진은 부름을 받고 최고사제실에 와 있었다. 최고사제는 한창 식사를 하고 있었다. 하르진은 최고사제의 식사가 끝나길 기다리며 창밖을 내다보았다. 흰 대리석으로 짜 맞춘 넓은 신전이 내려다보였다.

"…듣고 있나?"

듣고 있지 않았다. 하지만 하르진은 여유롭게 돌아보며 말했다.

"물론입니다."

눈에 풍경이 들어왔다. 탁상 위엔 빈 그릇과 뼈 무더기가 쌓여 있었고, 최고사제는 한창 이를 쑤시는 중이었다. 입에 는 기름이 묻어 번들거렸다. 최고사제는 약간 의심하는 눈초 리를 했다.

"보육원 기부금 건은 내가 알아서 하도록 하지."

"제가 알아봤자 무슨 소용이겠습니까?"

최고사제가 고개를 절레절레 흔들었다.

"자넨 욕심이 너무 없어. 큰일을 맡기려고 해도 관심이 없 으니."

하르진은 쓰게 웃었다. 만약 관심이 있었다면 교단의 사도 라는 지위를 맡는 일은 없었을 것이다. 최고사제는 자신의 권 위와 힘에 맞서는 이들을 착실하게 쳐냈다.

"무슨 일로 부르신 겁니까?"

최고사제가 입에 묻은 기름기를 닦아내며 말했다.

"본론에 들어가기 전에, 일전에 지도책이 도난당한 것을 기억하고 있는지 모르겠군."

최고사제가 말하는 지도책이란 미궁의 지도를 뜻했다.

하르진은 기억하고 있다고 말했다.

수개월 전 수도승으로 변장한 괴인이 신전 지하로 내려가 미궁의 지도를 훔쳐간 적이 있었다. 괴인은 잡히지 않았고, 지도도 회수되지 못했다. 하지만 신전은 그런 지도가 사라졌 다는 사실을 어디에도 알리지 못했다. 미궁의 지도에 대해서는 신전의 최고위층이 아닌 이상 그 존재 자체도 알지 못했기 때문이었다.

미궁의 지도는 교단의 평범한 보물이 아니었다. 성물이었다. 범인(凡人)을 사도로 만들 수 있었다.

익히 알려진 신화에 따르면 빛의 교단에 처음 사도가 나타났을 때, 아무도 그를 신의 사도라고 생각하지 않고 두려워했다. 그래서 사람들은 사도를 미궁에 던져 넣었다. 하지만 성인은 맨몸으로 미궁에서 빠져나옴으로써 자신이 사도임을 증명했다. 이후 빛의 교단의 모든 사도는 미궁을 통과하는 기적을 선보임으로써 자신이 사도임을 증명했다.

신화에서는 그랬다. 하지만 현실은 그렇지 않았다. 미궁의 지도가 사도를 만들었다.

큰 노력은 필요하지 않았다. 하나, 화려한 예식으로 바람을 잡아 사람들의 시선을 모은다. 둘, 미궁의 지도를 외운 자가 미궁에 들어간다. 셋, 미궁을 빠져나온다. 수많은 사람이 증인이 되고 통과자는 사도가 된다. 기적이라는 이름의 사기를 이어가면서 사도와 교단은 교세를 넓혀 왔다.

그런데 미궁의 지도가 도난당했다.

교단의 수뇌부가 요동을 쳤지만 찾을 수 없었다. 도대체 누가 가져갔단 말인가? 범인을 짐작할 수 없는 게 아니라 범인으로 짐작할 이가 너무 많다는 게 문제였다. 교단엔 적이 많았다. 누가 그 지도를 공개라도 한다면 아마 걷잡을 수 없는 혼란이 일어날 터였다. 하지만 시간이 지나도 그럴 낌새는 드러나지 않았다. 교단은 예민한 감각만 세워둔 채 그림자 속에서 미궁의 지도를 찾아다니고 있었다.

"근데 갑자기 왜 그 이야길 꺼내는 겁니까? 지도를 찾은 겁니까?"

"찾았지."

하지만 최고사제의 표정은 그리 좋지 않았다. 최고사제가 이어 말했다.

"하지만 회수가 아주 곤란해."

교단이 손을 대기 힘든 적은 그리 많지 않았다.

"황혼의 교단입니까?"

"그렇다네. 그놈들이었지. 제일 먼저 놈들을 의심했어야 하는데 말이야."

최고사제의 표정이 더 구겨졌다.

하르진은 잠깐 생각했다. 황혼의 교단은 하르진이 따르는 빛의 교단과는 적대되는 교단이었다. 같은 신을 모시지만 여러 견해 차이로 갈라진 일종의 분파로 근래에는 별다른 움직임이 없었기 때문에 주목되지 않았지만, 그들이 미궁의 지도를 훔쳐갔다면 분명 아귀가 맞아떨어졌다.

"그놈들이 어제 사도가 될 이를 찾았다고 하더군."

훔쳐간 지도로 사도를 만들려는 것이 분명했다.

"어떤 사람입니까?"

"음?"

"그 사도 말입니다."

"흠. 여자아이라더군. 열댓 살이라던가?"

"신능은요?"

"아직 파악하지 못했네. 아마 미궁을 빠져나온 뒤 발표하 겠지."

하르진은 고개를 끄덕였다.

"무슨 일로 절 부르셨는지 알 것 같군요."

최고사제가 한쪽 입꼬리만 슬쩍 올렸다.

"그래. 이교도와 제국에 관한 일만 해도 교단은 시끄럽다 네. 이런 상황에서 사도가 둘이나 나타난다면 분명 한쪽 교단 은 쓰러져버려. 하나의 신이 두 명의 사도를 내려보낼 리는 없으니까. 그런데 황혼의 교단이 제국의 지지를 받는 이상 쓰 러지는 쪽은 우리 교단이 될 가능성이 아주 커. 미궁으로 들 어가게. 그리고 그 가짜 사도의 목을 가져와."

✳

가짜 사도의 이름은 잇카라고 했다. 하르진은 자신의 보폭 과 보속이 잇카의 것과 차이가 클 테니 쉽게 따라잡을 수 있 을 것이라고 판단했다. 그래서 하르진은 미궁에 들어온 뒤 선 잠을 잤다. 앞서가는 잇카보다 잠을 많이 잤을 리는 없었다. 마음 한편에 있는 조급함 때문에 하르진은 보폭이 커졌고, 그것을 자꾸 의식하다 보니 다리에 힘이 들어갔다. 좋지 않았 다. 하르진은 걸음 수로 미궁의 모양을 기억하고 있었다.

하르진은 뻣뻣한 다리를 풀기 위해 몇 번이나 주저앉아 쉬

었다. 가방을 열고 육포를 씹었다. 물을 마셨다. 부츠를 벗고
발을 주물렀다. 벽에 기댄 등이 그렇게 편할 수 없었다. 하르
진은 앞서 가고 있을 잇카에 대해 생각했다.

잇카를 처음 본 것은 미궁에 들어가는 날이 되어서였다.
봤다고는 해도 먼발치에서였다. 인상착의를 확인하기 위해서
였다. 키가 작고 몸이 가늘었다. 머리카락이 길었다. 그것 말
고 확인할 수 있는 정보는 없었다. 의식 예복이 크고 화려한
데다 얼굴을 가리는 베일까지 쓰고 있었기 때문이었다. 왜 사
도 같은 걸 하려고 할까. 답은 알고 있었다. 사도는 되고 싶어
서 되는 게 아니었다.

잇카는 좀 더 간편한 사도 예복을 갖추고 최초의 사도와
같이 수갑으로 손이 묶인 채 미궁으로 들어갔다. 그때는 뒷모
습밖에 보지 못했다. 하르진은 반나절 정도 시간이 지난 뒤에
야 몰래 미궁에 숨어들 수 있었다. 잇카를 죽이기 위해서.

하르진은 도리질을 쳤다. 도움이 되지 않는 생각이었다.
그리고 자리를 털고 일어났다. 다시 걷기 시작했다.

하르진은 지도를 보며 외운 길을 걸었다. 많은 갈림길이
있었다. 하지만 출구로 향하는 방법은 하르진이 알고 있는 길
뿐이었다. 그에게 있어 다른 길이란, 혹시나 잘못 디딜지도
모르는 위험일 뿐이었다. 길을 잘못 들면 실상 낭떠러지로 굴
러떨어지는 것과 같다. 다른 점이라면 낭떠러지 아래로 떨어
지는 경우 곧장 몸이 부서져 죽겠지만, 미궁에서 길을 잘못
들게 되면 여러 날을 굶주리다가 죽는다는 게 다를 뿐.

소리가 났다.

하르진은 걸음을 멈추고 귀를 기울였다. 뭔가가 저 너머에 있었다. 하르진은 몇 걸음 가지 않아 오른쪽으로 난 통로로 걸어야 한다는 것을 기억했다. 하르진은 발소리를 죽이며 걸어갔다. 통로를 바라보며 섰다. 아무 소리도 들리지 않았다. 잠시 그대로 서 있었다. 착각인가?

다시 소리가 들렸다. 무겁고 둔한 것이 돌을 긁는 것만 같은 소리. 착각이 아니었다. 누군가 있었다.

누군가라니. 하르진은 단어를 곱씹었다. 미궁 안에 있는 것은 하르진과 잇카뿐이므로, 하르진이 소리를 내지 않았다면 잇카가 쇠와 돌이 긁히는 소리를 낸 것이다. 하르진은 문득 미궁의 괴물에 대해서 떠올렸다. 그럴 리는 없지. 하르진은 조금씩 거리를 좁혔다.

문득 하르진은 자신이 아무런 방비도 없이 다가가고 있음을 깨달았다. 하르진은 맨손이었다. 칼은 검집에 있었고, 뽑을 때 소리가 날 것이었다. 돌아가 검을 뽑고 다시 올 수 있겠지만 당장 눈앞의 기회를 놓치는 건 아닌지 걱정되었다. 하르진은 주저했고 발걸음을 옮기다 발을 살짝 끌었다. 부츠 바닥과 미궁이 마찰했다. 앞선 소리가 멈췄다. 그도 그 자리에서 멈췄다.

목소리가 들려왔다.

"…있어?"

들릴 듯 말 듯 자신 없는 목소리였다.

"…거기 누구야?"

그를 향한 목소리였다. 하르진은 그대로 서 있었다. 아직 거리가 있었다. 허공으로 말을 건네는 잇카를 떠올렸다. 이 그림자 속에서 대답해줄 수 있는 건 그밖에 없지만, 대답하지 않았다.

"…거기 있지?"

하르진은 대답할 뻔했다. 하르진 또한 처음 미궁에 들어왔을 때 환청을 듣고 허공에 말을 던졌던 기억이 있었다. 잇카가 어떤 마음으로 말을 하고 있는 것인지 하르진은 알았다.

다시 무언가 부스럭대는 소리가 들렸다. 하르진은 선뜻 움직이지 못했고, 그 소리에 귀를 기울였다. 수갑에서 날렵한 절그럭대는 소리 외에는 주로 천과 천이 스치는 소리였다. 하르진은 크지 않은 천 가방을 떠올렸다. 사도를 위해 미궁의 가까운 자리에 음식과 물을 담은 배낭을 숨겨두는 건 오래된 규칙이었다.

잇카는 식사를 마쳤거나, 막 시작하는지도 몰랐다. 다시 절그럭대는 소리가 났다. 가방엔 당연히 수갑의 열쇠도 함께 둔다. 가방 안에 든 수갑에서 난 소리인 듯싶었다. 잠시 소리가 멈췄다. 하르진은 더 주의를 기울였다. 툭. 자신의 몸에 뭔가가 부딪쳤다는 걸 깨달았다. 이어 그것이 굴러떨어져 바닥을 때리며 또 소리를 냈다. 투둑. 돌멩이였다. 잇카가 그를 향해 돌멩이를 던진 것이었다. 영리한 판단이었다.

잇카는 내달리기 시작했다. 하르진 또한 달려 나갔다. 잇카는 자신에게 추적자가 있을 거란 사실을 알았다. 말을 거는 건 당연히 바보짓이었다. 환청이든 추적자든 대답을 해주진 않을 테니까. 하지만 돌멩이를 던지면 환청과 추적자를 구분할 수 있다. 그래서 의심이 들더라도 티를 내고 있지 않다가, 폭이 좁은 통로로 하르진이 올 때까지 기다리고 있었던 것이었다. 하르진은 자책하면서 잇카를 쫓았다.

준비하고 먼저 내달린 잇카에 비하면 당황한 하르진은 늦은 편이었다. 하지만 하르진에게는 자신감이 있었다. 어차피 잇카가 갈 수 있는 길은 하나뿐이었다. 미궁의 입구에서 출구로 향하는 단 하나의 바른길. 그도 잘 알고 있는 길이었다. 머릿속에서 바쁘게 미궁의 지도를 펼쳤다. 달려가는 상황에서의 보폭도 이미 훈련되어 있었다. 잇카를 따라잡는 것은 그야말로 시간문제였다.

하지만 하르진은 곧 그 생각을 재고해야만 했다. 잇카가 바른길을 벗어난 것이었다. 손만 뻗으면 잇카가 닿을 거라 생각했을 때, 잇카는 바른길이 아닌 다른 갈림길로 향했다. 하르진은 소리치고 싶었다. 거긴 길이 아니잖아.

하르진은 판단해야만 했다. 쫓을 것인가, 말 것인가. 하르진이 알지 못하는 길이었다. 하르진은 바른길을 걸으면 어둠 속이라도 빛이 있기라도 한 것처럼 걸을 수 있었다. 하지만 잇카가 뛰어간 곳은 그렇지 않았다. 하르진으로서도 어두운 길이었다. 하르진에겐 잇카가 나락으로 뛰어든 것처럼 생각되었다.

하르진은 잇카를 쫓기로 결심했다. 잇카가 나락으로 뛰어

들었다면, 분명 이유가 있으리라. 하르진은 그렇게 믿었다. 그게 아니라면 잇카는 이미 죽은 것이나 다름없으니까. 생각은 찰나에 끝났다. 하르진은 잇카를 쫓았다.

처음에는 바른길로 돌아갈 수 있지 않을까 생각했다. 하지만 갈림길이 몇 번이나 반복되고 계단을 내려가고 올라오길 반복하면서 그럴 가능성은 희박해졌다.

잇카는 분명 멀지 않은 곳에 있었다. 복도를 울리는 발소리와 거친 숨소리가 귀에 선명하게 들어왔다. 하르진은 몇 번인가 벽에 이마를 찧었고, 그러지 않기 위해 손을 뻗었다가 손가락을 삐었다. 고통을 참기 위해 이를 악물었다.

하지만 하르진만이 미궁을 헤매는 건 아니었다. 추격전은 앞선 잇카가 고꾸라지며 끝났다. 몸이 바닥에 처박히는 소리와 새된 비명 때문에 하르진은 의심하지 않았다. 잇카는 쓰러져 있었다. 둘은 잠시 숨을 골랐다. 그제야 땀이 흐르기 시작했다. 입안에 피 맛이 돌았다. 하르진은 눈꺼풀 위로 흘러내리는 땀을 손등으로 훑어내고 잇카를 향해 손을 뻗었다.

잇카가 물었다.

"누구지? 당신은?"

잇카는 숨을 들이켰다 내쉬며 다시 말했다.

"아니. 알 것 같네. 빛의 교단이겠지. 그렇지?"

하르진은 잇카의 팔을 잡았다.

"일어나."

잇카는 순순히 일어났다.

"같은 신을 모시면서도 늘 다투었지. 하지만 늘 우세한 건 빛의 교단이었어. 사도를 만들어내는 곳은 그곳뿐이었으니까."

하르진은 잇카를 벽으로 밀어붙였다. 팔을 붙잡고 손까지 쓸어내렸다. 황혼의 교단도 하르진이 쫓을 거란 것을 알고 있었을 것이다. 잇카가 뭔가 가지고 있을 것이다. 그러나 잇카의 손에는 아무것도 없었다. 하르진은 손을 잇카의 허리로 옮겼다.

"우리 교단도 빛의 교단에서 내놓는 사도가 진짜일 거라 생각한 적은 없었어. 정확하게 무엇을 가지고 어떤 방법으로 사도를 만들어내는지 알지 못했을 뿐. 하지만 몇 세기가 지나는 동안 빛의 교단이 무엇을 가졌는지 알게 되었지."

예상대로였다. 허리엔 단검이 있었다. 하르진은 검집째 단검을 빼서 바닥에 버렸다. 이게 전부일까?

"우리 교단은 긴 시간 동안 어떻게 하면 미궁의 지도를 훔칠 수 있을까 고민했고 결국엔 성공한 거야."

"그 결과물이 너로군."

하르진은 잇카가 어깨에 멘 가방을 벗겼다. 잇카는 저항하지 않았다.

"그래."

하르진은 가방에 손을 넣고 휘저었다. 음식과 수통. 위협이 될 만한 도구는 없는 것 같았다. 차가운 것에 손이 닿았다고 생각했지만 잇카가 미궁에 들어올 때 찼던 수갑이었다.

"지도책은?"

"없어. 그 두꺼운 책을 펼쳐 보면서 가려면 얼마나 많은 기름이 들겠어?"

하르진은 잇카의 가방을 한쪽 어깨에 멨다.

잇카가 말했다.

"이제 어떻게 할 거지?"

"널 죽일 거야."

잠시 침묵이 있었다.

"후회할걸."

"어째서?"

"날 죽이면 미궁에서 나가지 못할 테니까."

"널 죽이지 않아도 이젠 미궁에서 못 나갈 텐데?"

"아니. 그렇지 않아."

"어째서?"

"나는 미궁에서 나가는 길을 알고 있으니까."

자신만만한 태도였다.

"어떻게?"

"미궁의 지도 본 적 있어? 베껴서 적은 게 아니라. 진짜 미궁의 지도."

하르진은 생각했다. 솔직하게 말했다.

"없어."

하르진이 외웠던 것은 미궁의 지도를 필사한 사본이었다.

"하지만 그게 어쨌단 거지? 진본과 사본이 다른가?"

"달라. 당신은 여기서 빠져나가지 못할 거라고 생각하고 있으니까. 내 생각이 맞다면 사본은 한 가지 길, 그러니까 입구에서 출구로 가는 길만 적혀 있을 거야."

"그래. 그것 외에 다른 정답은 없을 테니까."

하르진이 대답했다.

"아니. 그건 효율 때문이야. 출구로 나가는 여러 가지 길을 외울 이유가 없으니까. 하나의 바른길만 외우면 그만이지. 하지만 나는 상황이 좀 달랐어. 분명 누군가 쫓아올 테니까. 나는 진본을 봤고, 진본에는 더 많은 길이 있다는 걸 알았어. 그리고 나는 그 길을 다 외웠지."

"그 말을 어떻게 믿을 수 있지?"

"내가 왜 거짓말을 하겠어? 내 말이 거짓말이라면 내 목숨을 이 끔찍한 미궁에서 연명하는 일 밖에 남은 게 없을 텐데."

그건 맞는 말이었다. 어차피 죽을 것이라면 지금 죽는 게 나을지도 모른다.

"그럼 왜 샛길로 들어와서까지 도망을 친 건가?"

"최대한 깊이 들어오는 게 안전하니까. 달려온 길을 모두 떠올릴 수 있다면 거래할 수 없기도 하고."

"거래?"

하르진은 되물으면서도 내심 수긍했다. 상대 역시 나름 계산된 수가 있었던 것이다.

"그래. 거래."

하르진은 잇카가 약삭빠른 미소를 짓고 있을 거라고 생각했다.

"간단한 거야. 공평하기도 하고. 당신이 날 죽이지 않는다면 나는 미궁의 출구까지 당신을 데려갈 거야. 둘 다 살 수 있는 방법이지."

하르진이 말했다.

"간단하지만, 공평하진 않군. 서로의 목적을 생각해봐. 너는 살아서 빠져나가는 게 목적이겠지만, 나는 널 죽여서 못 나가게 하는 게 목적이지. 결국 네 말대로라면 내 목적은 성사되지 않는 거야."

"그 말은 목적을 위해선 죽어도 상관없다는 것 같은데."

"잘 알고 있군."

하르진은 잇카의 한쪽 팔을 놓아주고 검을 뽑았다. 스르릉하는 소리가 공기를 울렸다. 이 거리라면 가늠해 칼을 찌르는 것 정도는 어려울 것 같지는 않았다.

"임무를 수행하지 못한 사도는 필요 없어."

"하지만 사도를 만드는 비용을 생각하면 그렇게 쉽게 내버리진 못할걸."

"그 두꺼운 책 한 권을 외우는 똑똑한 아이가 우리밖에 없을 것 같아? 사도의 최후는 늘 한결같아. 더는 쓸모없다고 생각되면 교단은 사도에게 죽을 수밖에 없는 일을 맡기지. 사도의 죽음은 영웅적인 최후로 기록되고 교단이 자랑하는 수집품 중 하나가 되는 거야. 나는 늘 그 죽음을 피하기 위해 살았어. 여기서 미궁을 헤매다 죽는 것도 그 포장된 죽음을 피할 방법 중 하나겠지."

잇카가 말했다.

"하지만 여기서 죽는 건 결국 목적을 수행하려다 죽는 거잖아. 결국 교단의 뜻대로 살다가 죽는 것 아닌가?"

하르진은 그 말을 잠시 생각해본 뒤 칼을 검집에 꽂아넣었다. 틀린 말이 아니었다. 그리고 태연하게 말했다.

"그 거래에서 보완해야 할 점이 보이는데."

"어떤 점?"

"네가 도망간다면? 내가 자고 있을 때라든가."

"도망치지 않는다고 약속할게."

"아니. 내 생각엔 그럴 필요가 없을 것 같은데."

하르진은 잇카의 가방을 뒤적거려 무언가 꺼냈다. 잇카가 찼던 수갑이었다. 최초의 사도가 두 손으로 벼락을 내뿜는 신능을 내보이자 그것을 두려워한 사람들이 두 손을 묶어 미궁으로 내쳤다. 하지만 사도는 일주일 만에 미궁을 빠져나왔다. 신이 길을 인도했다고 했다. 사도가 미궁에 들어가기 전 수갑을 차는 이유는 그것을 재현하기 위해서였다.

하르진은 자신의 왼쪽 손목에 그것을 채웠다. 그리고 잇카의 오른쪽 손목을 잡았다. 잇카는 홱 손을 뺐다. 절그럭거리는 소리 덕분에 잇카도 알아챈 것 같았다.

"잠깐만."

"왜?"

"내가 출구까지 당신을 데려간다고 해도, 코앞에서 당신이 날 죽이면 어떻게 해?"

"나도 그러지 않겠다고 약속하지."

"뭐라고?"

하르진은 다시 잇카의 손목을 잡았고, 잇카는 다시 손을 뺐다. 한 번 더 실랑이가 있었다. 하르진은 한숨을 쉬고 물러났다.

흘렸던 땀이 모두 식었다. 다리가 노곤해졌다. 잇카 또한 소리를 내며 주저앉았다. 둘 다 피곤했다. 잇카는 누가 쫓아올까, 하르진은 설마 쫓지 못할까, 잔뜩 긴장한 상태로 미궁을 걸어 왔다. 두 사람은 이제는 그럴 필요가 없다는 걸 깨달았다. 마음이 느슨히 풀리자 눈꺼풀이 감겼다. 하르진은 기다시피 하며 잇카의 옆으로 몸을 옮겼다. 하르진은 잇카가 도망가지 않도록 손목을 잡았다. 잇카가 웅얼거리듯 한숨 자고 생각하자고 했고, 그도 동의했다.

✳

꿈을 꿨다. 하르진은 기다란 복도를 걸어가고 있었는데, 익숙한 그 느낌 덕에 그곳이 미궁임을 알았다. 단지 어둠이 없었다. 복도를 선명히 구분할 수 있었다. 자주 갈림길이 나왔지만 하르진은 거침없이 걸었다. 모두 자신이 걸어왔던 길이었음을 알 수 있었다. 어둠이 없었기에 자신이 지나쳤던 갈림길이 그토록 많았다는 것도 알게 되었다. 곧 또 다른 갈래를 맞이했다. 오른쪽이 바른길이었다. 하지만 하르진은 어쩐 일인지 왼쪽 길을 택했다. 자신도 모를 일이었다. 이 길이 아닌데.

잠에서 깨어났다. 미궁에 있음을 자각했고 잇카를 떠올렸다.

하르진은 바닥을 더듬었다. 여전히 바로 옆에 잇카의 손이 있었다. 하르진은 간만의 숙면 덕에 개운했지만 조심성 없이 잠들어버린 자신을 질책했다. 하르진은 자신의 검과 잇카의 가방을 살폈다. 옷이 스치는 소리가 났다.

"윽."

"뭐야? 다쳤어?"

"아니. 기지개 켠 거야."

하르진은 달리 무슨 말을 붙여볼까 하다가 관두기로 했다. 대신 수통을 꺼내 물을 마셨고 잇카에게 건넸다. 육포를 꺼내 나누었다. 두 사람은 말없이 육포를 우물우물 씹었다.

잇카가 말했다.

"결정했어."

"뭘?"

하르진은 알면서도 물었다. 잇카는 하르진의 손목을 더듬어 사슬을 끌어 제 손목에 채웠다. 찰칵 하는 소리가 들렸다.

"믿어줄게. 계속 이러고 있을 수는 없잖아."

하르진은 곧 잇카에게 열쇠를 받았고 검을 풀어 가방에 멨다.

둘은 일어나 걷기 시작했다.

＊

잇카는 가끔 그에게 천천히 걸으라고 말했다. 그리고 다른 말도 몇 번씩 주고받았다. 이야기는 자연스럽게 나오게 되었다.

"당신한테 궁금한 게 있는데."

"말해."

"처음에 만났을 때 있잖아."

"처음?"

하르진은 미궁에 들어가던 그 날을 떠올렸고, 잇카가 자신의 얼굴을 알고 있었을 리 없다고 생각했다. 잇카는 베일을 쓰고 있었고 하르진은 군중 속에 숨어 있었다. 하지만 잇카가 말하는 것은 그때가 아니었다.

"그래. 미궁에 들어오고 나서 하루 정도 지나고 나서."

"하루?"

"그때는 왜 안 쫓아 온 거지?"

하르진은 잇카의 말을 이해하지 못했다.

"무슨 말을 하는지 모르겠는데."

"뭐?"

"널 처음 만난 건 어제가 처음이야. 네가 돌을 던졌을 때. 그리고 곧장 쫓기 시작했지."

"아니야. 그때도 어제처럼 인기척이 선명했어. 그래서 분명히 당신이라고 생각했는데."

"착각이겠지."

잠시 침묵하던 잇카가 말했다.

"괴물 아니었을까?"

"괴물?"

"아까 당신은 내가 착각했다고 말했잖아. 하지만 그게 아

니라 내가 당신이라고 생각했던 건 괴물이었을지도 모르는
거지. 미궁에는 괴물이 산다고 하니까."

하르진은 코웃음 쳤다.

"아냐. 괴물은 없어."

"어째서?"

"내가 본 적 없으니까. 미궁에 들어온 건 이번이 처음이 아
니야. 덧붙여 말하자면, 두 번째도 아니야. 미궁은 도망자들
이 오는 최후의 도피처기도 하니까. 미궁의 초입만큼은 유명
모험가들 사이에 길이 알려졌기도 하고. 하지만 괴물을 본 적
은 한 번도 없지."

"하지만 그 소문은 뭐지? 모험가들이 미궁에 몰래 들어왔
다가 괴물을 보고 도망가는 이야기는 내가 어렸을 때부터
있었어."

하르진이 설명했다.

"모두 핑계지."

"핑계라고?"

"모험가들이 가진 지도는 미궁의 초입만 그려진 어설픈 것
들이야. 랜턴을 들고 기름과 식량을 무작정 등에 지고서 미궁
을 답파하겠다고 자신만만하게 들어가지. 하지만 제대로 된
지도 없이 미궁을 헤매는 이상 한 사람이 제 몫의 식량을 한
가득 지고 가더라도 부족할 수밖에 없어."

교단의 사도는 6일 정도면 미궁의 출구로 빠져나온다. 하
지만 제일 오랜 시간 동안 미궁 답파에 도전한 모험가 집단은

89일. 그마저도 출구가 아닌 입구로 돌아 나왔다.

"식량 부족은 미궁 답파에 있어 큰 장애물이 맞지만, 그게 괴물과 무슨 상관이지?"

"미궁 속에서 길을 잃고 굶주린 모험가들에겐 상관이 있지. 식량이 없어지면 서로가 서로에게 괴물이 될 테니까."

"그게 무슨….."

되물으려던 잇카는 가볍게 욕지기가 올라오는 것을 느꼈다.

하르진은 보충해 설명했다.

"그러니 미궁에 괴물이 있다는 식으로 변명했다는 거지."

이후 잇카는 납득을 한 것인지 잠시 말이 없었다. 하르진도 말없이 잇카를 따랐다. 곧 잇카가 중얼거렸다.

"하지만 당신은 바른길로만 가고 있었잖아."

"뭐?"

"'미궁의 괴물' 이야기 말이야. 미궁의 괴물은 올바르지 않은 길로 가는 사람만 잡아먹잖아. 그런데 당신은 미궁의 지도를 외고 있으니까, 언제나 바른길로 다닌 거야. 그래서 괴물을 못 본 거지."

하르진은 허점을 발견했다.

"미궁은 일반인에게 출입 금지야. 물론 미궁으로 들어서는 초입에 입구가 여럿 있으니까 숨어들려면 못 할 것도 없지만, 모험가들만 먹고 살아서는 괴물은 굶어 죽고 말걸."

잇카는 순순히 물러나지 않았다.

"평범한 짐승이라면 그렇겠지. 하지만 미궁을 지키고 사도를 시험하는 괴물이라면 그렇지 않을걸. 미궁에 누군가 발을 들일 때만 깨어날지도 몰라."

"그럴지도 모르지. 하지만 그런 괴물이라면 왜 지금은 우리에게 달려들지 않지?"

"무슨 말이야?"

"네 말대로라면 괴물은 바른길을 벗어나는 사람을 잡아먹지. 하지만 너와 나는 바른길에서 벗어났잖아. 그것도 한참이나."

잇카가 웃음기를 띤 목소리로 말했다.

"아냐. 바른길은 입구에서 출구로 향하는 모든 길을 말하는 거야. 이 길 또한 미궁의 지도에 있었던 것이니 당연히 바른길인 거지."

"그러니 괴물이 우리를 습격하지 않는 건, 네가 나를 바른길로 인도하고 있기 때문이라고?"

"맞아."

하르진은 고개를 가로저었다.

"괴물이 있다면 그렇게 생각하는 게 맞겠지."

＊

하르진의 왼쪽 손목은 잇카의 손목과 함께 수갑에 묶여 있었으며, 잇카는 자신의 이야기를 하고 있었고, 하르진은 놀고 있는 오른손으로 미궁의 오른쪽 벽면을 훑으며 걸었다. 마감되지 않은 벽면의 거친 질감이 느껴졌다.

미궁 안에서 감각을 느끼는 것은 중요한 일이다. 잇카에게 말했듯 미궁의 괴물에 대한 나름의 설명이 가능했지만, 하르진은 그것만이 전부라고 생각하진 않았다. 어둠 속에서도 무언가 보였다는 착각이 들 때가 있었다. 사람의 눈은 전혀 보이지 않을 때조차도 무언가를 보려고 한다. 미궁에 들어온 적 없는 이들이라면 쉽게 경험할 수 없는 감각이다. 부족한 시각을 촉각으로 채우기 위해 벽면을 손으로 훑는 것이 하르진의 습관이 되었다. 사실 지금은 귀를 통해 선명한 목소리가 들려왔으니, 불필요한 일이긴 했다.

"…그림을 잘 그렸어. 아버지가 돌아가시고 가세가 기운 뒤에야 내가 사용했던 물감이며 미술 도구들이 값진 것들이라는 걸 알게 되었지. 어머니는 입을 줄이기 위해 나를 교단의 보육원에 맡긴 뒤였지만."

"화공 아래서 도제 교육을 받을 수도 있었잖아."

"어머니도 고민하셨다고 들었어. 그런데 화공은 푼돈이라도 쥐어줘야 했다더라고. 보육원이 낫다고 생각하신 거지."

"그림을 잘 그리는 건 발견되기 어려운 신능이었을 텐데."

"부모님이 내가 잘하는 걸 보면 기뻐하셨던 걸 알았기 때문에 기회가 왔을 때 놓치지 않았어. 신전의 보수 공사가 있었을 때 화공들을 따라다니며 잔심부름을 도맡았더니 화공들이 사제님에게 나를 좋게 말해주셨지."

잇카가 가진 '신능'에 대한 설명이었다. 교단의 신은 누구나 사랑하신다. 그 증거로 사람들은 재능을 하나씩 가지고 있다.

하지만 누군가는 특별히 더 사랑하신다. 그래서 더 뛰어난 재능을 가지고 있다. 그것은 사도 후보가 될 증거였기에 사람들은 그것을 '신능'이라 불렀다.

"하지만 그 결과가 사도 후보였던 건가? 자원했을 것 같지는 않은데."

"자원했어. 내가 사도가 되면 보육원 아이들에게 원하는 만큼 교육을 해주겠다고 했거든."

"그 말을 얼마나 믿어?"

잇카는 물음에 대답하지 않았다.

"내 이야기는 할 만큼 한 것 같은데. 당신의 신능은 뭐야?"

하르진은 잠시 고민했다. 무료하던 차에 던진 질문이 되돌아올 줄은 예상하지 못했기 때문이었다. 하르진은 자신의 이야기를 할 준비가 되어 있지 않았다.

"말 안 할래."

"치사하게."

잇카에게 보이지 않을 걸 알았지만 하르진은 가볍게 고개를 가로저었다.

그 순간 무슨 소리가 들렸다.

"잠깐."

"또 딴청을…."

"쉿."

소리는 불명확했다. 미궁에서 흔히 있을 수 있는 환청일지도 몰랐지만 잇카와 함께 있게 된 뒤로 의식은 선명했기 때문에 환청일 것이란 생각이 들지 않았다. 목소리와 목소리 사이로 들려온 이질적인 소리를 하르진은 분명 들었다.

잇카가 속삭이듯 말했다.

"왜 그래?"

"뭔가 있어. 조용히 해."

잇카는 그렇게 했다. 하르진은 소리가 나지 않도록 쇠사슬을 바짝 당겨 잡았다.

좀 더 기다렸지만 소리는 다시 들리지 않았다.

한참이 지난 뒤에 잇카가 말했다.

"겁주려고 한 거지?"

"…맞아."

하르진은 그렇게 대답했지만 들려왔던 어떤 소리를 뇌리에서 쉽게 떨칠 수 없었다.

설명할 방법이 전혀 없진 않았다. 미궁엔 공기가 흐른다. 미궁은 낡았다. 세월에 지친 미궁이 멀리서 돌 부스러기 몇 개 흘리는 건 큰 대수가 아닐지도 몰랐다. 하지만 하르진이 듣기엔 그런 소리가 아니었다. 그건 분명 짐승의 숨소리였다.

✳

발걸음이 가벼워졌지만 이를 기뻐할 수는 없었다. 발걸음이 가벼워진 것은 가방의 무게가 줄었기 때문이었고, 가방의 무게가 줄어든 이유는 식량이 줄었기 때문이었다. 아직 여유분은 있었다. 며칠 더 걸리더라도 당장 무리는 없었다. 하지만 그로부터 다시 며칠이 지나도 여전히 미궁 안에 있다면 더는 모른 체하기 힘들 것이다.

하르진은 식량에 대해 생각하지 않기로 했다. 잇카가 올바르게 길을 인도한 것이라면, 아마 출구에 충분히 가까워졌을 테니까.

하르진은 잇카가 살아 돌아갔을 때의 상황을 상상했다. 잇카는 사도가 되어 추앙받는다. 하르진 또한 출구가 비는 시간을 통해 빠져나간다. 최고사제의 질책이 이어진다. 빛의 교단은 제국과 이교도, 그리고 황혼의 교단의 압박을 받는다. 아마 하르진이 설 자리는 없을 것이다. 설 자리를 잃은 사도는 순교라는 이름의 자살을 택해야 한다.

반대로 잇카가 살아 돌아가지 못했을 때의 상황도 상상했다. 시간이 지나도 잇카는 미궁에서 나오지 않는다. 하르진은 몰래 빠져나간다. 달리 바뀌는 것은 없다. 황혼의 교단의 교세가 크게 기울 것이다. 하지만 미궁의 지도를 가지고 있으니 교단과 교섭할 여지는 남아 있다.

결론은 둘 중 하나였다. 하르진이 죽거나, 잇카가 죽거나.

둘 중 하나만이 살아남을 수 있다는 사실에도 불구하고, 하르진은 이 결론을 택할 선택권이 자신에게 있다는 것에 놀랐다. 미궁의 어둠 덕분이었다. 미궁의 어둠이 하르진을 자유롭게 만들었다. 언제나 살아남기 위해 선택의 기회를 놓쳐온 하르진은 자신의 갈등이 의미하는 바를 아직 정확히 알지 못했다.

처음 검을 뽑았을 때 하르진은 그대로 잇카를 찌르고자 했다. 하지만 그러지 않았다. 잇카의 '살 수는 있다'는 말에 혹했는지도 몰랐다. 정말 그런 것이라면 잇카가 미궁의 출구까지 자신을 인도했을 때, 잇카의 등을 찔러야만 했다. 그러지 않으면 하르진 자신이 죽는다.

잇카가 말했다.

"이제 그만 쉬었으면 좋겠는데."

하르진은 잇카를 따라 걸음을 멈췄다.

"그러지."

둘은 벽에 기대어 앉았다. 각자의 손이 한쪽씩 묶여 있었기에 가방은 둘 사이에 놓였다. 가방에서 무언가 꺼내는 것은 하르진이 했다. 묶인 손목을 움직이자 쓰라림이 느껴졌다.

"아."

하지만 하르진이 낸 목소리가 아니었다. 그제야 잇카의 손목이 생각났다. 수갑에 살갗이 벗겨지는 건 하르진뿐만이 아니었다. 하르진은 열쇠를 꺼내 잇카의 수갑을 풀어냈다.

"뭐 하는 거야?"

"상처에 잘 듣는 약이 있어."

손목은 피에 젖어 미끈거리고 뜨거웠다.

"왜 말을 안 한 거야?"

"당신도 마찬가지잖아?"

그 말도 맞았다.

하르진은 수통의 물로 잇카의 상처를 씻고 약을 발랐다.

그리고 깨끗한 천을 찢어 팔에 감았다. 그다음 반대쪽 손목에 수갑을 채웠다. 자신의 손도 마찬가지로 그렇게 했다.

둘은 등을 맞대고 잠들었다.

✳

반나절 정도 더 걸은 뒤였다. 어스름했다. 명암의 정도밖에 확인할 수 없었지만 가까이 빛이 있었다. 어느 순간부터 둘은 아무런 말도 하지 않고 걷기만 했다. 빛이 조금 더해지자 희미한 윤곽선이 그려졌다. 하르진은 눈동자만 돌려 잇카를 봤다. 둘은 거의 나란히 걷고 있었기에 잇카가 무엇을 보고 있는지는 알 수 없었다.

사위가 더 밝아졌다. 둘의 발걸음은 조금씩 더 느려졌다. 하르진이 늦추는 것인지, 잇카가 늦추는 것인지 알 수 없었다. 잇카의 얼굴선이 더욱 또렷해졌다. 잇카의 얼굴은 정면을 향하고 있었다. 정말로 출구에 다가가고 있는 걸까? 그렇다고 해도 아직 갈림길이 많이 남았다. 하르진은 자신의 달음박질이 잇카보다 빠를 거라고 생각했지만 장담할 수는 없었다.

이제 그들이 걷는 미궁은 이른 새벽의 모습이었다. 하르진은 더 가까워지기 전에 멈춰 서고 결정해야 한다고 생각했다. 심장이 두방망이질 치듯 빠르게 뛰었다. 하르진은 의도치 않게 멈춰 섰다. 잇카가 갑자기 주저앉은 것이었다.

"잠깐만."

"무슨 일이야?"

"날카로운 걸 밟았어."

예상하지 못한 사건에 하르진은 잇카와 묶인 사슬을 따라 몸을 숙여야만 했다. 하르진은 잇카의 뒤통수를 내려다보는 자세가 되었다. 덜그럭거리는 소리가 들렸다.

하르진은 직감했다. 뭔가 있다. 단검 한 자루는 호신을 위해 너무 부족하다 생각했었다. 발목은 뭔가 숨겨두기 좋은 위치다. 하지만 은연중에 생각을 묻어두었다.

하르진의 생각은 찰나였지만 잇카는 놓치지 않았다. 잇카가 팔을 당기며 다리를 걸자 하르진은 휘청거렸다. 동시에 복부에 둔한 충격이 느껴졌다. 잇카가 몸무게를 실어 들이박은 것이었다. 하르진은 넘어지며 헛바람을 삼켰다. 당겨져야 할 수갑이 손목에서 연장된 신체인 것처럼 하르진의 동체와 함께 바닥을 때렸다. 잘그락거리는 소리가 들렸다.

앞선 달그락 소리는 잇카가 수갑을 풀어내는 소리였다. 하르진의 생각이 스쳤다. 열쇠는 가방 안에 있었을 텐데, 언제 꺼냈지? 손재주가 좋다더니 이런 재주까지 있는 줄은 전혀 몰랐다.

잇카는 달렸다.

하르진은 바닥에 누워 잇카가 달려가는 뒷모습을 보았다. 이러고 있을 때가 아니지. 하르진은 곧장 일어나 잇카를 따랐다. 언제 저런 힘을 숨겨 둔 것인지 감탄이 나올 정도로 잇카가 재빨라서 하르진은 따라잡을 수 없을 것이라고 생각했다. 끝내 미궁의 출구가 드러나고, 잇카는 입구에서 기다리고 있던 성도들의 성대한 환영을 받는다. 하르진은 미궁의 어둠 속에서 박수 세례 앞에서 웃고 있는 잇카를 바라본다. 하르진은 죽을 것이다.

하지만 하르진이 보게 된 것은 다른 것이었다.

풍경은 예상을 깔끔하게 빗나갔다.

정오의 햇빛이 그곳에 있었다. 잇카는 빛줄기 앞에 주저앉아 멍하니 빛을 올려다보고 있었다. 하르진은 잇카가 중얼거리는 것을 들었다.

"이건…."

하르진은 빛이 쏟아지는 구멍을 바라보았다.

그곳은 미궁의 출구가 아니었다. 부서진 복도의 천장에서 살가운 햇살이 그들에게 내리쬐고 있었다. 하지만 천장은 너무 높았다. 사람의 키를 훌쩍 넘어 신전을 지을 때 쓰는 높은 사다리도 저 부서진 틈새에 걸치진 못할 것이었다. 하르진은 무거운 한숨을 내쉬었다.

"거짓말이었군."

잇카는 주저앉은 채 말했다.

"그래. 처음부터 미궁의 다른 길 같은 건 몰랐어."

"혹시 모를 행운에 기대어 여기까지 왔다고?"

"처음엔 당신을 잠깐 따돌릴 생각이었어. 모퉁이 몇 번 정도는 기억할 수 있다고 생각했거든. 하지만 당신이 계속 쫓아왔지. 행운에 기댄 건 아니었어. 그 순간만 넘겨보려고 나온 거짓말이었으니까. 하지만 계속 가면서, 어쩌면 나갈 수 있을지도 모른다고는 생각했어. 그런 희망도 없었으면 거짓말을 시작하지도 않았겠지."

하르진은 잇카를 지나쳐 계속 걸어갔다. 빛을 받은 미궁의 벽면은 희고 고왔다. 빛을 받지 못한 곳엔 짙은 녹색 이끼가 끼어 있었다. 가느다란 초록색 덩굴줄기가 약 올리듯 틈새에서 내려와 빼꼼 고개를 내밀고 있었다. 가느다란 하늘은 청명했다.

"그럼 전부 거짓말이었나?"

"그래."

"너의 신능은 뭐지?"

"거짓말."

"어디까지 믿어줘야 할지 모르겠군⋯."

"그래도 보육원 이야기는 진짜야."

하르진은 조용히 잇카를 돌아봤다. 그리고 하늘로 시선을 옮겼다. 하르진은 혀를 찼다. 평소라면 거짓말인 것 정도는 알아챘을 텐데. 미궁의 어둠이 마음도 가린 모양이었다. 답지 않게 잇카의 말을 곧이곧대로 믿었다. 아마 길을 잘못 들기 시작하면서 이렇게 된 것 같았다.

하르진이 하늘을 올려다보고 있을 때 잇카가 말했다.

"왜 날 죽이지 않지?"

"여기가 출구 앞이었더라도 마찬가지로 선택했을 테니까. 널 죽일 생각은 없었어."

"날 쫓아왔잖아."

"네가 미궁 밖으로 나가는 모습을 보기 위해서였지."

"거짓말."

하르진은 남은 식량을 생각했다. 많지 않았다. 줄이고 줄인다면 20일 정도는 버틸 수 있을까. 무작정 걸어갈 수야 있다. 여기는 출구에서 가까울까? 입구에서 가까울까? 그것조차 알 수 없었다. 이래서야 미궁에 대책 없이 들어가 괴물을 보았다는 사람들을 욕한 게 헛되다. 하르진은 저 하늘이 눈에 넣는 삶의 마지막 풍경이 될지도 모르겠다고 생각했다. 등 뒤에서 소리가 났다.

"뭐라고 했어?"

하르진이 돌아보자 잇카가 재빨리 눈가를 훔쳤다.

"아니. 나는 아무 말도⋯."

하르진이 미궁의 어둠을 바라보자 잇카도 뒤를 돌아보았다.

그리고 소리가 들려왔다.

선명했다. 비명과 괴성을 뒤섞은 것 같았다. 가까웠다. 섬뜩함이 등뼈를 타고 올랐다. 뭔가가 있었다. 소리는 저 어둠 너머에서 왔다. 잇카에게 자신이 환청을 듣고 있느냐고 되물을 필요도 없었다. 잇카의 찡그린 표정이 말하고 있었다.

"이쪽으로⋯!"

하르진이 손을 뻗었을 때 어둠 속에서 튀어나온 나온 손이 먼저 잇카의 몸을 낚아챘다. 괴물이었다. 하르진이 고함을 내지르며 어둠 속으로 뛰어들었다. 잇카가 비명을 질렀다. 괴물은 빨랐다. 인간의 다리로 따라잡을 수 있을 것이란 생각이 들지 않을 정도로. 비명 소리가 점점 멀어져갔다. 하르진은 미궁에 괴물이 존재한다는 사실을 받아들였다. 하지만 의문이 있었다. 왜 지금 나타난 거지?

하르진이 지금까지 괴물을 보지 못한 이유는 잇카의 말대로일 것이다. 바른길을 걷고 있었으니까. 하지만 하르진과 잇카는 이미 며칠 전부터 바른길에서 벗어나 있었다.

이렇게 재빠른 괴물이 이제 와서 하르진과 잇카를 발견했을 리 없었다. 괴물은 그동안 분명 그리 멀지 않은 곳에 있었다. 환청 같았던 숨소리는 괴물의 것이었다. 심지어 빛이 있는 공간보다 어둠 속에서 습격하는 게 더 유리했을 텐데도 괴물은 지금 잇카를 잡아챘다. 이전까지와 지금, 무엇이 달라졌지?

하르진이 달려갈수록 복도는 어두워졌다. 빛이 사라지고 있었다. 사람을 한 손에 집어 들 수 있을 정도로 기이한 괴물이었다. 괴물을 따라잡더라도 아무것도 보이지 않는 어둠 속에서 상대할 수 있을지 자신이 없었다.

하르진은 차이를 알아차렸다. 잇카와 자신 사이의 수갑이 풀린 것이었다. 하지만 더 큰 의문에 맞닥뜨렸다. 교단의 수갑이라고 해도 죄수를 묶을 때 사용하는 평범한 물건이었다. 예식용으로 만들어져 좀 더 화려하게 생겼을 뿐 성물이 아니었다.

어둠 속에서 벽면에 머리를 찧고 바닥에 넘어지길 반복한 하르진은 숨을 몰아쉬며 두 갈래로 갈라지는 길목 앞에서 멈쳐 섰다. 잇카는 아직 죽지 않았다. 어딘가에서 잇카의 목소리가 들려왔다. 하지만 두 길 중 어느 쪽이 괴물이 사라진 길인지 알 수 없었다. 자신의 숨소리 때문에 주변의 소리가 잘 들리지 않았다. 어쩌면 이미 길을 잘못 들어선 것일지도 몰랐다. 이렇게 끝날 수는 없어. 하르진이 중얼거렸다. 침착해라.

숨을 깊게 들이쉬고 내뱉자 호흡이 어느 정도 안정되었다. 괴물은 왜 내가 아닌 잇카를 노렸나? 더 가까웠기 때문은 아닐 것이다. 하르진이 잇카를 지나친 뒤 마치 노린 것처럼 달려들었다. 괴물은 검을 두려워하는가? 그러지 않을 것이다. 그 크고 날렵한 괴물이 칼날을 두려워할 거라 생각하긴 힘들었다. 하르진은 미몽으로부터 조금씩 깨어났다.

하르진은 길을 느꼈다. 미궁 속의 무수한 길이 제 몸에 흐르는 혈관과 신경처럼, 길들이 어디로 이어져 어디에서 나뉘는지 깨달았다. 하르진은 뒤로 돌아 달리기 시작했다. 스스로도 미쳤다고 생각했지만 그 길이 맞았다. 이상한 느낌이었다. 논리적으로 말이 되지 않지만 자신의 선택이 옳게 느껴졌다. 하르진은 감각에 순응했다. 멀어졌던 잇카의 비명이 다시 가까워졌다. 가까워지던 비명은, 하르진이 멈춰 섰을 때 멎었다.

"어떻게 찾았어?"

붙잡힌 잇카가 떨리는 목소리로 묻자 하르진이 답했다.

"나도 몰라."

거짓말이었다.

하르진이 괴물의 앞을 가로막고서 검을 들었다. 괴물은 그르렁댔다. 하르진은 그것이 위협이라는 사실을 알았다. 사냥꾼은 사냥감을 위협하지 않는다. 위협하는 것은 언제나 사냥당하기 직전의 사냥감이다. 이제 하르진은 알 수 있었다.

미궁의 괴물이 실제로 존재한다면, 신화 속의 첫 번째 사도 또한 마찬가지였다. 그렇다면 첫 번째 사도를 기리고 그 뒤를 잇는 사도 선정의 의식 또한 거짓이 아니리라. 바른길을 벗어난 사람을 잡아먹는 괴물의 존재가 눈앞에 있듯, 하르진 또한 진실로 사도였다.

하르진이 보고자 하니, 신화가 그와 함께했다. 인간의 믿음을 시험하는 미궁에서 바른길을 찾아냈던 첫 번째 사도의 인도가 하르진의 발밑에서 시작됐다. 어지러운 섬광이 미궁을 채웠다. 하르진이 다가가자 괴물은 놀라 뒷걸음질 치며 괴성을 질렀다.

'이길 수 있을까?'

하르진은 자문했고 어떤 두려움도 느끼지 못했다. 하르진이 진실로 사도라면 신능 또한 진짜일테니까.

하르진의 신능은 검에 있었다.

신능이 깃든 칼날이 괴물을 향해 쇄도했다.

＊

미궁에 들어갔을 때와 같이 맑은 하늘이었다. 하르진은 미궁의 입구로 들어가, 다시 입구로 걸어 나왔다. 출구에는 아직 잇카의 귀환을 기다리는 황혼의 교단 성도들이 있었기 때문이었다.

돌아오기까지 보름이 걸렸다. 최고사제는 하르진이 예상보다 늦게 나와 일이 잘못된 것이 아닌지 걱정하고 있었다. 하지만 하르진은 임무를 확실히 수행했다고 말했다.

마침 최고사제는 식사를 하던 중이었다.

"방금 도착했습니다."

최고사제는 하르진의 정돈되지 않은 옷매무새며 은근히 풍기는 악취에 미간을 약간 찌푸리며 말했다.

"일단 몸을 정갈히 하고 보고하도록 하게. 지금 나도 식사 중이고…."

"신용의 문제 아닙니까. 확인하시죠."

하르진은 웃었고, 메고 있던 가방을 최고사제의 책상 위로 척 올렸다. 가방에서는 피가 뚝뚝 흘러내리고 있었다.

최고사제는 한숨을 쉬었다.

"그래. 이게 그 머린가?"

"좀 놀라실 겁니다."

하르진은 가방을 열었고 비명을 질렀다.

"뭔가 이게!"

"'미궁의 괴물' 이야기, 들어보셨습니까?"

하르진의 가방엔 괴물의 머리가 들어 있었다. 어디에서도 볼 수 없는 생물의 머리통이 최고사제를 노려보고 있었다.

"괴물이 진짜 있었단 말인가?"

"보시다시피."

"그럼 그 여자애의 머리는?"

"그 아인 안타깝게도 괴물에게 잡아먹혔습니다. 그래서 불가피하게도 괴물의 목만을 잘라왔죠. 이해해주시리라 믿습니다."

"아니…, 그래. 이해하네."

최고사제는 불쾌함과 공포가 서린 표정으로 괴물의 머리를 보고 있었다.

"그럼 저는 앞서 말씀하신 대로 몸을 정갈히 하러 가보겠습니다."

하르진이 방에서 나가자, 최고사제는 괴물의 머리통에서 솟은 시취에 곧장 속을 게웠다.

✳

잇카는 아직 미궁에 있었다. 달빛 아래였다. 무너진 통로에서 은은한 달빛을 바라보고 있었다. 하르진이 남기고 간 식량과 물로 충분히 오래 버틸 수 있었다. 잇카는 기다리는 중이었다.

잇카는 지루해지면 가끔 상처 난 손목을 보듬었다. 흉이 심하게 남을 것 같았지만 꼭 나쁠 것 같지는 않았다.

손목의 상처를 유심히 보고 있을 때 뭔가가 머리를 툭 때렸다. 떨어진 돌멩이인가 싶었지만 고개를 들어보니 튼튼한 밧줄이었다. 올려다보니 아무런 그림자도 없었다. 잇카는 밧줄을 허리에 묶곤 잡아당겼다. 줄이 끌어 올려졌다. 줄 끝에 하르진이 있었다.

암반을 올라 도착한 곳은 숲속의 공터였다. 달빛을 받아 푸르스름한 풀들이 보였다. 멀지 않은 곳에 말이 있었다. 하르진은 잇카를 말에 태우고 자신도 뒤에 탔다.

잇카가 말했다.

"어떻게 찾은 거야?"

"미궁에서 나올 때랑 같아. 그냥 찾은 거지."

진실이었다. 하르진은 더는 길을 헤매는 일이 없었다.

"그럼 이제 뭐 할 거야?"

"잘 모르겠는데."

거짓이었다. 하르진은 이제 무엇이든 할 수 있었고, 그렇게 할 작정이었다.

잇카가 말했다.

"나한테 좋은 생각이 있는데."

"좋아. 들어나볼까."

하르진은 고삐를 쥐고 잇카가 말할 때마다 연신 고개를 끄덕였다. 웃기도 했다. 말발굽 소리가 미궁으로부터 멀어져갔다.

술래잡기

✦ 2021년 《괴이한 거울 여명편》(거울×괴이학회) 수록

돼지 하나가 학교 정문 앞에서 어슬렁거리고 있다. 무언가를 찾고 있는 듯하다. 무엇을 찾고 있는지는 뻔하다. 멀대다. 멀대는 가로수만큼이나 키가 크고 길쭉해서 그렇게 이름을 붙였다. 옆으로 지나가다 얼핏 보면 흰색 대나무처럼 보인다. 하지만 대나무와 달리 뿌리가 있어야 할 자리에 단단한 외피를 가진 다리가 서로 다른 세 방향으로 나 있고, 꼭대기에는 붉게 충혈된 눈을 가지고 있다. 충혈되었다는 점만 제외하면 그 눈은 크고 깊어서 순해 보인다는 인상인데, 실제로 흉물들 사이에서는 가장 순한 것 같다. 멀대는 흉물 생태계에서 최하위 피식자다. 나는 창밖을 이리저리 둘러보다가 운동장 안쪽 농구 코트 위에 멀대 하나가 멀뚱히 서 있는 것을 보았다. 멀대는 멍하니 하늘을 올려다보면서 잠시 뒤에 있을 자신의 최후를 인식하지 못하고 있었다. 아까 보았던 돼지는 담벼락 뒤에 납작 엎드려 멀대의 행동을 들여다보더니 무슨 생각인지 두 발로 왔던 길을 되돌아갔다. 3교시가 끝나고 쉬는 시간 동안 돼지는 보이지 않았지만, 점심시간이 되자 다시 모습을 보였다.

나는 식당 가길 거르고 아침에 편의점에서 사 온 빵을 꺼내 먹으며 돌아온 돼지를 보았다. 돼지는 이제 혼자가 아니었다. 자신의 친구를 둘 더 데려왔다. 개중 둘은 기다란 창을 가지고 있었고, 석궁을 든 놈도 있었다. 창을 가진 돼지들은 학교 둘레를 빙 두르더니 후문으로 들어섰고, 석궁을 든 돼지는 운동장을 가로질렀다. 운동장에선 아이들이 축구공을 차고 있었다. 다섯 아이가 달려든 공을 수비를 하고 있던 아이가 차지하더니 상대 골대를 향해 뻥 하고 차올렸다. 축구공은 포물선을 그리며 날아갔다가 토옹 하고 바닥을 때린 뒤 사람 머리 위만큼 튀어 올랐고, 그다음 가슴 높이 정도로 떠올랐다 떨어지더니 바닥을 굴렀다. 운동장을 벗어난 축구공은 석궁을 든 돼지 앞을 도르르 굴렀다. 돼지는 자신을 향해 오는 축구공을 보더니 성이 난 듯 양쪽 송곳니를 드러냈다. 소리를 들을 수 있다면 으르렁거리는 소리가 났을 것이다. 돼지는 축구공을 피했지만, 곧 아이들이 자신들을 향해 달려오는 것을 보았다. 돼지는 황급히 석궁을 들고 아이들을 향해 쏘았다.

하지만 석궁에서 쏘아진 볼트는 아이들의 몸을 가로질러 지나가버렸고, 아이들 또한 돼지의 몸을 통과한 뒤 축구공에만 시선을 두었다. 돼지는 무언가 불쾌한 듯 자신을 지나가는 아이들의 몸에 손을 휘저었지만 서로는 서로에게 환영에 불과했다. 돼지는 씩씩대며 아이들을 돌아보았다가 멀리 멀대가 움직이는 걸 보고 짧은 다리로 종종걸음을 뛰었다.

하늘을 멍하니 보고 있던 멀대는 뒤에서 나타난 돼지를 보고 놀라 다리를 움직였다. 멀대는 그리 빠르지도 않은데다가 별달리 저항할 힘도 없고 방법도 모르는 것 같았다. 석궁을 든 돼지는 멀대의 눈을 향해 볼트를 쏘았다. 멀대의 충혈된 눈에서 나온 피와 유리체액이 섞인 즙이 농구장의 초록색 우레탄 코트에 흩뿌려졌다. 멀대는 반사적으로 눈을 감으려 했지만 박힌 볼트 때문에 눈이 감기지 않았다. 멀대는 뒤뚱거리며 돼지를 피해 움직였다. 퇴로를 막아선 것은 학교 담장을 우회해서 도착한 창을 든 돼지들이었다. 창을 든 돼지들은 멀대가 농구장에서 빠져나가기 전에 다리 사이로 창을 콱 밀어넣었다. 무언가가 찢기거나 잘렸는지, 멀대는 그대로 주저앉더니 균형을 잃고 한쪽으로 쓰러졌다. 점심 식사를 끝낸 아이들이 농구공을 들고 농구 코트로 들어섰다.

돼지들은 농구를 하는 아이들이 신경 쓰이는지 힐끗거리긴 했지만, 허리춤에 차고 있던 칼을 꺼내 들고 멀대에게 달려들었다. 돼지들은 능숙하게 멀대를 해체했다. 단단한 백색 외골격이 벗겨지고 내부에 들어 있는 붉은 심지들이 잘려나가고, 다리도 하나하나 까여서 속살이 드러났다. 간혹 농구공이 튀어서 멀대나 돼지들 속으로 파고들기도 했지만, 죽은 멀대와 멀대 해체에 집중한 돼지들은 더는 신경 쓰지 않았다. 작업은 빠르게 끝났다. 점심시간이 끝날 때쯤 돼지들은 널브러진 멀대의 잔해를 놔두고 자신들이 해체한 고기만 등짐에 넣어 지고선 학교 운동장을 빠져나갔다. 나는 종례 이후 농구 코트로 들어가서 멀대의 시체를 살폈다.

돼지들이 떠난 이후 멀대에는 이빨 지렁이들이 꼬여 있었다. 지렁이라고 불리긴 하지만 돼지와 마찬가지로 닮은 구석은 적었다. 팔다리가 없고 몸이 길쭉하다는 정도일까. 작게는 손가락만 한 것부터 큰 것은 팔뚝만큼 크다. 이빨 지렁이들은 죽은 흉물을 하루가 지나기 전에 뼈와 껍데기까지 모두 먹어 치우고 다시 땅속으로 들어간다. 나는 잠시 이빨 지렁이들을 살펴보다가 농구를 하러 들어오는 아이들을 피해 집으로 향했다. 멀리 아파트 단지 사이로 여덟 개의 눈을 한 거상(巨像)이 학교를 조용히 내려다보고 있었다.

*

흉물들은 어디에나 있다. 학교에서도 마주칠 수 있고, 길거리에서도 쉽게 보인다. 우리 동네에서만 볼 수 있는 것이 아니라 수학여행을 가면 보이기도 하고, TV 화면에서도 자주 잡힌다. 유튜브를 보면 해외에도 있는 것 같다. 가끔이지만 집에서도 나온다. 이빨 지렁이 같은 것은 정말 도처에 깔려 있다. 어렸을 때는 사람들이 왜 저것을 보고도 보지 못한 척하는지 이해하지 못했다.

이제 잘 기억나진 않지만 밝고 좁은 방에서 모르는 어른과 대화를 나누었던 기억이 있다. 그 사람은 자신을 선생님이라고 호칭했는데, 돌아보면 소아 정신과 상담사였던 것 같다. 그 기억이 그나마 내게 흔적을 남긴 것은 다소 생뚱맞은 질문들 때문이었을 것이다. 선생님은 부모님이 혹시 때리진 않는지, 아니면 모르는 사람과 단둘이 남겨져 있었던 적은 없는지를 물었다. 그런 질문은 한 번에 끝나지 않고 비슷한 다른 질문으로 반복되었다. 그리고 그 이상한 질문들 사이에 남들에게 보이지 않는 것을 보고 있는지를 물어왔는데, 몇 번이나 문답이 빙빙 돌고 나서야 나는 답을 찾을 수 있었다. 그 방에서 나오려면 거짓말을 해야 한다는 것이었다. 그 뒤로 선생님과 부모님을 비롯한 다른 사람들에게 나는 보이는 것들을 보이지 않는다고 말해왔다. 이상한 것은 내가 아닌 다른 사람들인데, 거짓말을 강요받는 것은 나였다.

하지만 거짓말 자체가 나쁘다고 생각하진 않았다. 부모님은 별거하면서 잠시 따로 사는 것이라 말했지만, 사실은 이미 이혼한 뒤였다. 나는 그 이야기를 사촌 언니에게 들었다. 오늘 가족들과 저녁을 먹는다는 이유로 약속을 취소했던 친구가 다른 아이들과 함께 시내를 걷고 있는 것을 보기도 했다. 모두가 거짓말을 한다. 내가 그 밝고 좁은 방에서 나오기 위해서 거짓말을 했던 것처럼, 각자의 밝고 좁은 방을 견딜 수 없기에 그곳에서 나오려 거짓말을 하는 것이다.

*

그 아이를 처음 본 곳은 동네의 작은 공원이었다. 이상한 차림새를 한 아이라고 생각했다. 그도 그럴 것이 눈에 띄는 펑퍼짐한 항공점퍼를 입고 있었고, 스니커즈는 원래 색이 무엇이었는지 모를 만큼 시커멓게 때가 탔다. 그저 가출 청소년이라고 보기에는 이상했다. 청소년 부랑자라고 부르는 쪽이 어울렸다. 단지 그뿐이라면 잠시 이상하다 생각하고 말았을 테지만, 그 아이는 확연하게 불안해 보였다.

해가 지긴 했지만 늦은 시간은 아니었다. 공원에는 개를 산책시키는 노인과 가까운 관공서에서 퇴근하는 직원들, 그리고 무선 이어폰을 끼고 고개를 숙인 채 스마트폰을 들여다보는 대학생들이 있었다. 내가 앉은 그네에선 보이지 않았지만 어딘가에선 개를 키우는 사람들끼리 모여서 수다를 떨고 있었다. 인적이 드물어지기까지는 시간이 많이 남았다. 그런데도 그 아이는 몇 초에 한 번 정도는 주변을 두리번거렸다. 쉽게 이유를 알 수 없는 모습이었지만, 말을 붙이고 싶은 마음이 생기지는 않았다. 도움이 필요하냐고 묻는 데에도 나름의 용기가 필요하니까. 내가 주저하고 있는데 공원 한쪽에서 굼벵이가 기어왔다.

굼벵이라는 이름을 붙이긴 했지만, 막상 보면 진짜 굼벵이를 떠올리기는 어렵게 생겼다. 굼벵이의 높이는 사람 키를 훌쩍 넘고, 길이는 바퀴가 여럿 달린 트럭보다도 길다. 게다가 진짜 굼벵이가 자신의 몸을 조였다가 풀면서 몸을 뻗어 나가는 것과 달리, 이놈은 몸 아래 빽빽하게 달린 손가락 비슷한 발들을 이용해 꾸물꾸물 움직였다.

공원을 지나는 사람들이 굼벵이를 아무렇지 않게 통과했다. 그때마다 굼벵이는 움찔거리긴 했지만, 다른 흉물들과 마찬가지로 실제 세계의 존재들, 특히 사람과는 의미 있는 상호작용을 하지 못했다. 나 또한 굼벵이의 몸을 만지지도, 굼벵이가 나에게 닿지도 못하지만, 나는 굼벵이가 내 쪽을 향해 방향을 튼 것을 확인하고는 그네에서 일어나 자리를 옮겼다. 별다른 느낌이 들지 않는다고 하더라도 거대한 굼벵이가 내 몸을 관통하는 것은 달갑지 않은 경험이었다.

어렸을 때는 호기심으로 굼벵이의 내부를 통과하기도 했었다. 굼벵이의 내부는 그저 캄캄하기만 하지는 않다. 특히나 밝은 햇볕을 받고 있는 굼벵이의 내부를 안에서 보면, 껍질의 얇은 피막과, 각종 기관들이 약간 불그스름하게 비쳐 보이다가, 체내의 밀도가 높아지면서 점차 캄캄해진다. 그러다 굼벵이가 모두 지나가면 그제야 다시 시야가 돌아온다. 신기하긴 했지만 그런 경험은 한 번이면 족한 듯싶다.

잠시 굼벵이에게 시선을 던진 사이, 아이가 움직였다는 것을 뒤늦게 알아차렸다.

아이는 내게 등을 보이고 달려가고 있었다. 마치 굼벵이를 보고 놀라서 도망치는 것처럼.

＊

이후로도 아이를 자주 볼 수 있었다. 아이는 길거리 한복판에 서 있기도 하고, 무언가를 먹고 있는지 질겅질겅 씹어대기도 했으며, 그리고 꽤 자주 달리고 있었다.

공원이나 운동장이 아니라면 달리는 사람을 보는 것은 흔한 일이 아니다. 사람들은 달려야 할 일이 있다면 버스를 타거나 택시를 탄다. 하지만 아이가 가파른 오르막이나 육교 위, 그리고 네거리에서 달리는 모습은 자주 보였다. 그래서 나는 그 아이를 자꾸만 의식할 수밖에 없었다.

그때까지는 동네에 이상한 아이가 있다고만 생각했다. 나는 나를 둘러싼 다른 세계와 그다지 친밀하지 못했고, 아이는 그 다른 세계에 속해 있었다. 얼마 가지 않아 나는 내 생각이 틀렸다는 것을 알게 되었다.

＊

흉물들은 실제 세계의 존재들, 사람이나 사람이 탄 자동차, 아니면 비둘기나 고양이 같은 길거리의 동물들과 몸이 겹치는 일을 그다지 좋아하지 않았다. 그럼에도 실제 세계의 존재들은 흉물을 인식하지 못하기 때문에 별다른 의도도 없이 그런 일을 일으켰으므로, 흉물들을 더 많이 볼 수 있는 것은 인적이 드문 늦은 새벽 또는 이른 아침이었다.

나는 등굣길에 흉물들을 확인할 생각으로 아주 일찍 학교

로 갔다. 학교로 가는 동안 멀대 셋과 돼지 무리, 허공 소금
쟁이, 그리고 거상을 보았다. 멀대 셋은 그저 몸을 기울였다
펼치며 해바라기를 하고 있었고 돼지 무리는 작은 공원 공터
에 자리를 잡고 언젠가 사냥했던 굼벵이로 추정되는 무언가
의 살덩이를 굽고 있었다.

허공 소금쟁이는 낮게는 지표면에서 1미터가량 위, 높게
는 머리 위로 수십 미터 허공을 미끄러지는 곤충 비슷한 흉물
로, 멀대나 굼벵이, 돼지를 잡아먹는 상위 포식자였다. 소금
쟁이라지만 허공을 미끄러지는 다리를 제외하면 송곳과 같은
주둥이와 먹이를 낚아챌 수 있는 거대한 앞발을 지닌, 뛰어
난 사냥꾼이었다. 예전에 소금쟁이 하나가 돼지를 낚아채서
그대로 머리에 자신의 주둥이를 박아 넣는 모습을 보기도 했
다. 돼지들은 서둘러 창을 들고 석궁을 빼 들었지만 반격할
틈새도 없이 사라지는 허공 소금쟁이를 바라봐야만 했다. 정
확히는 허공을 미끄러지는 것 같지는 않았다. 허공 소금쟁이
는 주로 단순한 평면이 아니라 기울어지거나 솟아오르는 곡
선으로 이루어진 단면을 미끄러졌고, 마치 레일을 타고 이동
하듯 물리법칙을 무시하면서 빠져나가기도 했다. 그날 본 허
공 소금쟁이는 무언가를 물어뜯으며 아파트 사이를 미끄러져
사라지고 있었다.

그리고 언제나처럼 거상이 있었다. 이 흉물은 너무 거대해
서 이번에야말로 다른 사람들 역시 저것을 인식하지 않을까,
처음 도시에 거상이 찾아왔을 때는 기대했었다. 안타깝게도

거상 또한 흉물 중 하나에 불과했다.

거상은 어지간한 아파트보다도 키가 크다. 얼핏 봐서는 거대한 동상처럼 보이지만, 얼굴 부분에 위치한 여덟 개의 눈이 무언가를 살펴보듯 천천히 움직인다. 그 시선이 무엇을 기준으로 하는지, 그리고 거상이 바라보는 시선에 어떤 의미가 있는지는 전혀 알 수 없다. 거상은 사람들 중에 유일하게 흉물을 알아볼 수 있는 나에게마저도 별로 관심이 없는 듯, 여섯 개의 팔을 접고 가만히 선 자세로 도시를 내려다보고만 있다.

＊

아이를 다시 본 곳은 학교 후문 앞이었다. 우리 집에서 학교로 이어지는 최단 경로로 등교하면 지나게 되는 곳이었다. 학교 후문은 학교 경비실에서 관리하고 있는데 매번 같은 시간에 와도 열려 있지 않은 경우가 왕왕 있었다. 이런 경우에는 담을 넘거나, 아니면 학교 담장 둘레를 돌아 정문으로 들어서야 했다.

유감스럽게도 그날 학교 후문은 닫혀 있었다. 난처해진 나는 학교 후문의 창살 너머로 교내를 훔쳐보던 중 보이는 광경이 이상하다는 걸 깨달았다. 아이가 학교 안을 달리고 있었다.

자동차가 출입하는 학교 정문은 항시 열려 있기 때문에 그리 이상할 것은 없었지만, 눈에 밟히는 것은 아이의 뒤에서 쫓아오는 돼지들이었다.

몸이 통통하고 붉은 돼지들은 가장 흔히 볼 수 있는 흉물 중 하나였다. 그래서 나는 돼지들의 행동 양식에 대해서도 잘 알고 있었다. 돼지들은 사냥감을 추적할 때가 아니면 어지간 해선 달리는 일이 없다. 그리고 그 돼지들 앞에 있는 유일한 존재는 그 아이였다.

셋이나 되는 돼지들은 언젠가 보았던 녀석들이었다. 둘은 창을 가졌고 하나는 석궁을 들었다. 석궁을 들고 가던 돼지는 잠시 자리에 멈춰 서서 아이를 겨누고 석궁 방아쇠를 당겼다. 쏘아진 볼트는 아이의 머리를 스치고 날아가 아이 앞으로 떨어졌다. 어떻게 보아도 돼지들이 그 아이를 쫓고 있는 게 분명했다.

나는 심장이 뛰기 시작한 것을 느꼈다.

나는 학교에 바로 들어서기 위해 후문 담장을 넘었고, 아이가 학교 안쪽으로 사라지는 것을 확인했다. 좋은 선택처럼 보이진 않았다. 돼지보다 다리가 긴 인간이 계단을 오르는 데는 유리할지 몰라도, 복도는 좁고 길었다. 석궁 같은 무기를 들고 있는 돼지에게 몇 번이나 기회를 주는 셈이다.

나는 곧장 경비실로 달려갔고, 비어 있는 경비실의 벽면에서 후문 열쇠를 챙겼다. 복도로 나왔는데 아이가 보이지 않았다. 예상대로 계단을 올랐겠다 싶어 아이를 찾기 위해 몇 층이나 올라갔다. 그리고 4층 계단에 올라섰을 때 볼트 하나가 내 머리를 관통했다. 나의 코앞에서 아이가 달려오고 있었다.

아이는 나를 피할 겨를도 없는지 나를 그대로 통과해서 지나갔다. 나는 알아차려주길 바라며 아이를 뒤따르다 옆에서 나란히 달렸다. 몇 초 동안은 아이가 날 인식하지 못했지만, 곧 의아한 듯한 표정으로 날 바라봤다.

나는 손가락으로 나를 가리키고 몇 번이나 따라오라고 손짓했다. 돼지들이 지척에 있었기 때문에 나는 아이가 따라올 거라 믿고 그대로 학교 본관을 빠져나와 후문을 향해 달렸다. 아이는 몇 번인가 주저했지만 곧 나를 따라왔고, 나는 등을 땀으로 적시며 후문에 다다랐다. 그리고 열쇠로 후문을 열었다.

아이는 열린 문을 보고 빠르게 지나쳐 갔다. 그리고 나는 돼지들이 다다르기 전에 후문을 다시 잠갔다. 돼지들은 담장을 넘으려고 했지만 학교 밖에서 안으로 들어오는 것과 달리, 안에서 밖으로는 넘어가기 힘든 구조였다. 돼지들은 아이에게 석궁을 겨누기도 하고 창으로 철제로 된 후문을 때리기도 하며 윗니를 드러냈다.

나는 돼지들 옆에 서서 잠시 멈춰 숨을 고르고 있는 아이에게 오른쪽을 가리킨 다음 가위표를 그렸다. 내가 등교해 온 길은 허공 소금쟁이는 물론이고 돼지들도 이 주변을 영역으로 하고 있었다. 아이는 내 손짓을 이해했는지 고개를 끄덕이더니 곧 왼쪽 길로 뛰어갔다.

＊

아이를 다시 보게 된 것은 다음 날 4교시 수업에서였다.

아이는 두리번거리며 교실의 열린 문을 왔다 갔다 했다. 선생님과 반 아이들은 그 아이를 인식하지 못했다. 내가 아이를 빤히 바라보자, 그 아이도 내게 다가와서는 내 책상을 가볍게 두드리고 천장을 가리킨 뒤 교실을 나섰다. 무슨 뜻인지 이해하는 것은 어렵지 않았다. 내가 있는 교실은 학교에서 가장 높은 5층이었으므로 바로 위는 옥상이다. 하지만 옥상으로 가는 문은 잠겨 있으니, 옥상으로 올라가는 층계참에서 기다리겠단 의미였다.

점심시간이 되어 옥상 층계참으로 가자 아이가 서 있었다. 아이는 천천히 입을 움직이며 손가락으로 날 가리켰다. '너.' 그다음엔 자신을 가리켰다. '내가.' 그리고 눈가에다 집게손가락을 가져가서 톡톡 두드렸다. '보여?'

나는 고개를 끄덕였다.

그러자 아이는 잠시 눈을 동그랗게 뜨고서 아무 말도 하지 않았다. 곧 이어진 말은 너무 빨랐지만 대강은 이해할 수 있었다. 다른 괴물들을 볼 수 있는지, 그리고 언제부터 볼 수 있었는지에 대한 것이었다. 반가운 마음에서인지 날 껴안으려고 들기도 했다. 정작 내가 무안하게도 깜짝 놀라 한 발 물러서긴 했지만. 그러나 서로의 그런 몸짓들은 의미를 가지지 못했다. 우리 둘은 서로에게 닿지 않았기 때문이었다.

제대로 된 의사소통이 이루어지지는 않았다. 아이는 입 모양을 크게 벌리거나 동작을 과장되게 해야만 했다. 내 이야기를 제대로 전할 수 있다고 해도 아이 입장에서 내가 제대로 된 형상으로 보이는 것 같지도 않았다. 아이는 이 실제 세계에서 움직이는 것들은 자신에게는 마치 그림자처럼 보인다고 말했다. 정확히는 나와 자신의 발밑에 있는 그림자를 가리키고 몇 번이나 '똑같다'고 말하며 두 손날을 가슴 앞에 평행으로 두면서 등호를 흉내 냈다.

그 때문인지 나는 아이에게 제대로 질문을 던지기 어려웠고, 고개를 끄덕이거나 정확히 무슨 말인지 모르겠다는 의미로 고개를 기울이거나, 아니라는 뜻으로 가로젓는 정도의 의사밖에 표현할 수 없었다. 그러니 그 아이가 어떻게 해서 흉물들이 있는 중첩된 세계에 있는 것인지, 그 세계에서는 어떻게 살아가고 있는 것인지, 원래는 어디에서 살았는지, 가족은 있는지, 그렇다면 대신해서 연락해주는 게 좋을지, 그전에 아이의 이름은 무엇인지도 물어보지 못했다.

하지만 아이가 하고 싶어 하는 말은 선명해 보였다. 아이는 손날 끝을 자신의 가슴에 댔다가 바깥쪽으로 팔을 내뻗었다. '나가고 싶어.' 그리고 천천히, 닿을 수 없는 내 어깨 위로 손을 뻗었다. '도와줄래?'

나는 고개를 끄덕였다.

＊

아이가 나를 이끈 곳은 하수구 맨홀이었다. 하수구 구멍 자체는 집에서 그리 멀지 않은, 인적이 드문 뒷골목에 위치해 있었다. 얼마나 내려가야 할지는 알 수 없지만 스마트폰 조명에만 의지하기는 힘들어 보였고 장갑과 마스크 등의 다른 준비물도 필요할 듯싶었다. 아이도 곧장 들어갈 생각은 없었던 모양인지, 내가 준비물이 필요하다고 설명하자 쉬이 받아들이고는 필요한 물건들에 대해 설명까지 해주었다.

준비가 된 것은 다음 날 저녁이었다. 첫 번째 과제는 하수구 뚜껑을 열어야 하는 것인데, 우선 아이는 다른 흉물들과 마찬가지로 현실 세계에 간섭을 할 수 없었으므로 내가 열어야만 했다. 아이가 필요하다고 말한 쇠지렛대가 곧장 쓰였다. 손목에 랜턴을 걸고 천천히 내려가자 퀴퀴한 냄새가 나긴 했지만 생각보다 역하거나 숨을 쉴 수 없는 정도는 아니었다. 집에 상비되어 있던 손전등 또한 무척 밝아서 정면만 바라보면 하수구를 걷고 있다는 생각이 들지 않았다. 아이는 언젠가이 하수구 구멍으로 내려와본 적이 있기라도 한 듯 날 이끌었다. 나는 그 방향대로 조명을 비추었다.

허리를 바짝 숙여야 하는 곳과 악취가 심한 고인 물 위를 기어가야 하는 곳도 있었다. 어느 정도 내려가자, 아이가 통로 너머로 사라져버렸다. 깜짝 놀라 서둘러 기어가보니 아이가 가볍게 손을 흔들고 있었다. 가까이에 아래로 내려가는 사다리가 있었고, 사다리 아래로는 강한 빛을 내뿜는 랜턴으로도 다 밝히지 못할 만큼 넓은 지하 공간이 있었다.

분명 흉물과 관련이 있어 보이는 공간이 아니었다. 벽면은 단단한 콘크리트였고, 어른 여럿이 둘러 안아야 손이 닿을 두꺼운 지름의 기둥들이 규칙적인 거리를 두고 지하 공간을 떠받치고 있었다. 사람이 만든 장소였다. 내가 주변을 잠시 둘러보자 아이가 '저류조'라고 말했다. 지금은 가물지만 도시에 비가 내리면 이곳에 물이 차도록 만들어졌다는 의미였다. 다행히 비가 올 계절은 아니었으므로 걱정할 일은 아니었다.

저류조를 나아가던 아이는 느닷없이 코를 막더니, 뒤로 물러났다. 그리고 손으로 한쪽을 가리켰다. 거기 꽃봉오리가 있었다. 이 또한 내가 붙인 이름으로, 이 흉물은 자동차 크기로 부풀어 오른 물혹을 몇 겹의 껍데기가 싸고 있는 모양을 하고 있었다. 이 꽃봉오리들은 자주 발견되지 않고, 이따금 큰 빌딩이나 상가 건물에 붙은 것을 볼 수 있었다. 멀대와는 달리 식물에 가까워서 뿌리 비슷한 것을 주변에 뻗고 있기도 했다. 금방 나타났다 금방 사라지는 편인데, 금방 나타나는 것은 성장 속도가 빠르기 때문이었고, 금방 사라지는 것은 굼벵이의 주식이기 때문이었다. 아이는 코를 막고 꽃봉오리를 가리키며 말했다. '냄새나.' 지금까지 꽃봉오리에서 냄새가 난다는 사실은 전혀 몰랐지만, 굼벵이를 제외한 많은 흉물들이 꽃봉오리 주변에 다가가지 않는 이유를 이제 알 수 있었다. 아이가 내 옷깃을 잡으려고 하며 덧붙였다. '돌아서 가자.'

꽃봉오리를 우회하고 저류조에서 빠져나온 아이가 날 인도한 곳은 하수구에서 연결되는 작은 문이었다. 사람의 손을 타서 만들어진 게 분명해 보였지만, 이상하게도 현대의 기술로 만들어졌다는 생각이 들지 않았다. 청록색 녹이 잔뜩 껴 있었고, 녹 때문에 표면이 너무 거칠어서 목장갑을 끼지 않으면 손을 다칠 것만 같았다. 아이는 문을 밀고 들어서야 한다고 말했다.

문은 몸무게를 실을 때마다 들썩이긴 했지만 잘 움직여지진 않았다. 생각보다 오랜 노동이 될 것 같았다. 나는 쇠지렛대를 꺼내면서 아이에게 문 뒤에 무엇이 있느냐고 물었다. 힘을 쓰는 데 집중하느라 아이의 설명을 정확히 알아듣지는 못했지만, 대강의 내용은 이랬다.

아이는 저주를 받았다. 흉물들 사이에 떨어지는 저주였다. 아이는 흉물의 세계에 오랜 시간 있었고, 저주를 풀어낼 방법을 찾기 위해 고군분투하였다. 겨우 이 도시에 저주를 풀 방법이 있다는 걸 알았지만, 곤란하게도 현실 세계에 존재하는 다른 사람의 도움을 받아야 했다.

하지만 아이는 어떤 사람들, 그러니까 나 같은 일부의 사람들이 흉물을 볼 수 있다는 걸 알고 있었다. 아이의 말에 따르면 이런 능력은 격세 유전 되는데, 희망은 저주와 관련된 사람 누군가가 이곳에 터를 잡고 살아왔기를, 그래서 그 자손 중 누군가를 만날 수 있기를 바라는 것뿐이었다. 그리고 아이는 운이 좋았다. 나를 만난 것이다.

몇 번의 휴식을 이어 간 끝에 나는 청동으로 만들어진 문을 열었다. 문의 내부는 자연 동굴이었다.

마치 틈새와 같은 동굴이었다. 분명 그 출입구는 사람이 만든 것일 텐데도, 오랜 시간 동안 사람이 드나들지 않은 듯 거친 자연 상태 그대로였다. 몇 걸음 걸어 들어가기도 전에 몸을 숙이고 기어야 하거나, 발 한쪽도 제대로 내딛지 못할 만큼 비좁아서 아이의 조언대로 랜턴을 제외한 가방을 놔두고 가야만 했다. 진땀을 내고 나서야 겨우 걸어갈 만한 공간이 나왔는데, 다시 반듯한 바닥이 보였고, 석주 사이로 아이가 인도하지 않은 다른 길들이 있었다. 그 길들은 무척이나 어두워서 어디로 이어질 것인지 알 수 없었다.

나는 지나치던 동굴 벽면에 벽화가 그려져 있다는 걸 깨달았다. 얼마나 오래되었을지 짐작도 되지 않는 벽화였는데, 그림 속 등장하는 것들이 낯익었다. 그림은 추상적이고 단순하게 그려진 데다, 알아보기 힘든 것도 많았지만 몇몇은 이미 알고 있는 흉물들이었다. 특히 멀대와 돼지는 알아보기 쉬웠다.

그 앞으로는 사람 하나가 달려가고 있었다. 정말로 달려가고 있다고 볼 수 있을지 모르겠지만, 선은 충분히 역동적이었고, 그렇지 않은 정적인 자세로 그려진 다른 사람들과 구분이 되었다. 이상한 것은 그 사람들이 다른 흉물들 사이에 그려져 있다는 것이었다.

랜턴을 가까이 가져다 대며 들여다보니 좀 더 납득이 되었다. 가만히 서 있는 사람들 사이에는, 세월 때문인지 거의 지워지긴 했지만 다른 염료로 칠해졌던 흔적이 있었다. 이 벽화는 현실 세계를 또 다른 층위로 그려내고 있었다. 이상한 점을 꼽으라면 왜 흉물들이 있는 세계가 아니라 현실 세계를 그렇게 그린 것인가 하는 문제였지만 관점에 따라 가능할 수도 있을 것 같았다. 그렇게 보자면 저 앞에 달려가는 하나의 사람은 저주받은 사람인 듯했다.

내가 그림을 좀 더 살펴보려고 하자, 앞서가던 아이가 돌아와서 내게 손짓했다. 나는 벽화 보기를 멈추고 아이의 뒤를 따라나섰다. 멀리 갈 것도 없이 목적지는 바로 앞에 있었다.

동굴의 끝에는 작은 제단이 놓여 있었다. 동굴 외부에서 들여온 것이 분명해 보이는 커다란 바위 위에 읽을 수 없는 문양들이 그려져 있었다. 아이는 자신도 이것을 읽을 수 없지만, 대강의 뜻을 알고 있다고 말했다.

아이는 자신이 있는 장소에서 나가기 위해서는, 누군가 잡아끌고 나가야만 한다고, 즉 그 전에 일단 접촉부터 할 수 있어야만 한다고 말했다. 내가 흉물들이 존재하는 세계 가까이에 다가가야 한다는 뜻이기도 했다.

내가 그 방법을 묻자, 아이가 설명했다.

사람에게 있어 시각은 많은 부분을 차지한다. 그렇기 때문에 시각에 의존하고 있는 동안은 다른 감각들이 상대적으로 무뎌진다. 반대로, 시각을 가리면 다른 감각이 예민해질 수 있다.

아이는 돌 위에 눈을 감고 엎드린 뒤, 속으로 일흔둘을 세고 일어나라고 말했다. 하지만 일어난 뒤에도 눈을 떠서는 안 되고, 다른 감각에 집중하며 자신을 따라와야 한다고. 만약 다시 해가 뜨는 자리까지 돌아갈 수 있다면 자신도 저주에서 풀려날 수 있을 거라고 했다.

쉽지 않은 일처럼 들렸지만 이제 와서 못 하겠다고 말할 수는 없었다. 게다가 아이의 말대로라면 눈을 감고 있어도 아이의 기척을 감지할 수 있을 테니, 따라갈 수 있으리란 믿음이 있었다.

나는 준비해 온 안대를 착용하고 눈을 감고서 바위 위에 엎드렸다.

그리고 조용히 하나부터 일흔둘까지 세었다.

＊

일흔둘은 생각보다 큰 숫자였지만, 숫자를 세는 동안은 아무런 일도 일어나지 않은 것 같았다.

그리고 안대를 한 그대로 자리에서 일어나 돌아섰을 때도, 아무것도 바뀌지 않은 것 같았다.

나는 몇 분 동안 그대로 서 있었다. 문득 불안감이 밀려들었다. 나는 어쩌다 이런 땅속 깊은 곳까지 와버린 거지? 그 아이는 믿을 수 있는 사람인가? 흉물이 존재한다지만 상호작용하지 않는 환상은 그냥 환시가 아닌가? 나는 언제나 그 사실을 의심해오지 않았나? 무엇보다도 바로 직전의 기억이 으

스스했다. 나는 아이의 말을 들을 수 없을 텐데도, 이 어두운 공간에서 아이의 설명을 자세히 이해했다. 아이가 어떤 식으로 설명했는지는 정확히 떠올릴 수 없었다. 일흔둘을 세는 동안 나는 이 모든 것이 악몽이고, 어두운 동굴 아래에서 나 혼자 머리를 묻고 숫자를 세고 있는 것은 아닌지 두려워했다.

하지만 정신을 집중하니 아주 멀리서, 얕은 숨소리가 들려왔다. 사람의 숨소리였다. 묘한 안도감이 들었다. 누구의 숨소리인지 알 수 있었다. 한 번도 아이의 목소리를 들어본 적이 없었지만, 분명 그 아이의 숨소리였다.

내가 양쪽 팔을 뻗고 그쪽을 향해 걸어가자 숨소리가 조금의 웃음기를 띠었다. 그리고 무어라고 말하는 소리도 들렸는데, 바람 소리인가 싶은 알 수 없는 잡음에 뭉개졌다. 하지만 그 방향으로 계속 걸어갈수록 조금씩 감각이 좁혀졌다.

아이의 말대로, 내가 지금까지 듣지 못했던 소리를 듣기 시작한 것이었다.

＊

아이의 목소리로 인도를 받더라도 비좁은 동굴을 지나는 일은 어려운 일이었다. 두 번이나 발이 걸려 넘어졌고, 머리를 들이박기도 했다. 들어올 때와는 달리 이상할 정도로 길이 길어졌다는 느낌을 받았지만 단순히 눈을 가렸기 때문에 생긴 감각의 문제일지도 몰랐다.

아이와 실제로 얼마나 가까이에 있는지는 알 수 없었지만 그 숨소리도 조금씩 가까워져서, 큰 집중력을 기울이지 않아도 소리를 놓치지 않을 수 있을 정도로 가까워질 무렵에는 가방을 회수하고 동굴을 빠져나올 수 있었다. 동굴의 입구에 있었던 청동으로 만든 문의 질감은 분명히 기억났다.

희미하게 아이가 '조심해.' 하고 말하는 것이 들려왔다. 그럼 어김없이 길목이 좁아지거나, 사다리를 타야 하는 자리였다. 우리는 저류조를 지나고 있었다. 저류조로 들어서자마자 오래된 고기가 썩고 있는 냄새가 풍겼다. 조금만 냄새가 더 강했더라도 속에 있는 것을 게워낼 만한 악취였다. 나는 아이가 코를 막았던 것을 떠올렸다. 꽃봉오리의 냄새였다.

상당히 불쾌했지만 달리 생각하자면 아이의 말대로 둔감했던 감각들이 되살아나고 있다는 말이었다. 날카로워진 감각은 청각을 넘어 후각에도 영향을 주고 있었다. 나와 아이는 저류조를 지나 다시 사다리를 타고 하수도로 들어섰다.

이제 아이의 숨소리는 마치 바로 앞에 있는 듯 가까웠고, 하수구는 단순히 썩고 고인 정화조 냄새로만 느껴지지 않았다. 쉽게 설명되지 않는 다른 무언가가 더 있었다. 단순히 역하기만 한 것이 아니라 지상의 흉물들이 지하로 흘려 보내는 무언가가 있는 듯했다.

＊

얼마 남지 않았다고 생각되었을 때 아이의 숨소리를 덮는 괴성이 들려왔다. 너무 생경한 소음이었기에 잠시 의아해졌지만, 내가 기억하는 흉물 중 그런 요란한 소리를 낼 만한 존재는 하나뿐이었다. 아이가 다급하게 달리라고 소리치는 것을 듣고 알아차렸다. 돼지들이었다.

감각이 아직 선명하지 않았기 때문에 돼지들이 얼마나 멀리 있는지, 돼지들에게 들켜서 쫓기는 것인지 미리 피하는 것인지 알 수 없었다. 그리고 무엇보다, 돼지에 대한 나의 감각들이 전과는 달라져 있었다.

이전까지는 돼지들을 바라볼 때 그저 수족관 안에 있는 물고기를 들여다보는 것과 다르지 않았다. 하지만 이제 나는 수족관 안에 있었다. 하수도 안인데도 불구하고 진득한 돼지의 체취가 맡아질 정도였다. 돼지를 볼 수도 있고, 돼지의 목소리를 들을 수도 있으며, 돼지의 냄새를 맡을 수도 있다면, 실상 나는 돼지를 만질 수 있을지도 몰랐다.

아이를 구한다는 생각에 빠져서 내가 그 아이와 같은 상황에 처했다는 것을 잊고 있었다.

몇 번이나 미끄러지며 오물에 몸을 담그고 옷을 적셨다. 눈을 가린 채 아이의 목소리만 의지해서 달리는 일은 쉽지 않았다. 이마를 어딘가에 찧었고 코를 벽에 들이박았다. 오물인지 코피인지 모를 것이 흘렀다. 하지만 돼지들이 그르렁대며 내 꽁무니를 따라오고 있다는 명백한 실감이 고통과 더러움을 잊게 했다. 숨이 벅차올랐다.

앞으로 가고 있다는 사실만을 위안 삼아 내달리던 와중에 손에 사다리가 잡히자 나는 환희를 느꼈다. 나는 아이가 빠르게 사다리를 올라가는 소리를 들었고, 아이의 발바닥에 붙어 있던 진흙들이 내 머리로 떨어지는 것도 느낄 수 있었다. 하지만 안심할 수도 없었다. 돼지들의 괴성이 바로 아래에서 들려왔다.

사다리를 한 칸씩 올라서며 감각은 더없이 선명해져갔다. 술래잡기가 끝나가고 있음을 나는 직감했다.

사다리의 마지막 한 칸에 올라서기 직전, 누군가 내 가방에 꽂혀 있던 쇠지렛대를 잡아챘다.

내가 하수구 밖으로 나오자마자 쇠지렛대에 하수구 뚜껑이 끌리는 소리, 이어 덜컹거리며 뚜껑이 닫히는 소리가 났다. 돼지들은 그 뚜껑을 열 수 없을 터였다. 뒤늦게 올라온 화가 잔뜩 난 돼지들이 몇 번이나 하수구 뚜껑을 때리며 화를 냈지만 뚜껑은 꿈쩍도 하지 않았다. 돼지들은 서성이다 사라졌다. 성이 잔뜩 난 것을 봐서는 포기했다기보다 아마 다른 길로 돌아서 오려는 것 같았다. 하지만 내 관심은 이미 나보다 먼저 올라가 쇠지렛대로 하수구 뚜껑을 닫은 사람에게 가 있었다.

나는 휘청이듯 자리에서 일어나 안대에 손을 가져다 댔다. 그 아이가 그만두거나 멈추라고 하지 않았기에, 나는 서둘러 안대를 이마 위로 벗었다.

하지만 시선을 잘못 두었다.

눈을 떴을 때 보인 것은 그 아이가 아니었다. 도시의 가운데서 만물을 내려다보는 거상이었다. 이제 막 떠오르는 태양을 등지고 거대한 후광을 받으며 거상은 분명히 우리를 내려다보고 있었다. 아니, 우리를 내려다보는 것은 아닐 터였다. 정확히 하자면 거상은 나를 바라본 적이 없었다. 거상이 내려다보는 것은 그 아이일 터였다.

나도 아이를 돌아보았다.

아이가 손바닥으로 내 어깨를 쳤다.

"이제 네가 술래야."

영웅은 죽지 않는다

영웅 제니스맨이 죽은 뒤 도시의 범죄율은 전월 대비 1천 2백 퍼센트를 돌파했다. 치안과 질서가 무너지자 시장은 군 부대에 협력을 요청하려고 했으나 테러로 사망했다. 테러리스트는 공권력을 비웃듯 시청의 정문으로 들어가 눈에 보이는 모든 공무원을 쏴 죽였고, 시장 습격을 전하는 뉴스의 화면에는 탄흔과 핏자국이 가득했다. 사람들은 이 테러가 악덕 자산가인 배드베어가 고용한 해외의 PMC 또는 위플래시 갱단의 소행일 것으로 보았다. 어쩌면 올드맨의 단독 범행일 것이라는 이야기도 있었다.

새로운 시장 선거가 시작되었고, 배드베어의 절친한 사촌 동생이 후보로 나섰다. 투표는 치러지지 않았다. 나머지 후보들이 모종의 이유로 자진 사퇴했기 때문이었다. 새로운 시장은 도시에 군대를 들일 수는 없다면서, 이 모든 범죄는 제니스맨이라 불리던 불법 자경단원이 사라져서 생긴 통계적 해프닝에 불과하며 범죄율은 천천히 떨어질 것이라 말했다. 통계의 신빙성이 의심 되었지만, 곧 실제로 범죄율이 떨어지기 시작했다. 그에 반비례하여 기자의 사고, 납치, 행방불명, 강도살인은 많아지기 시작했지만 그마저도 얼마 지나지 않아 신문에서 자취를 감추었다.

"그때는 모든 일이 잘 풀릴 줄 알았지."

그렇게 말한 것은 도시의 가장 거대한 갱단의 우두머리인 위플래시였다. 가죽 재질의 정모에다 몸에 달라붙는 슈트 차림인 위플래시를 함부로 쳐다보는 멍청이는 많지 않았다. 위플래시가 자신을 봤다는 이유만으로 채찍을 휘둘러 실명시킨 갱이 한둘이 아니었다. 누구나 위플래시 앞에서는 눈을 내리깔아야 했다. 소수의 이름난 악당들을 제외한다면 말이다.

"그렇지 않나, 미스터 리?"

미스터 리는 곧장 대답하지 않고 주변을 둘러보았다. 도시에서 악명을 떨친 다섯 명이 눈에 보였다. 갱단 두목 위플래시, 괴물 베텔게우스, 벌 인간 킬러퀸, 미치광이 3월토끼, 닌자 아카오니까지. 빌런들은 각자의 방법으로 일을 꾸미는 법이지만 공통의 적인 제니스맨에 대항하기 위해 회합을 꾸렸다. 그리고 회합의 멤버들은 힘을 모아 제니스맨을 죽이는 데 성공했다. 공통의 적이 죽은 만큼 더는 회합을 이룰 이유가 없으므로 미스터 리는 이들을 한자리에서 볼 일은 없을 거라고 생각했었다. 가능하면 보고 싶지도 않았다.

눈구멍을 제외하면 얼굴을 완전히 가리는 백색 가면을 쓰고 있는 미스터 리는 여유로운 걸음으로 오픈 바로 걸어 들어가 와인을 잔에 따랐다.

"올드맨과 노부시. 두 사람의 일은 유감이지만, 우리가 모두 모여야 할 이유가 있나?"

미스터 리의 말에 다른 빌런들도 고개를 끄덕였다. 회합의 장소는 늘 그렇듯 배드베어 명의의 빌딩 최상층 펜트하우스였다. 전면 유리창으로는 아직도 불을 밝히고 있는 빌딩들의 불빛, 유흥가의 네온사인과 도로를 밝히는 차량의 전조등이 내려다보였다. 천장이 십여 미터로 높은 펜트하우스는 세 개의 복층으로 되어 있었고, 모두가 있는 로비이자 접객실은 그 세 층에서 모두 내려다보이는 자리였다.

"난 다른 놈들에게 관심 없어. 죽든지 말든지. 나는 닥터 머스타드를 만나러 왔다."

큰 키에 비해 깡마른 데다 헐렁한 옷을 입어 유약해 보이기만 보이는 베텔게우스에게서 모두 멀찍이 거리를 두고 있었다.

"그 여자는 어디에 있지? 여기 없다면 난 가보겠어."

"조급해하지 마라, 베텔게우스."

위플래시가 말채찍으로 최상층을 가리켰다. 펜트하우스 꼭대기에 마련된 유리 온실에서 닥터 머스타드가 모습을 드러냈다. 실험복을 입은 닥터 머스타드가 인이어 이어폰에 대고 말하자, 테이블 위에 올려져 있던 무전기에서 목소리가 들려왔다.

"난 약속을 잊지 않았으니까. 당장은 위플래시의 말에 집중해라. 중요한 일이다."

베텔게우스는 인상을 잔뜩 찌푸리고 위플래시를 바라보았다. 위플래시는 자신에게 시선이 집중된 뒤에야 다시 말을 꺼냈다.

"미스터 리, 네 생각과 달리 유감스런 일을 겪은 건 둘이 아니다."

"둘이 아니라니?"

미스터 리의 반문에, 위플래시는 접객실의 상석에 있는 사무용 의자로 다가갔다. 위플래시는 창밖을 향해 있던 의자를 천천히 돌렸다. 의자에는 누군가 앉아 있었다.

"뭐야, 배드베어도 있었…?"

미스터 리는 말을 하다 말고 멈췄고, 베텔게우스는 "쯧." 하고 혀를 찼으며, 양봉 보호복 내부의 킬러퀸은 붕붕대는 날갯짓 소리를 키웠고, 아카오니는 늘 그렇듯 침묵을 지켰으며….

"으하하하하!"

3월토끼는 웃기 시작했다. 어깨를 떨면서 반쯤 접힌 귀가 퍼덕이자 토끼탈에 달린 양쪽 눈동자가 서로 다른 방향으로 데굴데굴 굴렀다.

"이거 정말 걸작인데!"

3월토끼가 웃는 와중에도 위플래시의 읊조림이 미스터 리의 귀에 똑똑히 들렸다.

"셋이다."

한때 배드베어라 불렸던 도시 최고 자산가의 심장에는 칼날이 박혀 있었다. 이로써 제니스맨의 사망 후 이 도시에서만 세 번째로 빌런이 죽은 것이다.

✳

미스터 리가 가면 아래로 문 빨대를 써서 와인을 한 모금 마신 다음 말했다.

"첫 번째는 올드맨이었지."

올드맨은 백발에 흰 수염을 단정하게 기른 늙은 남자로 총과 군병기를 다루는 실력이 탁월했다. 나이를 짐작하게 하는 주름진 얼굴에도 불구하고 그 날렵함과 노련함을 따라올 이는 많지 않았다. 올드맨은 돈만 주면 무슨 일이든 처리해주는 스페셜리스트로 알려져 있었고 미스터 리 또한 올드맨과 함께 일을 한 경험이 있었다.

"두 번째는 노부시였고."

노부시는 칼잡이였다. 자신의 검술 실력을 확인하기 위해서 짚더미가 아닌 산사람을 베는 취미가 있었다. 범죄자들도 그런 무차별 살인마와는 함께 일을 하길 꺼렸다. 제니스맨 역시 노부시와 정면 대결을 하길 피했다. 그 정도로 실력자였다. 제니스맨의 최후 때 함정까지 몰아붙인 것 또한 노부시였다.

"세 번째는 배드베어인 건가."

배드베어는 빌런들의 뒷배라 할 만했다. 도시를 제 것으로 만들기 위해 경찰을 돈으로 매수하고 정치인들에게 로비를 벌였다. 올드맨에게 무기를 팔고, 위플래시의 부하들을 고용하고, 닥터 머스타드에게 자금을 댔다. 드물게 전면에 나설 때만 얼굴에 뒤집어쓰는 곰머리가죽이 그의 트레이드마크였으나, 그 모습을 본 사람들은 대체로 살아남지 못해서 배드베어의 존재를 아는 사람도 그리 많지 않았다. 그런 배드베어는 그 뜻대로 도시의 주인이 되었다가, 이제는 시체가 되었다.

"하지만 근시일 내에 세 사람이 죽었다고 해도, 연관성이 있다고 할 만한 증거는 없을 텐데?"

미스터 리의 의문에 위플래시가 답했다.

"제니스맨이 살아 있을 때도 회합의 일원이 죽는 일은 흔하지 않았다. 겨우 한 달 만에 세 사람이 죽었다? 누군가의 의도가 있다고 보는 게 타당하지 않나?"

"연쇄살인이라고 생각하고 있군?"

위플래시가 고개를 끄덕이자 베텔게우스가 위층으로 올라가는 계단을 향해 걸어가며 말했다.

"됐다. 나는 제니스맨을 죽이기 위해서 너희와 협력했을 뿐이야. 저놈들이 어떻게 죽었는지는 너희가 알아서 하라고. 난 이제 닥터와 이야기하러 가겠어."

"여전히 성격이 급하군, 베텔게우스."

"진짜 급한 성격 한번 보여줄까?"

베텔게우스가 돌아보자, 위플래시가 입과 코를 가리는 방독면을 착용하더니, 리모컨을 조작했다. 펜트하우스 어딘가에서 기계음이 돌아가는 소리가 났다. 아카오니가 드물게 몸을 낮추며 경계했다. 그 모습을 보고 미스터 리가 중얼거렸다.

"혹시 이건….."

온실에서 접객실을 내려다보고 있던 닥터 머스타드가 말하자 무전기에서 치직거리는 목소리가 들려왔다.

"알아본 건가, 미스터 리? 펜트하우스의 환기 장치를 반대로 돌렸다. 그리고 환기구 앞에는 위플래시의 부하들이 내 특제 가스를 가지고 대기하고 있지. 지금부터 누구든 접객실에서 나가려고 든다면 내 특제 가스가 이 펜트하우스를 가득 채우게 될 거야."

아카오니가 물었다.

"두 사람은 왜 이런 일을 벌이는 거요?"

위플래시가 답했다.

"범인은 이 안에 있다."

"무슨 말이오?"

"올드맨은 PTSD에 시달리는 퇴역군인이었고, 노부시는 쾌락을 좇는 살인마에 불과했지. 하지만 배드베어는 달랐다. 돈과 권력을 위해서라면 무엇이든 하는 사이코패스였지만 제니스맨이 죽은 뒤에도 자신의 자리를 뒤흔들지 모를 것들을 하나하나 제거하고 있었지. 그리고 그중엔….."

위플래시가 스산한 음성배기판 너머에서 말했다.

"제니스맨의 사이드킥도 있었다."

미스터 리가 의문을 표했다.

"제니스맨의 사이드킥? 그 심부름꾼 리틀보이를 말하는 건가? 놈은 죽었잖아?"

"시체는 찾지 못했지."

"그야, 올드맨이 놈의 코앞에서 C4를 터뜨렸으니까."

"아니. 리틀보이는 살아 있다."

미스터 리와 다른 빌런들이 외마디로 반문하자 위플래시가 말했다.

"배드베어는 리틀보이를 쫓고 있었다. 생환했다는 증거를 가지고 있었어. 당장 운신할 상태가 아니었을 테니 제니스맨을 구할 수는 없었겠지만."

"배드베어는 그럼 왜 우리에게 알리지 않았지?"

"자신이 리틀보이를 쫓고 있다는 걸 알리고 싶지 않았던 거다."

"왜?"

"우리 중에 리틀보이가 있을지도 모르니까."

미스터 리는 단번에 부정하지 못했다. 리틀보이는 제니스맨과 같은 슈퍼파워를 가지고 있지는 않았다. 갖가지 기술과 전투 능력으로 영웅을 보좌하는 사이드킥으로서의 역할에 충실했는데, 언제나 마스크로 얼굴을 가리고 다녔고 두꺼운 방탄복 때문에 성별과 나이를 가늠하기 힘들었다. 정체를 숨기는 것은 영웅과 빌런 양쪽 모두에게 중요한 일이므로. 미스터 리는 지금 당장 리틀보이가 눈앞에 있다고 하더라도 자신이 알아볼 수 없으리라 생각했다.

"…하지만 리틀보이가 왜 빌런 행세를 한다는 거지? 이제 와서 왜?"

"그게 아닌 거지."

위플래시가 고개를 가로저었다.

"바로 '지금'이니까 그렇다."

"'지금'이니까?"

"그래. 제니스맨이 죽은 뒤 우리 회합이 어그러지기 시작했을 때를 노려, 우리를 하나씩 죽이려는 생각이었겠지."

"그럼 여기 있는 사람들은…."

위플래시가 고개를 끄덕였다.

"모두 배드베어가 리틀보이일지도 모른다고 의심한 용의자들이지. 설마하니 찾기도 전에 자기가 죽을 거라고 예상하진 못한 모양이지만."

위플래시는 잠시 배드베어를 안타깝다는 듯 내려다보다가 고개를 들었다.

"그런 이유로, 이 연쇄살인사건의 범인, 즉 리틀보이를 찾기 전까진 아무도 이 펜트하우스에서 나갈 수 없다."

미스터 리는 자신의 난처함이 겉으로 드러나지 않도록 가장했다. 미스터 리의 현재 상황에서 그런 태도는 상당한 난도를 요구하는 것이지만, 평생 남을 속이며 살아온 미스터 리에게 있어 그리 어려운 일이라고 할 수도 없었다. 문제는 지금의 상황이었다. 위플래시는 살인자를 가려내면 리틀보이를 찾을 수 있을 거라고 자신만만해하는 모양이지만, 미스터 리는 그렇지 않다는 걸 알고 있었다.

배드베어를 죽인 것은 다름 아닌 미스터 리 자신이었으므로.

✳

물론 미스터 리는 제니스맨의 사이드킥이 아니었다. 미스터 리 자신이 리틀보이를 죽이기 위해 유인했던 당사자였으므로 잘 알고 있었다. 미스터 리가 유일한 출구로 완전히 빠져나오기 전에 폭발이 일어났고, 그 덕분에 미스터 리는 매일같이 등에다 화상 연고를 발라야 했다. 그러고도 올드맨에겐 한마디도 하지 못했다. 그 성격 나쁜 늙은이에게 볼멘소리를 했다간 되려 머리에 숨구멍이 늘어날지도 모를 일이었으니까.

사이드킥이 살아 있을 가능성보다는 그저 편집증적인 성격의 배드베어가 오판을 했고, 위플래시가 그 편집증의 흔적에 과하게 집착하고 있을 가능성이 더 컸다. 배드베어와 위플래시가 과거에 연인이었다는 건 그리 놀라운 비밀도 아니었다.

'배드베어를 죽이지 않는 게 좋았을까?'

미스터 리는 그렇지 않다는 걸 알았다. 배드베어는 악인이었고, 당연하게도 다른 빌런들에게도 마찬가지였다. 다만 미스터 리는 단죄를 하기 위해 배드베어와 싸웠던 제니스맨과 달리 더 현실적인 이유가 있었다.

'그놈의 빚만 아니었다면.'

미스터 리는 흔해빠진 사기꾼이었다. 보험판매원이었던 미스터 리는 횡령으로 수천 달러를 챙긴 동료를 보고 범죄를 시작했다. 처음에는 그저 그런 보험사기였다. 하지만 도시의 악명 높은 교도소에 들어갔다가 폰지를 배워온 뒤, 교도소 동료들과 함께 영업판매원 시절의 실력으로 사람들을 늪에 빠뜨렸다. 사업의 규모가 커지자 상당한 투자금이 필요해졌다. 사기 전과 때문에 금융 기관에서 대출이 어려워지자 미스터 리는 사금융으로 눈을 돌렸다. 그때 안면을 익힌 것이 배드베어였다.

"작은 일만 하나 해주면, 훨씬 저금리로 돈을 빌려줄 수 있는데. 뒤탈없는 깨끗한 돈으로 말이야."

배드베어는 용병술에 능했다. 미스터 리에게 불가능한 일은 시키지 않았고, 그 대가로 미스터 리가 꼭 필요로 하는 것을 내주었다. 미스터 리는 제니스맨 앞에서 배드베어 흉내를 내 속이는 것에 성공한 뒤 자신에게 연기에 재능이 있다는 사실도 알게 되었다.

하지만 미스터 리라는 이름으로 가면을 썼다고 해도, 제니스맨과 엮이게 된 것은 곤란한 일이었다. 제니스맨은 사사건건 미스터 리의 일을 방해했다. 그럴 때마다 미스터 리는 배드베어에게 손을 벌리게 되어, 제니스맨이 사망할 때쯤엔 배드베어에게 막대한 빚을 진 상태였다.

"우리의 천적이었던 제니스맨도 죽었으니 이제는 변명도 힘들 것 같은데. 슬슬 빚을 갚아야 할 때가 아닌가, 미스터 리?"

배드베어의 협박에 미스터 리로서는 선택지가 많지 않았

다. 제니스맨이라는 최악의 적이 죽었지만, 여전히 차악의 적이 남아 있었다. 아니, 이제 차악의 적이 최악의 적이 되어 있었다. 빚은 너무 컸다. 아무리 머리를 굴려도 남은 평생 배드베어에게 빚을 갚는 것 말고는 다른 방도가 없었다. 다행이라면 배드베어와의 거래가 모두 현물 또는 차명 계좌로 이루어졌으며, 증거가 남지 않는 구두 계약이라는 사실이었다. 배드베어만 죽게 되면 자신의 빚이 깔끔하게 사라진다는 사실이 미스터 리에게는 제법 매력적이었다.

미스터 리는 배드베어 덕분에 알게 된, 그리고 배드베어와 자신의 기대조차도 뛰어넘는 재능을 통해 배드베어를 완전히 속여넘겼다. 미스터 리는 그때도 이미 배드베어가 리틀보이의 생존을 믿고 있다는 걸 알고 있었다. 배드베어는 간간이 리틀보이에 대해 떠들어댔다. 미스터 리는 그 사실을 이용해 리틀보이가 펜트하우스의 배드베어를 노린다는 소식을 전해 줬고, 안전한 장소로 이동해야 한다는 빌미로 배드베어 가까이 접근했다. 그리고 배드베어의 장식장에 있던 단검으로 배드베어의 심장을 찔렀다. 모든 보안은 꺼져 있었고, 기록은 남지 않았다. 배드베어의 유산을 탐내는 악당들 덕분에 경찰들은 제대로 된 조사를 하지 않을 것이다. 그렇게 모든 일이 정리될 거라고 믿었다.

'이 망할 여자만 아니었다면.'

미스터 리는 배드베어를 자신이 죽인 이상, 다른 두 빌런 또한 다른 문제로 죽었을 거라고 생각했다. 어찌 되었든 악인들이었다. 심성을 논할 것도 없이 약자를 갈취하고 자신과 아무런 관련도 없는 사람들에게 서슴없이 폭력을 행했다. 원한이라면 잔뜩 쌓았으니 언제 죽어도 이상하지 않았다.

'다른 두 사람을 죽인 범인이 이 자리에 없을 수도 있어. 있더라도 말할 리 없고.'

미스터 리가 보기에 위플래시는 제정신이 아니었다. 닥터머스타드는 휘말리고 싶지 않아서 협력했을 것이다. 괜히 자신이 누군가를 죽인 살인범이라고 나섰다가는 위플래시에게무슨 짓을 당할지 알 수 없었다.

하지만 미스터 리와 달리 누군가는 이 상황을 타개해야 한다고 생각한 것 같았다.

위플래시 앞으로 빌런 하나가 걸어 나왔다.

"리틀보이가 살아 있을지도 모르지. 하지만 리틀보이가 셋을 죽인 건 아니오."

암행복을 입은 붉은 오니 가면이 말했다.

"올드맨을 죽인 건 소인이니까."

＊

아카오니의 발언에 위플래시의 눈가가 꿈틀거렸다.

"그게 무슨 말이지, 아카오니?"

"그 퇴역군인, 올드맨을 죽인 게 나라고 했소."

그 말에 이해가 가지 않는다는 듯 베텔게우스가 말했다.

"노부시도 아니고 올드맨을?"

같은 일본 땅에서 왔으니 옛 은원도 가지고 있을 법했다. 베텔게우스의 의문에 미스터 리도 동의했지만 위플래시는 상관하지 않는 모양이었다.

"올드맨을 죽인 이유가 있나?"

"악인이 악인을 죽이는 데 이유가 있어야 하오?"

"보통은 필요 없지. 문제는 네가 악인이 아닐 경우겠지."

그 말에 아카오니가 두 손을 머리 뒤로 가져갔다. 위플래시가 순간 권총 홀스터에 손을 가져갔지만, 곧 아카오니가 그저 가면을 묶은 끈을 풀고 있을 뿐이라는 걸 알아차렸다. 아카오니가 가면을 벗자 미스터 리는 자신의 편견을 인정할 수밖에 없었다. 아카오니의 가면 아래 얼굴은 어딜 봐도 동양인의 것이라 할 수 없었다.

"소인은 이 나라가 침략한 나라에서 나고 자랐소. 올드맨은 그때 침략한 수많은 군인 중 하나였지. 그리고 올드맨도 많고 많은 침략자 중 하나로 내 인생에서 지나갈 뻔하기도 했소. 놈이 총을 들고 우리 집에 들어서지만 않았다면."

아카오니는 살인을 저질렀음에도 꺼릴 것이 없다는 듯 곧게 선 자세로 말을 이어갔다.

"놈은 소인의 부모님을 죽였소. 소인은 그날 신에게 맹세코 놈에게 복수하리라 다짐했지. 이 땅으로 넘어오기 전까진 많은 걱정을 했다오. 놈이 혹시나 회심하여 건실한 삶이라도 살고 있으면 어떡하나 하고 말이오. 하지만 인간의 심성이란 게 그리 쉽게 변하진 않는 모양이더군. 다행이었소. 소인은 놈에게 접근하기 위해 같은 업종을 골랐고, 놈의 경계가 풀어지기를 기다렸지. 그때를 기다리는 데 시간이 오래 걸렸지. 제니스맨이 죽고 난 다음이었소."

베텔게우스가 잘 이해가 되지 않는다는 듯 질문했다.

"왜 오니 가면을 쓴 거지?"

"편견은 그 자체로 훌륭한 가면이니까. 여러분도 속았잖소?"

사실이었기에 모두 침묵했다.

"내가 자신의 과거와는 아무런 관련이 없는 존재라고 믿더군. 놈을 죽이기 전에는 가면을 벗어 보여주었지. 놈의 악몽이자 놈을 단죄하는 심판관으로서 선 거요."

위플래시가 질문했다.

"놈을 어떻게 죽였지?"

"산채로 배를 갈랐지. 거꾸로 매달아두고 말이오."

"만족했나?"

"물론이오."

"다행이군."

위플래시가 아카오니에게 보이지 않는 위치에서 손가락 끝을 까딱였다. 누구에게 보내는 신호인지 알기 위해 미스터리가 몸을 틀자, 3월토끼가 뭐가 그렇게 웃긴지 낄낄대기 시작했다. 그제야 아카오니도 고개를 돌리려고 했다. 순간 총성한 발과 함께 아카오니가 관자놀이에서 피를 뿜으며 쓰러졌다. 온실의 창문 하나를 열어 소총을 겨누고 있던 닥터 머스타드는 빌런들이 바라보자 재빨리 온실을 닫았다. 3월토끼가 바닥을 구르며 웃었다.

미스터 리가 황당해하며 위플래시에게 말했다.

"아카오니가 거짓으로 증언한 건가?"

"아니. 외부에 알려지지 않은 사인을 알고 있는 걸 봐선 이 여자가 올드맨을 죽인 범인인 게 맞아."

"그럼 왜 죽인 거지?"

위플래시는 오히려 의아하다는 듯 미스터 리를 바라보았다.

"오히려 내가 질문하고 싶은데. 왜 죽여선 안 된다는 말이지? 이 여자는 그저 사적인 이유로 복수를 한 거다. 대의를 위해 함께 해야 하는 우리 회합에 있어서는 안 되는 존재야."

"그건 제니스맨이 살아 있을 때의 이야기지. 이제 회합은 없어."

"그 말은 틀렸어, 미스터 리. 회합은 제니스맨이 아니라 그 사이드킥인 리틀보이까지 죽었을 때까지 계속된다. 우리는 그 때까지 서로에게 복수해주기로 맹세했지. 이 여자는 자신의 복수 때문에 그 사실을 까맣게 잊은 모양이지만."

미스터 리는 상황이 더 나빠졌음을 깨달았다. 위플래시의 판단력이 결여된 것을 알아차린 것이다.

'자백을 기다리고 있었다면 아카오니를 죽이지 말았어야지. 그래야 다른 살인자들도 안심하고 나왔을 텐데.'

하지만 미스터 리가 입으로 내뱉어봤자 좋을 게 없는 말이었다. 정작 위플래시의 가장 큰 분노를 사게 될 것이 바로 자신이었으므로.

＊

"저 여자는 미쳤어."

"나도 알아."

미스터 리는 베텔게우스의 말에 동의했다. 옆에 있던 킬러 퀸 또한 양봉 보호복 내부의 벌들을 움직여 손과 팔을 조작했다. 미스터 리는 그 수어를 알아보았다.

'동의해.'

당연하지만 아카오니의 시체가 그대로 누워 차갑게 식을 때까지 몇 시간을 기다려도 또 다른 살인 자백은 나오지 않았다. 위플래시는 배드베어의 시체 옆에 서서 도시의 새벽을 내려다보고 있었지만 접근이 쉽지는 않았다. 위플래시 자신도 채찍과 권총으로 무장하고 있지만, 위에서 닥터 머스타드가 언제든 방탄으로 만들어진 온실 창문을 열고 총을 쏠 수 있었다. 그리고 제대로 된 저항을 제대로 해보기도 전에 펜트하우스 안으로 들어오는 특제 가스에 폐가 녹을 것이다.

닥터 머스타드는 자신이 만든 인명 살상용 가스가 무기 회사에 팔리지 않은 것에 앙심을 품고 있었다. 그래서 돈보다는 자신의 가스가 얼마나 효용성 있는지, 그래서 그 가치를 다른 사람들에게 인정받는 것을 지상 목적으로 삼았다. 미스터 리는 닥터 머스타드의 자존심을 시험해보고 싶지 않았다.

미스터 리와 베텔게우스, 킬러퀸 세 사람은 배가 고프다는 핑계로 출입구의 반대편에 있는 식당으로 왔다. 미스터 리가 도청 여부를 확인했지만 장치는 없었다. 배드베어를 죽이기 위해 펜트하우스에 대해 철저히 조사했으므로 잘못 보았을 리는 없었다. 미스터 리는 다른 빌런들을 잡아두는 이유가 특별히 있는 것이 아니라 '리틀보이를 찾기 위해서'일 뿐이라는 위플래시의 순수성은 믿어볼 만하다고 생각했다.

'리틀보이가 존재하지 않을 거라는 점에서 오히려 다른 이유보다 더 위험할지도 모르지만.'

차라리 사라진 배드베어를 대신해 충성 서약을 받겠다고 하거나, 어쩌면 누군가 죄를 고백할 때까지 러시안룰렛을 하겠다고 벼르는 게 나을지도 몰랐다. 이대로는 인내심이 바닥난 위플래시가 한 사람 한 사람을 고문하겠다고 나설지도 몰랐다.

"베텔게우스, 너라면 가스가 퍼지기 전에 도망칠 수도 있을 텐데?"

"그러길 바라나?"

미스터 리는 아무 말도 하지 않았다. 그랬다간 베텔게우스를 제외하고 모두 가스를 마셔야 할 것이다.

"일단 그건 최후의 방법으로 두고 싶군. 내게도 충분히 모험적이고. 위플래시가 나에 대한 대비를 전혀 하지 않았을 것 같지는 않거든. 그리고… 나보다 탈출에 능한 건 이쪽일 텐데."

베텔게우스는 킬러퀸을 바라보았다.

킬러퀸은 어느 생물학 연구소에서 도망쳐왔다는 말벌 군집이었다. 이 말벌 군집의 각각의 개체들은 다른 말벌들에 비해 특별할 것이 없지만, 여왕 말벌을 중심으로 하는 군집 자체는 높은 지능이 존재했다. 덕분에 이 말벌들은 펑퍼짐한 양봉 보호복과 같은 옷가지 안에서 형체를 유지하며 인간 흉내를 낼 수도 있었다. 간단한 수어로 대화도 가능했다.

킬러퀸이 손으로 말했다.

'모든 환기구에 위플래시의 부하들이 있어서 나갈 수 없어.'

미스터 리는 고개를 끄덕였다.

"아무래도 닥터 머스타드의 가스를 가지고 있는 것도 사실이긴 하겠군."

'펜트하우스 자체는 생화학 공격에도 방어할 수 있도록 기밀 처리 되어 있고.'

미스터 리는 잠시 생각하다 말했다.

"하지만 그 반대는?"

"반대?"

베텔게우스가 의문을 표하자 미스터 리가 말했다.

"탈출이 아니라 공격을 감행하면?"

복잡한 행동을 하려면 말벌 군집 모두가 움직여야 하지만, 단순히 쏘는 정도의 행동이라면 다르다. 그리고 킬러퀸의 독침은 평범한 말벌들보다 더 치명적이다. 킬러퀸은 생물학 무기로 개발되었기 때문이다.

킬러퀸이 말했다.

'이미 그렇게 했어.'

"아, 그렇다면….'

킬러퀸은 미스터 리의 기대에 곧장 부응하진 못했다.

'시간이 걸릴 거야. 날갯짓은 소리가 크니까, 기어가야 해. 그리고 눈에 띄지 않게 접근해야 하고.'

늘 시간이 문제였다. 미스터 리는 더 기다릴 수 있었다. 하지만 위플래시가 더 기다려줄 것인지가 의문이었다.

잠시 생각에 잠겨 있던 베텔게우스가 말했다.

"좋은 방법이 있다."

"좋은 방법?"

"자세히 말하진 않겠지만, 나는 닥터 머스타드를 만나야 해."

"아까도 위플래시가 거절했잖아?"

"하지만 어쩔 수 없이 들어줄 거야."

베텔게우스에게 확신이 있다면 미스터 리로서도 믿어볼 만했다. 지금 상태의 베텔게우스는 다른 빌런들에 비하면 정상인이나 다름없으니까.

"어찌 되었든 닥터 머스타드가 있는 온실 가까이에 접근할 거란 말이지. 그때 킬러퀸의 말벌이 닥터 머스타드 가까이 접근했다가 벌침으로 마비시킨다면…."

"…그때 위플래시에게 접근해서 리모컨을 빼앗을 수 있을지도 모르겠군. 좋아. 그렇게 하자고."

세 사람은 충분히 식당을 훔쳐보는 눈이 없는지 경계했다. 킬러퀸의 말벌이 베텔게우스의 주머니 안으로 기어들어갔다.

미스터 리가 말했다.

"그럼 내가 할 일은 킬러퀸의 말벌이 눈에 띄지 않도록 위플래시와 닥터 머스타드의 주의를 빼앗는 일이군."

"너무 요란은 떨지 말고. 닥터 머스타드라면 몰라도 위플 래시는 눈치가 빠르니까."

"그건 걱정할 거 없어. 누구보다 잘 알고 있으니. 그런데…."

미스터 리는 불현듯 떠오른 문제를 생각했다.

"왜?"

"3월토끼는 어떻게 하지?"

베텔게우스가 입꼬리를 내렸다.

"그놈은 미친놈이잖아. 말이라도 통하면 모르겠지만, …알 아서 하겠지."

미스터 리도 그 말에 동의했다.

3월토끼는 자신이 보기에 재미있어 보이는 일이라면 무엇 이든 뛰어드는 미치광이였다. 문제는 그 재미의 기준이 사회 의 일반이 공유하는 것과는 너무 차이가 크다는 데 있었다. 누구보다 성공적으로 은행을 털고 난 뒤 가져온 지폐를 불태 웠고, 발전소를 폭발시켜 도시의 절반이 정전이 일어나도록 하고, 댐을 터뜨려 도시가 수몰당할 뻔한 적도 있었다. 미스 터 리가 보기에 3월토끼는 그저 제니스맨의 분노를 사기 위 해서 범죄를 저지르는 것 같았다.

미스터 리는 베텔게우스, 킬러퀸과 헤어진 뒤 화장실로 이 동하며 생각했다.

'그런 미치광이는 가까이해서 좋을 게 없지.'

그리고 화장실에 들어서자마자 그 마주치고 싶지 않던 얼굴과 대면했다. 양쪽 눈이 서로 다른 곳을 바라보는 토끼탈이 미스터 리의 앞에 있었다. 미스터 리는 당황하며 그대로 화장실에서 나가려 했지만, 3월토끼가 더 빠르게 다가섰다. 미스터 리는 몸을 움찔했지만 3월토끼는 미스터 리의 등 뒤로 손을 뻗어 화장실 문을 닫을 뿐이었다.

미스터 리는 닫힌 문을 힐끗 돌아보았다가 말했다.

"아니, 이봐…."

"진정해라, 미스터 리."

3월토끼가 말했다.

"나는 리틀보이다."

＊

미스터 리는 머리를 두들겨 맞은 느낌에서 깨어나 겨우 되물었다.

"뭐라고?"

"내가 리틀보이라고 말했다. 제니스맨의 사이드킥, 만능 심부름꾼, 리틀보이."

미스터 리의 머리가 빠르게 회전했다.

'놈의 말은 진짜일 수도 있고, 아닐 수도 있다. 우선 아닐 가능성은, 충분히 높다. 3월토끼는 미치광이니까. 그냥 재밌다는 이유로 리틀보이 흉내를 낼 수 있지. 그리고 진짜일 가능성도….'

미스터 리는 내심 당황했다.

'…꽤 높군. 배드베어가 제대로 짚었을지도 모르지.'

미스터 리가 말했다.

"네가 진짜 리틀보이라면 왜 나한테 그 사실을 알려주는 거지? 내가 위플래시에게 가서 말하면 넌 죽을 텐데?"

"넌 말하지 못한다."

"왜?"

"나는 네가 배드베어를 죽였다는 걸 아니까."

미스터 리는 욕설을 참아냈다. 그리고 당황한 내색도 하지 않았다. 스스로가 대견할 만큼의 자제력이었다.

"왜 내가 배드베어를 죽였다고 생각하지?"

"빚 때문에. 그리고 그럴 것이라 추측하는 게 아니라, 그 사실을 안다고 말했다. 너는 경찰 조사 따위 받지 않을 거라고 생각하겠지만, 나는 네가 어설프게 닦아놓은 단검 손잡이의 지문 외에도 꽤 많은 단서를 가지고 있지. 위플래시가 충분히 납득할 정도로."

사실이 아닐 거라고 미스터 리는 생각했지만, 3월토끼가 품에서 꺼낸 대조 지문 서류를 훑어보고 등에 식은땀이 흐르는 걸 느꼈다. 이제 눈앞의 상대가 3월토끼인지 리틀보이인지는 중요하지 않았다. 어떤 방법으로든 침묵시켜야 했다. 목을 졸라 죽이거나, 아니면 미스터 리 자신이 바닥을 기어서라도.

"원하는 게 뭐지?"

3월토끼는 서류를 품에 갈무리한 뒤 말했다.

"걱정할 것 없다. 너에게도 좋은 일이니까."

"좋은 일이라니?"

"나는 이 도시의 범죄를 끝낼 생각이다."

"…범죄를 끝내?"

"그래. 제니스맨을 대신해 빌런들을 모두 죽이는 거다. 제니스맨의 사후에 내가 활동하지 않은 건 지금 이 순간을 위해서였지. 빌런들이 모두 한자리에 모이는 때를."

그간의 회합에는 이런저런 핑계로 빈자리가 있었다. 하지만 이번 회합은 죽은 이들을 제외하면 도시의 유명한 빌런은 모두 모였다. 그러니 리틀보이가 정말로 빌런 모두를 모아 죽일 생각이었다면 그 의도는 옳았다. 그러나 미스터 리는 고개를 가로저었다.

"…하지만 넌 갇혔어."

"맞다. 일을 제대로 처리하려면 늘 위험부담을 져야 하는 법이니까. 하지만 계획만 있다면 문제는 없어."

"계획?"

"배신자가 될 사람에게 접근해서 내부부터 붕괴시키는 거지."

3월토끼는 미스터 리를 가리켰다.

"내가 확인해본 바에 따르면 너는 빌런 중 가장 가벼운 죄과를 가지고 있다. 저런 것들과 한통속으로 묶인다면 억울할 텐데. 안 그런가?"

미스터 리는 내심 동의했지만 3월토끼의 의중을 모르는

이상 그 질문은 그냥 넘어갈 수밖에 없었다.

"그래서 뭘 원하는 거냐고."

"구체적인 계획은 모르지만, 네가 베텔게우스, 그리고 킬러퀸과 함께 탈출 계획을 짠다는 건 안다. 그리고 그 계획에서 필수적인 건 킬러퀸의 능력이겠지. 킬러퀸의 능력으로 닥터 머스타드와 위플래시를 제압한단 거겠지? 놀랄 건 없다. 그 방법 말고 제대로 된 방법은 없으니까."

미스터 리는 대답을 하는 것과 하지 않는 것 중 어느 쪽이 자신의 체면을 구기지 않는 것인지 고민했다.

"제일 큰 문제는 닥터 머스타드의 살인 가스지. 하지만 제니스맨도 곤란해했던 능력을 가진 빌런이 있다."

"…노부시?"

"아, 그래. 그 망할 칼잡이도 있었지. 나도 함께 처리할 자신은 없어서 미리 죽였다."

미스터 리는 노부시 다음이 누구인지 알고 있었다. 3월 토끼가 방금까지 말하고 있었으니까.

"노부시가 아니라면… 킬러퀸 말인가?"

"그렇다. 킬러퀸을 죽여라."

빌런을 죽이라는 단호한 명령. 3월토끼의 탈을 쓰고 있어도 느껴지는 빌런에 대한 선명한 살의에 미스터 리는 직감했다.

"…너는 리틀보이가 맞군."

"처음부터 말하지 않았나?"

리틀보이는 살충제가 든 가스캔과 그 사용법을 말해주었

다. 일종의 가스 수류탄으로 인체에는 무해하지만 곤충에게 치명적이라는 설명이었다.

"킬러퀸의 본체는 여왕 말벌이다. 실내라면 2미터 이내에서 터뜨려도 치명적이지만 가능하면 그 방호복 안쪽에서 터뜨려라."

"시기는?"

"당연히 킬러퀸이 닥터 머스타드를 처리했을 때지. 남은 빌런은 걱정할 필요 없다."

"하지만….."

미스터 리가 기억하는 한 리틀보이는 유능하고 다재다능하긴 해도 제니스맨처럼 강하진 않았다. 제니스맨은 철골을 구부리고 하늘을 날았지만 리틀보이는 첨단 무기와 와이어를 사용했다. 그런 무기들을 잘 사용해서도 강한 빌런을 대적할 수 있겠지만, 빌런 모두와 싸워 이길 수는 없었다. 하지만 지금의 리틀보이는 마치 제니스맨과 같은 자신감을 가지고 있었다.

리틀보이가 다시 한 번 말했다.

"걱정할 필요 없다. 알게 될 테니."

미스터 리는 리틀보이에게 살충제가 든 가스캔을 건네받으며 질문했다.

"도대체 언제부터지?"

"무슨 말이냐?"

"언제부터 3월토끼가 아니라 리틀보이였냐는 말인데."

미스터 리로서는 의아할 뿐이었다. 제니스맨이 죽기 전이라면 몰라도, 3월토끼는 제니스맨이 죽은 이후에도 꾸준히 범행을 저질렀다. 미스터 리는 극히 최근이 되어서야 3월토끼를 죽이고 리틀보이가 그 탈을 뒤집어썼으리라 예상했다. 하지만 리틀보이의 대답은 미스터 리의 예상과 달랐다.

"처음부터."

"처음부터라니?"

"난 항상 3월토끼이자 리틀보이였다."

"하지만 3월토끼가 저지른 그 많은 범죄는….."

"내가 저지른 거지."

분명 3월토끼가 저지른 짓 중에는 피해자 없는 범죄라고 불릴 만한 것도 있었다. 하지만 대부분은 아니었다. 미스터 리는 혹시나 3월토끼의 모든 범행 대상들이 죄가 있는 사람이었는지 따져보았다. 그러나 길을 가던 행인이 3월토끼의 몽둥이에 맞아 뇌사에 빠진 사건이 당장 기억 났다. 이해하지 못한 미스터 리가 침묵하자 리틀보이가 애써 설명을 했다.

"사익을 위해서 죄를 짓는 너는 모르겠지. 대의를 위해선 나 같은 존재가 필요하다."

"무슨… 말이지?"

"초기의 제니스맨은 명성이 필요했다. 자경단 일은 위법이니까, 자경단이 필요하다고 느껴질 만큼의 악당이 있어야 했지. 여론이 움직이면서 자경단에 우호적인 시선이 생겨나자 경찰들 또한 제니스맨의 필요성을 인정할 수밖에 없었다. 설마 전후가 뒤바뀌었다고 생각하나? 그렇지 않다, 미스터 리."

토끼탈의 서로 다른 방향을 보는 눈동자가 미스터 리의 동공에 새로운 공포로 새겨졌다.

"걱정 마라, 어차피 일어날 범죄와 나타날 빌런들이었다. 나는 그저 흙탕물 바닥을 긁어 올리는 막대기였을 뿐. 나는 제니스맨의 이름으로 행할 수 없는 많은 일을 해냈다. 나는 부정하게 축재된 돈을 불태우고, 부패한 정치인의 호흡기를 꺼트리고, 범죄가 만연한 빈민가를 수몰시켰다. 우리의 대의를 이해하겠나?"

미스터 리는 차마 이해한다고 말할 수 없었다.

*

'거의 다 도착. 대략 30초 거리.'

미스터 리는 킬러퀸의 수어를 보고도 보지 못한 척 시선을 돌렸다. 그리고 킬러퀸과 위플래시가 보지 못하도록 테이블 아래로 리틀보이에게 킬러퀸이 말한 수어를 반복했다. 바닥에 누워 잠을 자고 있는지 눈을 떠 있는지도 알 수 없는 3월 토끼의 탈은 테이블 아래에서 움직이는 손을 보고도 반응이 없었다. 하지만 미스터 리는 리틀보이가 당연히 확인했으리라 확신했다.

그러면서 동시에 미스터 리는 베텔게우스와 시선을 맞추었다. 접객실에 시계가 걸려 있긴 했지만 지금 타이밍에 시계를 보는 것은 너무 아마추어적인 행동이었다. 시계를 보는 행위는 심리적으로 지나치게 많은 비언어적 증거를 발설한다. 빌런이라면 그런 증거를 놓칠 리가 없다.

20여 초를 남겨두고, 미스터 리는 자리에서 일어나 킬러퀸을 향해 걸어갔다. 정확히는 킬러퀸을 향해 걸어가는 것으로 보이진 않았다. 미스터 리는 바 테이블로 향하는 것으로 보였고, 몇 번이나 홀짝였던 와인에 다시금 입을 대려는 것 같은 습관적 행동처럼 움직였다. 전진도 후퇴도 없는 공간에서 지루해진 사람처럼.

"어디 보자, 이번에는 뭘 마시지…."

미스터 리가 바 아래로 몸을 숙이자, 킬러퀸 또한 흥미를 보이며 미스터 리를 따라 바 뒤의 기둥 뒤로 모습을 감췄다. 덕분에 접객실에선 미스터 리와 킬러퀸이 보이지 않게 되었다.

그 순간 소파에 앉아 있던 베텔게우스, 바닥에 누워 있던 리틀보이, 창밖을 내다보는 척하며 반사되는 빛으로 내부를 들여다보던 위플래시가 경직된 것처럼 숨조차 쉬지 않았다.

킬러퀸이 예고한 시각이 지났다. 베텔게우스는 최대한 청각에 주의를 기울였지만, 펜트하우스 위쪽 온실에서 아무런 소리도 들려오지 않았다.

'실패인가? 아니야, 만약 심장 가까이 찔렀다면 그대로 심장이 마비되었을지도 모른다. 아까부터 닥터 머스타드는 모습을 보이지 않고 있어. 온실의 유리는 방탄이야. 온실 가장 안쪽에서 킬러퀸이 일을 저질렀다면 소리가 전혀 들리지 않아도 어쩔 수 없다. 지금 움직여야 해.'

베텔게우스는 그 얇은 몸에서 나올 것이라 생각할 수 없는 폭발적인 속도로 위플래시에게 달려들었다. 마치 몸이 길어지는 것처럼 보였다.

하지만 위플래시도 늦지 않았다.

이미 권총을 뽑은 위플래시는 베텔게우스의 머리를 향해 연달아 쏘았다. 달려들던 베텔게우스의 머리가 뒤로 젖혀지며 휘청였다.

베텔게우스가 중얼거렸다.

"소용없다."

베텔게우스는 위플래시가 리모컨보다 총에 먼저 손을 가져간 것은 실책이라고 생각했다. 베텔게우스는 총탄만으로 막을 수 있는 존재가 아니었다. 베텔게우스가 자신의 몸을 부풀리기 시작했다. 순식간에 몸집이 불어나 두꺼운 비늘에 뒤덮인 채 베텔게우스가 있던 자리를 채운 존재는, 드래곤이었다.

"크롸라라!"

그 드래곤이 베텔게우스임을 증명하는 것은 터질 듯이 팽창한 옷가지들뿐이었다. 베텔게우스가 거대한 아가리를 열고 위플래쉬에게 달려들었다.

"감히 내게 이런 일을 하고도…."

목울대를 울려가며 말하던 거대한 드래곤은 순간 심장을 부여잡으며 다음 한 발을 내딛지 못했다.

"크윽!"

위플래시가 말했다.

"안정제를 먹었다고 생각했겠지."

"…뭐라고?"

"닥터 머스타드에게 받은 약 말이야. 정기적으로 그 안정제를 먹지 못하면 인간의 이성을 잃어버린다지?"

"어떻게… 그 사실을…."

위플래시가 소 채찍으로 베텔게우스의 눈가를 후려쳤다. 베텔게우스는 그 큰 덩치에도 저항하지 못하고 쓰러졌다.

"네가 이번에 닥터 머스타드에게 받은 약은 안정제가 아니라 흥분제다. 그걸 먹으면 이지를 잃어버리고 짐승처럼 되어버린다지."

"이노옴! 널 죽이겠다! 죽, 죽여버릴…."

베텔게우스의 눈가가 뒤집혔다. 말이 되지 못한 괴성이 울려 퍼졌다.

"…롸라라!"

이성을 잃은 베텔게우스가 다시 자리에서 일어나기 전에 위플래시는 재빠르게 몸을 숙였다. 몸길이 수 미터의 괴물에게서 숨기에는 적절치 않은 행동이지만 그 의도가 통하긴 했다. 베텔게우스는 코를 쿵쿵대며 위플래시가 아닌 다른 존재를 향해 몸을 돌렸다.

그리고 그 존재를 향해 몸을 내던졌다.

피와 살로 된 몸으로 들이박았다고는 생각할 수 없는 폭발음이 울렸고, 솟아오른 먼지와 파편이 다시 쏟아졌다. 하지만 자리에 서 있는 것은 베텔게우스가 아니었다. 먼지 구름

안에 괴물이 아닌 인간의 형상이 그 자리에 있었다.

"내가 리틀보이라는 걸 예상하고 있었던 건가?"

두 발로 바닥을 딛고 선 것은 3월토끼, 리틀보이였다.

"어떻게 된 거지?"

엄폐한 상태에서 위플래시는 권총을 재장전하며 답했다.

"글쎄, 어떻게일까?"

"…나는 상대에게 원하는 답을 찾아내는 법을 알지."

"그래?"

"나중에 가선 왜 먼저 말하지 않았는지 후회하더군."

"눈치가 없는 편인가 본데? 말을 해줘야만 알아듣는 걸
보면."

위플래시의 말이 끝남과 동시에 리틀보이는 자신의 목 뒤
에서 '따끔' 하는 감각을 느꼈다. 재빨리 손을 가져갔다. 손에
는 짓뭉개진 말벌이 있었다.

리틀보이가 미스터 리를 돌아보려 했다.

"빌어먹을 사기꾼 자식이…!"

하지만 분노하고 있을 틈은 없었다.

리틀보이가 상대해야 되는 것은 베텔게우스와 킬러퀸, 그
리고 위플래시였다.

위플래시에게 달려들려던 리틀보이는 자신의 머리통을 향
해 다시 달려드는 베텔게우스에게 깨물려 바닥에 내려 찍혔
다. 킬러퀸의 말벌들이 웅웅대며 기회를 틈타 리틀보이에게
달려들었다.

'그래, 그 사기꾼 자식이 잘해줬어.'

위플래시는 미스터 리의 수어를 보았을 때 잘못 보았다고만 생각했다.

'3월토끼가 리틀보이다.'

명확한 근거는 모자라지만 위플래시 또한 주요한 용의자로 3월토끼를 짐작하고 있었다. 이후 미스터 리는 킬러퀸을 죽이라는 지시를 받았으며, 하지만 그러지 않고 3월토끼와 맞설 예정이며, 그때가 오면 신호를 주겠다는 사실 등을 말해주었다.

덕분에 위플래시는 닥터 머스타드에게 말해 베텔게우스에게 먹일 약을 바꿔치기할 수 있었고, 이성을 잃은 베텔게우스가 리틀보이와 싸우도록 유도했다.

거기다 킬러퀸까지.

리틀보이는 마치 제니스맨과 같은 무위를 보여주고 있었지만, 생전의 제니스맨도 베텔게우스와 킬러퀸을 동시에 상대하려고 하지는 않았다.

'거기다 닥터 머스타드의 지원을 더하면 반드시 리틀보이를 쓰러뜨릴 수 있다.'

하지만 위플래시 또한 속았다.

"닥터 머스타드? 뭐하는 거야? …닥터?"

미스터 리는 닥터 머스타드가 킬러퀸에게 살해당했다는 사실을 위플래시에게 말해주지 않은 것이다.

싸움은 길어졌다.

분노한 리틀보이의 힘을 위플래시로서는 피할 수 없었다.

✳

고급 빌딩의 최상층이 후려맞은 것처럼 마지막으로 휘청였다. 내진설계가 아니었다면 무너져 내렸을 것이다.

"…끝난 건가?"

배드베어의 패닉룸에 숨어 있었던 미스터 리가 사다리에서 올라왔다. 배드베어를 살해할 생각이었으니 당연히 패닉룸의 위치도 알고 있었다.

"예상대로군."

미스터 리는 리틀보이가 제니스맨의 힘을 가지고 있을 것이라고 예측했다. 그렇다면 생전의 제니스맨에게도 버거웠던 배텔게우스와 킬러퀸을 동시에 상대하지는 못할 것이라 보았다. 그리고 미스터 리가 보는 펜트하우스에서는 바로 그 풍경이 펼쳐져 있었다.

베텔게우스는 꼬리가 잘리고 앞다리가 뭉개졌으며, 목은 떨어져 나갔다. 제아무리 변신하는 괴물이라도 다시는 살아날 수 없을 터였다.

그리고 그 사이에 연인처럼 끌어안은 시체가 있었다.

아래에 깔린 것은 위플래시로, 발끝으로 머리를 툭 건드리자 가볍게 흔들렸다. 목뼈가 부러진 것이었다.

그 위에 있는 것은 리틀보이였다. 미스터 리는 발바닥으로 밀어 차 리틀보이를 뒤집었다.

리틀보이의 유일하게 성한 왼손이 위플래시의 목을 아직도 쥐고 있었다.

베텔게우스를 쓰러뜨린 뒤 마지막 남은 힘으로 위플래시를 죽인 것이었다.

미스터 리는 리틀보이에게 최후의 일격을 가한 것은 베텔게우스도, 위플래시도 아닌 킬러퀸임을 알아보았다.

킬러퀸의 말벌들 시체가 무수히 떨어져 있지만, 그만큼 리틀보이의 시체도 몸의 몇 배나 통통 불어올라 있었다. 특히나 토끼탈이 벗겨진 얼굴임에도 너무 부어서 도저히 원래의 형상을 알아보기 힘들었다.

미스터 리는 자신의 손바닥 위에 있는 킬러퀸, 즉 군집의 여왕 말벌을 조심스럽게 내려다보았다. 그리고 여왕 말벌에게 보이지 않는 손바닥 아래에서 다른 손으로 리틀보이에게 받은 살충제 가스캔의 안전핀을 뽑았다.

가스는 무색무취였다. 그저 캔에서 가스가 빠져나가는 소리만이 들렸다.

"이유가 궁금하겠지."

미스터 리는 킬러퀸이 완전히 움직이지 않게 된 후에야 말했다.

"넌 너무 위험하거든."

미스터 리는 혹시나 하며 여왕 말벌의 시체를 바닥에 떨군 뒤 발로 짓이겼다.

완전히 깨진 창밖을 내려다보자 요란한 사이렌 소리가 들려오고 있었다. 아무리 부정한 경찰이라 한들 이런 요란함에 얼굴을 내비치지 않을 수는 없을 것이다.

'이제는 검증의 시간인가.'

미스터 리가 리틀보이를 믿지 않았던 것은 분명 지난번 폭발 당시 리틀보이가 죽었을 거란 확신 때문이었다. 정말 미약한 확률로 살아났다 한들, 분명 불구가 되었을 것이었다. 그런데 얼마 되지 않은 시간에 온몸을 회복하고 제니스맨과 같은 힘을 가지고 나타났다면, 미스터 리가 생각할 수 있는 가설은 하나뿐이었다.

'제니스맨의 힘은 이어받을 수 있다.'

회합에 참가한 빌런들 사이에선 실제로 제니스맨이 죽을 때는 그 힘이 평소보다 약했던 것 같았다는 이야기가 있었지만, 확인할 방법은 없었다.

'문제는 그 힘을 이어받는 방식인데….'

미스터 리는 미리 바에서 가져온 가위로 리틀보이의 옷을 잘라냈다. 다행히 그 힘이라고 할 만한 것은 금방 찾을 수 있었다. 예상대로였다.

가슴 가운데 푸른 보석이 빛나고 있었다. 과거 제니스맨의 가슴에도 박혀 있던 바로 그 물건이었다.

미스터 리는 가위의 칼날로 리틀보이의 가슴에서 그 보석을 파냈다. 혈관과 연결되어 있던 보석은 이제 움직이지 못하는 몸뚱이에는 관심이 없다는 듯 미련 없이 리틀보이의 몸에서 떨어져 나왔다.

미스터 리는 보석의 빛을 홀린 듯 바라보며 자신의 셔츠를 뜯고 가슴을 드러내, 천천히 가슴 가운데 보석을 맞붙였다. 보석은 리틀보이의 가슴에 틀어박혀 있던 때와 같이 제 자리인양 저절로 살 속으로 파고 들어왔다.

보석이 빛을 발하며 미스터 리의 몸에 힘을 채워 넣었다.

'이것인가?'

미스터 리는 본래의 제니스맨이 올바른 인간상이라고 생각하지는 않았지만, 리틀보이에게 전해 들은 제니스맨은 꿰가 달랐다. 애초에 악인이라 할 만한 존재였다. 하지만 그런 존재가 도시의 영웅으로 존재한다는 것은 그리 놀라운 역설은 아닐지 몰랐다.

'저항할 수 없는 힘을 정의라 부르지 않을 수는 없다.'

미스터 리는 이 생각이 자신의 것인지, 아니면 보석이 빛어낸 지혜인지, 아니면 자신이 기이한 힘에 휘둘려 파멸로 이끌려가는 것인지 알 수 없었다.

미스터 리는 자신의 가면을 벗어 리틀보이의 얼굴에 내려놓았다. 이제 가면은 필요 없었다.

펜트하우스의 출입구가 열렸다.

다급하게 달려온 권총을 든 경관들은 허공으로 떠오르고 있는 미스터 리를 발견하고 손전등을 비추었다.

조명을 받고 있음에도 미스터 리의 얼굴은 어둠 속에 잠겨 있었다.

경찰 중 하나가 모자를 벗고 미스터 리를 올려다보았다.

그가 아는 한 저렇게 허공을 날아오를 수 있는 이는 한 사람
뿐이었다.

"경관."

가면을 벗은 이가 계속해서 상승했다.

"기자들에게 전해라."

돌아온 제니스맨이 말했다.

"영웅은 죽지 않는다고."

우리

✦ 2018년 브릿G 제4회 작가 프로젝트 선정작

✦ 2019년 《곧 죽어도 등교》(황금가지) 수록

시작종이 울렸다.

수업이 시작되었다.

우리는 자리에 앉아 선생님을 기다렸다.

선생님은 수업이 시작되고 10분이 지났는데도 오지 않았다. 우리는 문제지를 뒤적이거나 영어 단어를 베껴 적다가 가까이 앉은 아이들끼리 서로 떠들기 시작했다.

7번만이 시계를 힐끔 바라보곤 자리에서 일어났다. 7번은 반장이었다.

애들아, 조금만 조용히 하자.

우리는 아무도 그 말을 듣지 않았다.

몇 번인가 주저하던 7번이 단상으로 나갔다.

우리 중 몇몇이 7번을 바라보았다.

선생님 모시고 올게.

하지만 아무도 7번의 말에 대꾸하지 않았다.

몇몇 아이들이 소곤거렸다.

쟤 뭐라고 했어?

선생님 모시고 온다는데.

자기 혼자 모범생인 줄 알아.

7번은 입술을 깨물었지만 듣지 못한 척하고 교실을 나갔다.

그리고 다시 10분이 지났다. 선생님도 7번도 교실로 돌아오지 않았다.

우리는 대부분 그 사실을 신경 쓰지 않았다. 부반장이었던 28번이 뒤늦게 7번이 나간 교실 앞문을 보면서 생각에 빠져들었다.

28번이 자리에서 일어났다.

13번이 고개를 들며 말했다.

매점 갈 거면 같이 가지?

아니. 교무실 가려고.

왜? 반장 간 거 아니야?

안 오잖아. 늦으면 자습이라도 하라고 할 텐데.

시험 기간이라 그런 거 아니야? 선생님 일이라도 돕고 있나 보지.

떠들다가 또 단체로 벌 받기 싫어서 그래.

마음대로 해, 그럼.

13번이 손을 내젓자 28번은 교실을 나섰다.

그리고 28번도 돌아오지 않았다.

수업이 시작한 지 30분째가 되어가자 우리는 주의를 흩트리고 쉬는 시간이나 다름없이 목소리를 높였다. 몇몇 아이들이 통화가 안 된다며 통신사에 불만을 토로했다. 그 이야기로 공감대를 만든 아이들이 또 모여들었다. 시끄럽게 떠드는 소리 때문에 다른 반 선생님이 주의를 시킬 법도 했지만 아무도 교실로 찾아오지 않았다.

13번은 그 부분을 의아하게 생각했다.

그사이 4번과 16번이 짝을 지어 화장실로 갔고 돌아오지 않았다. 13번의 의심은 더 깊어졌다.

13번은 왜 아무도 교실로 돌아오지 않는지 이상하다며 옆자리에 앉은 9번에게 말했다.

그러자 9번이 대꾸했다.

몰래 매점이라도 간 거 아니야?

반장이랑 부반장도 안 오잖아.

걔들은 선생님 일이라도 돕나 보지. 같이 매점 갈래?

아냐. 난 됐어.

13번이 거절하자 9번은 자리를 옮겨 다른 아이들에게 말했다.

매점 갈 애 있냐?

점심 먹은 지 얼마나 됐다고.

안 갈 거야?

뭐 먹을 건데?

5번과 24번이 자리에서 일어났다.

세 사람이 뭘 먹을지 떠들면서 나가는 모습을 보고 13번은 별다른 위화감을 느끼지 못했다. 나도 갈 걸 그랬나? 점심 먹었는데 왜 이렇게 배가 고프지? 13번은 문제집 귀퉁이에 피라미드를 그리며 친구들이 오기를 기다렸다.

수업 시간은 이제 10분이 남았다.

13번과 멀지 않은 자리의 3번이 말했다.

근데 얘네는 똥이라도 싸는 건가? 왜 안 오지?

누구 말하는 거야?

3번은 화장실에 간다던 4번과 16번에 대해 이야기했다. 13번은 3번 가까이 자리를 옮겼다.

매점 갔겠지. 같이 갈래?

아냐, 됐어. 아까 점심 안 먹고 매점에서 때웠거든.

그래?

13번은 그렇게 말하곤 엉뚱한 이야기를 꺼냈다.

옆 반 체육인가?

아닐걸? 그리고 시험 기간에 무슨 체육을 해.

그런데 왜 이렇게 조용하지?

공부 열심히 하나보지 뭐.

13번은 그런가 하고 생각했다가 자리에서 일어났다. 곧 쉬는 시간이었기 때문에 우리는 대부분 자기 자리에 앉아 있지 않고 자기들 좋을 대로 모여서 앉아 있거나 서 있었다. 13번은 복도로 나가 옆 반을 바라봤다.

3번이 그 모습을 얼떨떨하게 보았다.

뭐해?

13번이 돌아와서 말했다.

아무도 없는데?

창가에 앉아 있던 3번은 운동장을 바라봤다.

체육 하는 애들도 없는데.

체육관에서 수업하나?

그렇다기엔 바깥 날씨가 선선하고 화창해서 운동하기에 좋았다. 13번과 3번은 서로를 멀뚱하게 바라보았다.

13번이 말했다.

너무 조용하지 않아?

조금?

3번은 13번의 말에 동의했다.

마치 학교에 교실이라곤 우리 반밖에 남지 않은 것 같았다. 무언가 이상했다.

13번이 말했다.

다른 반도 보고 와야겠다.

3번은 말릴까 생각했지만 구태여 그럴 필요성을 느끼지 못했다. 이제 수업도 다 끝났으니 핀잔할 선생님은 없을 것이다.

우리는 13번과 3번이 교실 밖으로 나가는 모습을 바라보았다.

재네 뭐 하는 거지?

3번이 교실 앞에 서 있는 동안 13번이 성큼성큼 걸어가며 다른 반들을 둘러보았다. 13번은 반 하나를 둘러볼 때마다 3번을 향해 고개를 가로젓고 양팔로 가위표를 그렸다.

곧 같은 층에 남아 있는 학생이 우리 반밖에 없다는 것을 알게 되었다.

3번은 무언가 알 수 없는 일이 일어나고 있다는 걸 알게 되었다. 그러곤 13번을 향해 그만 됐으니 돌아오라고 손짓했다. 13번은 교무실로 올라가는 계단과 3번을 번갈아 바라보았다. 13번은 교무실로 올라갔다. 3번은 13번을 기다리며 교실 앞에 있었다. 13번은 오지 않았다.

27번이 3번에게 와서는 말했다.

너희 뭐 해?

학교에 다른 애들이 아무도 없어서 확인하고 있었어.

무슨 말이야?

그냥 그 말 그대로 아무도 없다니까.

27번이 복도로 나가서 3번과 함께 옆 반을 확인했다.

그냥 체육 나간 거 아니야?

운동장에 아무도 없는데.

체육관 가서 하겠지. 근데 우리 부반장 어디 갔지? 숙제 봐야 되는데.

아까 교무실 갔잖아.

근데 왜 안 와?

그러게.

3번의 마지막 말은 복도에서 울렸고 우리에게 크게 들렸다. 그 때문에 교실이 잠깐 조용해졌다. 분위기를 읽지 못한 몇몇 아이들을 빼고서 다들 복도에 서 있는 3번과 27번을 주목했다. 3번과 27번은 교실로 들어왔다. 우리는 교실 가운데로 모여서 밖으로 나갔다가 돌아오지 않는 아이들에 대해서 이야기했다.

뒤늦게 15번이 이야기에 끼며 말했다.

애들도 아니고 웬 무서운 이야기야?

우린 진지한데.

정신 차려.

그 말과 함께 수업을 마치는 종이 울렸다.

하지만 이상하게도 우리 중에 교실 밖으로 나가는 아이는 없었다. 우리는 잠깐 서로의 눈치를 봤다. 쉬는 시간이 시작되면 들려야 할 각 반의 왁자지껄 떠드는 소리가 들려오지 않았다.

그러던 중에 수업 시간 내내 잠만 자던 10번이 자리에서 일어났다.

10번이 교실 뒷문으로 향하자 침묵을 지키고 있던 우리 중 15번이 10번에게 말했다.

너 어디 가?

화장실 가는데. 왜? 수업 끝난 거 아니야?

10번은 눈을 비비며 대답했고 교실의 분위기를 알아차리지 못한 거 같았다.

아냐. 갔다 와.

그 말에 3번이 무어라 말하려 했지만 27번이 3번의 손목을 잡았다. 우리는 복도 창문을 열고 10번이 교실을 나서 화장실로 들어가는 것을 보았다.

우리는 잠시 기다렸다.

우리 반 교실 앞을 지나는 다른 반 아이들은 아무도 없었다. 10분이라도 잠깐 운동을 하겠다고 운동장으로 나오는 아이들도 있어야 하는데, 보이지 않았다. 우리가 정확히 무엇을 기다리는지는 알 수 없었다. 기다리는 동안 우리 반은 조용했고, 덕분에 학교 어느 곳에서도 조그마한 인기척 하나 없다는 걸 알 수 있었다.

걔 아직 화장실에서 안 나온 거지?

15번이 말하자 27번이 대꾸했다.

큰 거 누는 거 아니야?

이번에는 3번이 말했다.

누가 확인하러 갈래?

네가 가야지?

내가 왜?

네가 보냈잖아.

보내다니? 걔가 화장실 가고 싶어서 간 거지. 내가 언제 가라고 했어?

뻔뻔한 새끼.

너도 입 다물고 있었으면서 왜 나한테 지랄이야?

27번이 둘 사이를 막아서며 말했다.

분위기 험하게 왜 이래? 나도 말하지 말라고 말렸으니까 내가 갈게.

27번이 자진해서 말하자 14번도 자리에서 일어났다.

나도 같이 가.

꼭 그럴 필요는 없는데.

아냐. 나도 화장실 가고 싶었어. 그리고 너희가 쇼하는 것도 이상하다고 생각했고.

뭐가?

3번이 불만스럽게 따지자 14번이 인상을 쓰며 말했다.

그냥 점심 먹고 퍼지는 시간이니까 학교가 조용한 거지. 이렇게 진지하게 떠들 필요 있어? 밥 먹고 할 일 없냐?

아냐. 아까 빈 반 확인하는 거 봤잖아?

그냥 장난치는 거겠지. 그러다 오늘 밤에 이불 걷어찬다.

여기 스마트폰 통화되는 사람 있어?

갑자기 그 이야기가 왜 나와?

14번은 대충 대답하곤 27번과 함께 화장실로 향했다. 화장실로 가는 길에 옆 반을 확인한 14번이 중얼거렸다. 그 목소리가 우리 반까지 들렸다.

뭐야. 진짜 아무도 없네.

그 말은 조용한 복도에서 우리 반까지 쉽게 퍼졌다. 하지만 14번은 큰 문제랄 게 없는 것처럼 화장실로 들어갔다. 그에

반해 27번은 화장실 앞에서 몇 번이나 불안한 듯 우리를 바라보더니 곧 한숨을 한 번 쉬고는 14번을 따라 화장실 안으로 들어갔다.

그리고 아무런 일도 일어나지 않았다.

우리의 계산이 맞는다면 화장실에 들어갔다가 나오지 않은 건 모두 다섯 명이었다. 우리는 화장실 칸마다 앉아 있는 우리 반 아이들을 상상할 수 있었다. 정말로 그렇다면 농담 같은 상황이었다. 우리도 모르는 사이 커다란 TV쇼의 주인공이 된 거 같았다.

몇몇 아이들이 부모님과 다른 친구들에게 전화를 걸었지만 아무도 받지 않았다. 불안은 더 커져갔다.

3번은 칠판에 숫자를 적기 시작했다.

너 뭐해?

3번은 대꾸하지 않았다. 3번이 숫자를 적어가다가 같은 반 아이들의 이름을 부르며 걔 몇 번이냐고 물었다. 그제야 다들 그 숫자가 무엇인지 알 수 있었다. 우리는 총 스물여덟 명 중에 열한 명이 교실로 돌아오지 못했다는 걸 확인했다.

3번이 말했다.

통화되는 애들 없지?

그 말에 통화를 시도해보지 않은 아이들도 스마트폰을 들었다. 신호는 갔지만 전화를 받는 사람은 아무도 없었다.

누군가 말했다.

학교 밖 사람들도 다 사라졌다는 거야?

확인해보기 전에는 알 수 없지.

3번이 말했다.

학교 밖으로 나가면 괜찮을지도 몰라.

그러자 15번이 말했다.

어떻게 나간다는 거야?

누군가 말했다.

창문으로 나가면 어때?

창문으로?

커튼을 잘라서 묶은 다음 그걸 타고 내려가면 되잖아.

영화를 너무 많이 본 거 아니야?

15번이 핀잔을 줬지만 3번은 그럴듯한 아이디어라고 생각했다.

해볼 사람?

15번이 손을 내저으며 말했다.

난 반대야. 아직 무슨 일이 일어난 것도 아닌데 왜 가겠다는 거야? 시간이 지나면 다 좋아질지도 몰라.

어떻게 다 좋아진다는 거야? 지금 당장 화장실도 못 가는데?

그 말과 함께 수업 시작종이 울렸다.

수업 시작종이 울리는 동안 15번이 목소리를 키워가며 말했다.

아니. 이제 겨우 1시간 지났어. 좀 더 지켜보자는 거야. 이게 다 꿈이고 환상이면? 우리가 뭔가 착각하는 거라면? 무슨… TV쇼 같은 거면 어떻게 할 거야? 커튼 값은 네가 낼 거야?

누가 떨어지면 책임질 수 있어?

15번의 말에 몇몇 아이가 눈치를 보며 고개를 끄덕이며 동의했다.

3번이 말했다.

그럼 넌 여기 있어. 다른 사람 일하는 데 초치지 말고. 해볼 사람 없어?

3번이 자신부터 한 손을 들며 호응하자 몇몇 아이들이 하겠다며 나섰다.

커튼부터 뗄까?

남은 스무 명 남짓한 아이 중 3번을 주축으로 예닐곱 명의 아이가 커터 칼로 커튼을 잘라내고 어설프게 꼬고 묶으며 밧줄을 만들기 시작했다. 하지만 커튼이 낡고 해진 데다 다들 처음 하는 일이었기 때문에 쉽지 않았다.

다시 수업이 시작되고 30분이 지나도록 아무도 교실에 오지 않았다.

공포를 느낀 아이들은 저마다 모여들거나 커튼으로 밧줄을 묶는 것을 도왔다.

15번도 뒤늦게 다가와서 말했다.

도와줄까?

마음대로 해.

15번이 돕기 시작하자 남은 아이들의 절반 정도가 커튼을 밧줄로 만드는 데 매달렸다. 다른 아이들은 그 일을 지켜보거나 복도 밖을 내다보면서 시간을 죽였다. 호기심을 참지 못한

2번과 25번이 밖으로 나갔고, 그걸 지켜보던 누군가 3번을 대신해서 칠판에 숫자를 더했다.

더해진 숫자를 보고 15번이 말했다.

또 누가 나갔어? 왜 안 말린 거야?

내가 무슨 자격으로 말려? 그리고 돌아올 수도 있잖아.

누군가 그렇게 대꾸하자 15번도 마땅히 할 말이 없었다.

3번이 말했다.

밧줄 내려보자.

몇 번이나 묶은 커튼을 올리고 내리면서 조절했기 때문에 길이는 적절했다. 난간에 묶인 밧줄은 화단까지 여유 있게 내려갔다. 실험해보진 못했지만 이 길이 정도로 우리가 만들 수 있는 것 중에선 가장 튼튼한 밧줄이라고 생각되었다.

15번이 말했다.

네가 말했으니 너부터 내려갈 거지?

15번이 3번을 가리켰다.

3번은 고개를 가로저으며 말했다.

아니. 몸이 제일 가벼운 사람부터 내려가야지.

자기가 하자더니 왜 위험한 일은 남한테 떠맡겨?

넌 말을 왜 그딴 식으로밖에 못하나? 떠맡기다니? 이게 나 혼자 좋자고 하는 거야? 자원할 사람 없어?

우리는 서로를 바라보았다. 몸이 제일 작은 것은 19번이었다. 19번은 어쩔 수 없다는 듯 나섰다.

내가 해야겠네. 튼튼한 거 맞지?

19번은 밧줄을 만들 때 참여하지 않았기에 커튼으로 만든 조잡한 밧줄을 의심스럽게 바라보았다. 아무도 그 의문에 대답하여 책임을 지고 싶지는 않았기 때문에 입을 다물었다.

3번이 말했다.

당겨봤을 때는 괜찮았어. 괜찮을 거야.

한번 해보지 뭐.

19번은 가볍게 창틀에 오르고 난간을 넘었다. 다들 19번이 체격은 작지만 체육 시간이면 늘 공격수 자리를 넘보는 걸 알고 있었다. 19번도 밧줄을 불안하게 보긴 했지만 튼튼하기만 하다면 학교를 내려가는 것 정도는 걱정 없다고 생각했다.

19번이 밧줄을 잡고 내려가기 시작하자 우리는 창틀을 가득 메워가며 19번을 조마조마하게 바라보았다.

19번은 여유롭게 말했다.

괜찮은데?

19번은 자신이 붙었는지 한 손을 놓고 손을 흔들기까지 했다. 몇몇 아이들이 야유 비슷한 비명을 질렀지만 19번은 쉽게 한 층을 내려갔다.

우리는 어려운 고비는 넘어갔다고 생각했다. 19번은 사라지지도 않았다. 학교를 나가면 전부 괜찮아질 거야. 근거 없는 희망이 생겨났다.

하지만 지이익 소리가 들려왔다.

누군가 무슨 소리냐고 되묻기도 전에 19번이 밧줄과 함께 화단으로 떨어져 내렸다. 쿵 소리가 들렸다. 다들 비명을 지르면서 창틀에서 떨어졌다. 누군가 구토를 했다.

15번이 3번에게 달려들며 멱살을 잡아 올렸다.

이 개새끼야. 네가 괜찮다며?

3번은 아무런 대꾸도 하지 못했다.

몇몇 아이들이 다시 창밖을 내다보았다. 19번은 눈을 뜬 채로 가만히 화단에 누워 있었다. 주변으로 커튼으로 만든 밧줄이 떨어져 있었다. 시체는 교실 밖에 나간 아이들처럼 사라지지 않는다는 걸 우리는 알게 되었다.

15번이 3번의 멱살을 쥐고 흔들었다.

뭐라고 말 좀 해보시지?

저 정도면 괜찮을 줄 알았는데…. 나만 그렇게 생각한 건 아니잖아?

쓰레기 같은 새끼.

15번은 3번을 밀쳐서 넘어뜨렸다.

누군가는 친구가 토한 것을 치웠고 누군가는 아이들이 19번의 시체를 내다보지 못하도록 창문을 닫았고, 누군가는 3번을 위로했다. 나머지는 15번과 함께 있었다.

15번이 말했다.

밖으로 나가는 건 위험해. 저게 개짓거리 하다가 무슨 일이 생겼는지 봤잖아.

그렇지만 여기에 계속 있는다고 해서 무슨 수가 나는 건 아니잖아?

누군가의 대꾸에 15번이 말했다.

아직 해도 안 졌어. 시간이 지나면 상황이 바뀔 수도 있잖아.

시간이 지나면 뭐가 바뀐다는 걸까, 누군가는 그렇게 생각했지만 우리 중 누구도 15번과 다투고 싶지 않았다. 저 말처럼 참고 기다리면 뭔가 바뀔지도 몰라. 누군가 스스로도 믿지 않는 말을 되뇌었다.

수업이 끝나고, 시작되기를 반복했다. 창밖으로 노을이 지자 누군가 불을 밝혔다. 창백한 형광등 불빛이 교실을 채웠다. 해가 완전히 지면서 복도는 어둠에 잠겼다. 무엇이라도 나올까 공포스러웠지만 교실에는 아무도 오지 않았다.

마땅한 대책이 없었기 때문에 다들 15번 주위나 각자의 자리에 앉아 있었다. 대화는 없었다. 우리는 이 모든 일이 일어나지 않았길 바라면서 스마트폰이나 책을 들여다보거나 책상에 엎드려 있었다.

15번과 함께 앉아 있던 누군가가 말했다.

너희 배 안 고파?

먹을 거 줄까?

그렇게 말한 건 따로 앉아 있던 23번이었다. 누군가 고개를 끄덕이자 23번은 책상 서랍에서 빵을 꺼내 던졌다.

하지만 15번이 먼저 그 빵을 낚아챘다.

잠깐만.

뭐야?

우리가 언제까지 여기 있을지 모르잖아. 너 혼자 먹는 건 좀 이기적이지 않냐?

그 모습을 보고 빵을 던져 준 23번이 다가왔다.

무슨 말이야? 그거 내 빵이야. 내가 얘한테 준 거라고.

그래서? 지금 같은 상황에서 네 빵 내 빵 따질 때야? 얘 혼자 배고픈 줄 알아? 다 같이 살아야 할 거 아냐. 말이 나왔으니 하는 말인데 전부 먹을 거 꺼내봐. 버틸 만큼 버텨서 나눠 먹어야 하니까.

그걸 왜 네가 정하는데?

다들 저 말 어떻게 생각하나?

우리는 23번의 말보다 15번의 말에 더 동조하고 있었다. 당연히 빵을 나눠 먹을 수 있을지도 모른다는 유혹이 컸다. 23번은 자신이 불리한 걸 알고서 입술을 깨물었다.

그래, 그럼….

23번이 마지못해 15번의 말을 인정했다.

그 대신 먹을 거 숨겨두는 애도 있을 수 있으니까 서로 뒤지는 거로 하자.

우리는 잠시 침묵했다.

15번은 흔쾌히 동의했다.

그래.

조용하던 교실이 잠시 부산스러워졌다. 15번과 23번이 아이들을 찾아가며 서랍과 가방, 사물함을 뒤졌다. 다들 불편하게 생각했지만 다 같이 살아야 한다는 뜻에서 동의했다. 하지만 몇몇 아이들은 그 뜻에 동의하지 않았다.

그리고 그 선두에 서 있는 것은 3번이었다.

네가 뭔데 우리 물건을 뒤지겠다는 거야?

왜? 남 주기엔 아까운가 보지?

네가 몰래 처먹을 거 뻔히 아는데 내가 왜 널 주냐? 2만 5천 원짜리 체육복 3만 원이라고 구라치고 돈 걷으려고 한 거 우리가 다 까먹을 줄 알았냐?

미쳤냐? 그 얘기가 여기서 왜 나와? 애 하나 잡은 거로는 성에 안 차든?

15번은 당황하며 말을 돌리려 했다. 하지만 3번은 더 거세게 나갔다.

3번은 난간에 묶여 있던 끊어진 밧줄을 손에 들었다.

이거 보이냐?

그러고선 3번은 밧줄의 끊어진 단면을 우리에게 보여 주었다. 우리는 3번이 말하는 의도를 단번에 알아차릴 수 있었다.

여기는 뜯겨 나가서 줄이 풀렸는데 이 부분은 매끄럽게 잘려져 있어. 누가 잘랐다는 말이지.

또 뭔 개소리야?

그리고 너 밧줄 꼬는 거 돕겠다고 줄 끄트머리에서 얼쩡거리는 거 안 본 애가 없어. 네가 그랬지?

내가 왜?

네가 애들 휘어잡으려고 정치질 하는 거 누가 모르냐? 그래. 밧줄에 매달릴 애가 꼭 죽었으면 하는 건 아니었을지도 모르지. 그 대신 네 말이 옳다는 걸 보여주려면 내가 하는 일에 문제를 만들어야 했으니까. 속옷 벗겨 가며 뒤져보기 전에 칼이나 내놔.

누구 마음대로 뒤진다는 거야? 그냥 커튼이 깔끔하게 끊어질 수도 있는 거 가지고 생트집 잡네. 너희도 그렇게 생각 안 하냐?

15번은 우리에게 시선을 던졌지만 동의하는 아이는 거의 없었다. 우리는 15번의 눈을 피했다.

3번이 결정적인 말을 던졌다.

너도 애들 먹을 거 있나 뒤져봤잖아?

찾아봐 그럼. 없으면 죽여버린다 진짜.

3번은 15번의 가방과 서랍을 뒤지고 몸을 더듬었다. 혹시나 하는 생각에 쓰레기통이나 가까이 앉은 같은 반 아이들의 자리도 뒤졌다. 하지만 3번이 찾는 칼은 나오지 않았다.

우리는 3번이 틀렸다는 생각은 들지 않았다. 칼이라는 건 쉽게 숨길 수도 있는 거니까.

하지만 주도권이 15번에게 넘어갔다는 건 다들 알 수 있었다. 15번이 3번의 멱살을 쥐어 올렸다.

15번이 말했다.

다 찾았냐?

3번은 대답하지 않고 주먹을 쥐었다.

우리는 서로를 바라보면서 당장에라도 주먹다짐이 시작될 거란 것을 알았다. 우리는 긴장감인지 기대감인지 명확하지 않은 감정에 휩싸였다.

그때 11번이 말했다.

내가 가지고 있어.

15번과 3번이 11번에게 고개를 돌렸다.

11번은 15번과 함께 어울려 놀던 친구였다. 하지만 이번엔 자신이 잘못을 했다고 생각한 모양이었다.

11번이 주머니에서 커터 칼을 꺼냈다.

3번은 15번을 밀쳐내곤 옷깃을 바로잡았다.

그럴 줄 알았지.

뭘 그럴 줄 알아?

15번은 얼굴이 붉어져서는 잘린 밧줄을 집어 들었다.

개새끼들이 뭉쳐서 지랄하네. 이 씹새끼야. 칼 줘봐. 이딴 칼 쪼가리로 커튼이 이렇게 반듯하게 잘리겠냐? 어?

15번이 흥분하면서 달려들자 11번이 엉겁결에 들고 있던 칼을 넘겼다.

우리는 놀라서 한 발자국 물러났다.

15번이 밧줄의 단면과 칼을 쥐고 3번에게 다가갔다.

야, 봐봐. 보라고. 자를 수 있는지 보라고.

3번은 기 싸움에서 지지 않겠다는 듯 자리를 버티고 15번을 노려보았다. 우리는 설마 15번이 칼을 휘두르진 않을 거라고 생각했다. 하지만 정말로 그렇게 믿었다면 우리는 두 사람에게서 물러나지 않았을 것이다.

누군가 헉 하고 숨을 들이쉬었다.

3번의 목으로부터 솟아 나온 핏줄기가 천장을 때렸다. 3번이 주저앉자 누군가 한 박자 늦게 비명을 질렀다. 3번이 신음을 삼키며 급하게 목을 부여잡았다. 하지만 핏줄기가 3번의 붉게 젖은 손가락 사이로 다시 삐져나왔다. 천장을 적신 핏방울이 우리 정수리 위로 떨어졌다.

우리는 책걸상을 무너뜨리며 15번에게서 물러났다. 겁에 질린 11번이 교실 밖으로 도망쳤다.

15번은 얼굴에 묻은 3번의 피를 소매로 닦아냈다.

뭐 이 개새끼들아? 죽어볼래?

우리는 이제 15번이 밧줄을 자른 범인이란 것도, 그가 두 번째로 살인을 저질렀다는 것도 알게 되었다. 누군가 15번에게 진정하라거나 왜 이러는 거냐는 말을 던졌다. 15번은 대답하지 않았고 누군가 또 토하기 시작했다. 누군가 끝 모를 비명을 목이 쉬도록 질렀다.

15번은 재미있다는 듯이 칼을 내밀고 우리에게 다가왔다. 한 발 내디딜 때마다 누군가 비명을 질렀다.

순간 15번이 무릎을 꿇더니 쓰러졌다.

15번 뒤로 23번이 의자를 들고 서 있었다.

잠깐의 침묵 뒤에 23번이 우리를 돌아보며 말했다.

뭐해? 치우자.

3번은 누가 봐도 너무 많은 피를 흘렸기 때문에 다시 일어날 수 있을 거라는 생각을 하긴 어려웠다. 15번 또한 깨어나지 않았고 23번이 내려친 뒤통수가 부어오르기 시작하자 우리는 15번 역시 교실 밖으로 보내기로 판단했다.

우리는 다 같이 이동하는 것보다 시체를 옮길 인원을 최소로 줄이는 것이 타당하다고 생각했다. 지원자는 없었다. 우리는 가위바위보를 했고 21번과 26번이 걸렸다.

우선은 3번을 치웠다. 밧줄을 다시 커튼 조각으로 펼친 다음 3번을 눕혔다. 그리고 우리는 21번과 26번이 3번을 복도 끝까지 옮기는 걸 확인했다. 붉은 피로 이어진 줄이 길게 남았다. 남은 아이들이 마른걸레와 밀대로 피를 닦아냈지만 완전히 닦이진 않았다. 누구도 피로 질척한 걸레와 밀대를 짜내고 싶어 하지 않았다.

21번과 26번은 다시 돌아와서 이번엔 15번을 커튼 조각에 눕혔다.

그리고 같은 일이 반복되었다.

하지만 이번엔 21번과 26번이 돌아오지 않았다.

복도 너머로 긴 비명이 들려왔다.

누군가 말했다.

무슨 소리야?

하지만 복도 끝으로 가서 그걸 확인해볼 용기를 가진 아이는 없었다. 21번과 26번이 시체를 옮기는 모습을 보고 있던 다른 아이가 15번이 일어나는 걸 봤다고 말했다. 다시 비명이 학교에 울려 퍼졌다.

우리는 21번과 26번이 15번과 싸우다가, 다 같이 사라졌을 거라고 판단했다. 하지만 누군가는 15번이 살아 있고, 사라지지 않았을 수도 있다고 말했다. 그렇다고 해서 다시 15번을 찾으러 갈 수도 없었다.

우리는 교실 문 앞에 책걸상으로 바리케이드를 치기로 했다.

어차피 우리는 아무런 할 일이 없었고, 밖으로 나가겠다고 말하는 아이도 없었기 때문에 바리케이드는 교실 입구를 완전히 틀어막았다.

우리는 이제 사라지거나 죽은 아이들의 사물함을 분리해서 변기로 쓰기 시작했다. 책을 그러모아 차가운 시멘트 바닥 위에 깔았고, 낱장을 찢어 구기면 더 보온이 좋다는 이야기에 다들 교과서와 문제집을 찢었다.

우리는 늦게까지 찢어진 책 위에서 이야기를 나누거나 지금 일에 대해 걱정을 했고, 더 마음의 여유가 필요한 아이들은 연습장에 끼적이며 빙고 게임을 하거나 오목을 두었으며, 부족한 콘센트 자리에도 불구하고 배터리를 충전해가며 휴대폰 게임을 했다.

밤새 음식을 나눠 먹고 오물로 가득 찬 사물함 두 개를 창문 밖으로 던졌다.

날이 밝고 등교 시간이 지났다. 우리 교실엔 아무도 찾아오지 않았다. 밤새 깨어 있던 아이들은 해가 뜬 뒤에야 뒤늦게 눈을 붙였다.

23번이 말했다.

뭔가 규칙이 있는 거 같아.

누군가 되물었다.

무슨 규칙?

교실에선 사라지지 않는 거 같아. 교실에서 없어진 사람은 아직 없으니까.

23번은 창문 밖을 내다보며 말했다.

그리고 죽어도 사라지지 않아.

몇몇 아이들이 창밖을 내다보았고 19번은 어제 쓰러진 그 자리에 그대로 누워 있었다.

끝으로 서로를 바라보고 있으면 사라지지 않는 거 같아. 다른 사람의 시야에서 벗어나야 사라지는 거지.

확신할 수 있어?

아니. 그래서 확인해보고 싶은데. 같이 해볼 사람?

그 말에 깨어 있던 아이들이 서로 바라봤다. 지원하진 않 겠지만 다른 아이들이 나섰으면 하는 바람이었다.

17번이 늦게나마 손을 들었다.

해보자.

바리케이드 한쪽이 허물어졌다. 우리는 23번과 17번이 나 가는 걸 바라보았다. 23번은 복도를 내다보지 말라고 말한 다음 밖으로 나갔다. 금세 23번과 17번이 돌아왔다.

실험으로 자신감이 붙은 23번이 말했다.

나갈 사람 있어?

함께 나갔다 온 17번은 자신은 나가겠다고 말했다. 하지만 다른 아이들은 아니었다.

23번이 말했다.

계속 교실에 남아 있을 수는 없어. 언젠가는 나가야 해.

그 말에 1번이 손을 들었다.

23번은 더 기다렸다. 더는 아무도 손을 들지 않았다. 23번은 저 혼자 고개를 끄덕였다.

그래, 그럼.

세 사람은 간단히 이야기를 나누곤 학교의 중앙계단을 따라서 운동장을 지나 정문으로 나가겠다고 말했다. 운동장으로 나가게 되면 혹시나 서로를 시야에서 놓치는 일이 생기더라도 우리가 그 아이들을 볼 수 있기 때문이었다.

우리는 또 보자며 인사를 나누었다.

23번을 따라 17번과 1번이 교실을 나섰다. 몇몇 아이들이 자신도 따라 나갈 걸 하고 후회했다.

하지만 시간이 지나도 운동장은 텅 비어 있었다.

혹시 실패한 걸까 하고 생각했을 때 누군가 운동장으로 달려 나왔다.

1번 혼자였다.

1번은 시종일관 뒤를 힐끔거렸다. 곧 1번을 뒤쫓는 것이 15번이라는 걸 알 수 있었다. 피를 뒤집어써서 머리가 떡 지고 옷이 찢어졌지만 15번이었다.

1번은 도와달라고 외쳤다. 몇몇 아이들이 화분을 15번에게 던졌지만 근처에도 미치지 못했다.

15번이 1번을 따라잡았다. 그러고는 큰 체격으로 1번을 덮쳐 머리카락을 쥐고 바닥에 메다꽂았다. 1번이 15번을 떨쳐 내려 했지만 해내지 못했다. 우리는 욕을 하며 그만하라고 외쳤지만 15번은 멈추지 않았다. 곧 1번이 움직이지 않았다.

15번이 자리에서 일어났다.

우리는 뒤늦게 15번에 대항할 방법을 생각해냈다.

창문 닫아!

순간 들었을 때는 무슨 말인지 이해하지 못했지만, 곧 우리는 그 말을 이해했다.

창문이 닫히기 시작하자 15번이 말했다.

날 봐! 날 보라고!

우리는 창문을 등지고 바닥에 줄지어 앉았다.

이제 15번이 외치는 목소리가 들리지 않았다.

누군가 말했다.

우리 반으로 오고 있는 걸지도 몰라.

그 누구도 15번이 사라졌다는 확신을 하지 못했다.

우리는 바리케이드를 다시 쌓아 올렸다.

하지만 그것은 괜한 기우였다.

15번은 다시는 우리 반으로 되돌아오지 못했다.

*

우리는 간혹 운동장에 넘어져 있는 시체들이 다시 일어나지 않을까 힐끔거렸고, 누군가 벌떡 일어나며 무슨 소리를 들었다고 듣는 일에 익숙해져 갔다.

먹을 것은 이틀이 지나기 전에 동났고, 사흘째 되는 날 대부분은 목이 말라 잠을 이루지 못했다.

누군가 화장실 수돗물을 떠 와야 한다고 말했다. 정수기는 교무실 앞에 설치되어 있었기 때문에 우리 기준에서 너무 멀었다. 수돗물이라도 상관없었다. 우리는 모두 동의했다.

물을 떠 올 두 사람을 정하기 위해 가위바위보를 하고 싶었지만 그러기엔 우리 숫자가 너무 적었다. 겨우 일곱 명밖에 없었다.

고심한 끝에 한 명은 교실에 남고 나머지는 복도에 줄을 지어서 서로의 등을 바라보기로 했다. 우리의 시야에 닿는 위치에서 수돗물을 떠 오기로 한 것은 6번과 8번 두 사람이었다.

나는 화장실 앞에서 모두를 지켜보는 시점이었다. 가장 멀리 교실에서 빼꼼 고개를 빼고 있는 12번이 보였고, 가장 가까이에 수도꼭지를 돌려 페트병에 물을 뜨고 있는 6번과 8번이 보였다. 여기까지는 아무 문제도 없었다.

하지만 6번이 물을 떠서 나를 향해 고개를 돌렸다가 헉 하는 소리와 함께 주저앉았다. 내 등 뒤에서 무언가를 본 것이었다. 나는 반사적으로 뒤로 고개를 돌렸다.

계단을 통해 이쪽으로 기어 올라오려고 한 누군가의 시체였다. 나는 그게 누구인지 알 수 있었다. 3번의 시체를 옮긴 뒤 15번을 옮기다 사라졌다고 생각한 26번이었다. 26번은 눈꺼풀이 잘렸지만 희멀건 눈동자만은 피로 물들지 않아 나를 똑바로 바라보고 있었다. 사라지고 싶지 않았던 15번이 26번의 눈꺼풀을 잘라냈던 것이었다.

하지만 그게 중요한 것이 아니었다. 나는 재빨리 중대한 실수를 깨닫고 다시 고개를 돌렸다. 페트병 하나가 바닥을 구르고 있었고, 다른 하나는 이제 허공에서 떨어지는 와중이었다.

손을 뻗기 전에 물이 가득 담긴 페트병이 떨어지고 차가운 물방울이 내 얼굴로 튀었다.

나는 다른 아이들을 당황하게 해서는 안 된다는 걸 깨달았다.

내가 화장실로 들어서자 가장 가까이 서 있던 20번이 무슨 일이냐며 화장실 안쪽으로 고개를 디밀었다. 그러곤 아무 말도 하지 않고 얼어붙은 그대로 있었다.

나는 페트병에 물을 마저 담고 뚜껑을 닫은 다음 화장실을 걸어 나왔다.

아무 말도 하지 않았지만 아이들은 표정으로 무슨 일이 일어났는지 알아차렸다. 당황해서 더 큰 실수를 하면 안 된다는 걸 다들 알고 있었지만, 교실의 안전한 자리에 남아 있던 12번은 비명을 지르며 교실로 돌아갔다.

누군가 6번과 8번이 사라진 거냐고 내게 계속 되물었고 나는 고개를 끄덕이며 그렇다고 대답해야만 했다.

교실로 돌아온 우리는 6번과 8번을 잃은 것을 칠판에 적어두기도 전에 다른 문제를 직면해야 했다. 12번도 사라진 것이었다.

12번이 사라졌다는 것은 우리가 생각했던 규칙 중 하나가 깨어졌다는 말이었다. 교실도 안전한 장소가 아니었다. 아마도 교실이라는 장소에 다들 모여 있었기 때문에 서로가 서로의 시야에 들어가 있었을 터였다.

이제 우리는 네 명뿐이었다. 그런 요행을 바라며 계속 교실에 남아 있을 수는 없었다. 우리는 목을 축인 다음 교실 밖으로 나갔다. 더 지체했다간 해가 질 것이었다.

우리는 각자 손을 잡아 둥글게 만들었다. 혹여나 서로가 시야에서 벗어나더라도 손을 붙잡고 있는 상태에서 갑자기 사라지지는 않을 거라는 믿음 때문이었다.

금세 손에 땀이 차올랐기 때문에 중앙계단의 첫 층계참에서 22번이 미안하다며 손을 놓곤 옷에다 땀을 훔쳐야 했다.

우리는 아주 느리게 움직였다. 네 사람 중의 한 사람은 뒤로 계단을 내려가야 했고, 나머지 둘은 옆으로 내려가야 했으며, 네 사람 모두 서로의 얼굴을 보기 위해 고개를 바짝 들어야 했기 때문에 바닥에 무엇이 있는지, 계단을 얼마나 내려왔는지 확인할 수 없었다. 학교에 다니며 익숙해질 대로 익숙해진 계단인데도 낯설었다.

아래층으로 내려오자 복도에 비릿한 피 냄새가 났다.

18번이 말했다.

사라지면 다들 어디로 가는 걸까?

모르지.

20번이 18번의 말에 대꾸했다.

사라진 사람들이 모두 같은 곳으로 갔으면 좋겠어.

그럴지도 몰라.

하지만 그건 알 수 없었다. 사라진 사람들이 어디로 가는지 확인할 방법은 단 하나뿐이었다.

마지막은 1층 로비로 내려오는 계단이었다. 1층 로비를 직접 바라볼 수는 없었지만 빛이 들어오는 풍경이 보였다.

내가 말했다.

이제 다 왔어.

하지만 그 말과 동시에, 뒤로 걸어가던 20번이 뒤로 넘어졌다.

나는 20번을 잡아당겼지만, 22번은 우리를 따라 넘어지지 않기 위해서 우리의 손을 놓아버렸다.

나는 충격에도 눈을 감지 않기 위해서 시야에 들어온 20번과 18번을 바라보았다.

하지만 정작 20번은 눈을 질끈 감고 말았다. 등이 바닥에 부닥친 충격 때문일지도 몰랐다.

우리는 22번이 사라졌다는 걸 알았다.

18번이 말했다.

아주 잠깐이었는데.

22번이 서 있던 자리 아래에는 23번의 시체가 누워 있었다. 20번이 밟고 넘어진 시체였다.

18번이 말했다.

나는 실험을 해봐야겠어.

무슨 말이야?

내가 되물었다.

손을 놔줘. 사라지면 어떻게 되는지 궁금해.

안 돼. 이제 셋밖에 안 남았잖아?

나는 동의를 구하기 위해 20번을 바라보았다.

하지만 20번은 나와 생각이 다른 것 같았다.

가고 싶다면 가. 난 이해할 수 있어.

20번이 18번의 손을 놓았다.

손을 놓고 싶지 않았지만 18번의 표정은 완고했다. 이제 와서 몸싸움을 할 수도 없었다.

내가 말했다.

그래. 사라져.

18번은 그대로 계단 위로 걸어 올라갔고, 우리는 잠시 그 뒤를 바라보다가 다시금 서로를 바라보았다.

가자.

로비를 나서자 밝은 햇빛이 우리를 내리쬐었다.

자연스럽게 내가 뒤돌아선 채 걷게 되었다.

우리는 둘 다 눈조차 깜빡이지 않기 위해서 인상을 써야 했다. 그런데도 이따금 눈을 깜빡였고, 눈을 다시 뜰 때 서로 가 그 자리에 있다는 걸 확인하곤 안도했다.

운동장의 흙바닥을 밟고, 1번의 시체를 지나쳤다. 15번이 사라졌을 자리였다.

교문까지 얼마 남지 않았다는 걸 의미하기도 했다.

학교를 벗어나기만 하면 이 악몽이 끝날지도 모른다. 나는 그렇게 생각했다.

별안간 20번이 우뚝 멈춰 섰다.

내가 말했다.

뭐야? 왜 그래?

20번이 떨리는 목소리로 말했다.

누가 우릴 보고 있어.

그럴 리는 없었다. 학교 밖으로 지나가는 사람을 우리는 단 한 명도 찾아볼 수 없었다.

내가 캐물었다.

무슨 말이야?

저기 누가 있다고. 너무 무서워. 학교로 돌아가자.

누가 있다는 거야? 누구를 말하는 거야?

누군지 모르겠어.

20번은 이제는 손에 힘을 주고 뒷걸음질치기 시작했다.

나는 다급하게 손에 힘을 주며 말했다.

자세히 말해봐. 뭐 때문에 그러는 거야?

설명할 시간 없어. 가까이 다가오고 있다고.

20번의 표정은 당장이라도 울 것 같은 얼굴이었다.

연기하는 것은 아니었다. 20번의 붙잡은 두 손이 덜덜 떨려왔다.

무엇이 그리도 무섭단 말인가?

돌아보고 확인하고 싶지만 20번이 사라질지도 몰랐다.

내가 제안했다.

좋아. 그럼 내가 뒤를 바라볼 테니까, 천천히 자리를 바꾸자.

안 돼. 못 돌아서겠어. 지금도 오고 있다니까?

그건 그냥… 환각이야. 내가 확인만 하면 된다고. 겁에 질려서 헛것을 보고 있는 거야.

아냐. 아니야.

이제는 양손으로 하는 씨름이 되었다.

하지만 떨쳐내는 힘이 더 강했다.

축축하게 젖은 손아귀에서 20번의 손이 빠져나갔다.

20번은 돌아서서 내달리기 시작했다.

안 돼!

나는 무심코 20번을 붙잡으려고 손을 뻗었다.

하지만 멈춰 섰다.

20번이 나를 두고 학교로 뛰어가는 모습이 보였다.

나는 사라지지 않았다.

학교의 창문을 하나씩 살펴보았지만 날 바라보는 시선은 어디에도 없었다.

등 뒤에서 누군가 날 보고 있다는 뜻이었다.

하지만 돌아볼 용기는 나지 않았다. 20번이 1층 로비로 완전히 들어서며 시야에서 사라지는 것을 보고 나서 나는 천천히 발걸음을 뗴었다.

이제 운동장의 절반을 넘어섰다. 이대로 뒷걸음질을 치면 학교 정문에 도달할 것이다.

나는 그제야 모든 아이가 혼자 남았을지도 모른다는 생각을 했다. 사라진 것처럼 보이지만 각자의 세계로 분리되어서 모두가 혼자 남아 있을지도 모른다.

하지만 그렇다면 20번이 돌아서는 순간 내가 사라졌어야 할 텐데. 20번이 봤다고 한 건 누구지?

내 등 뒤에선 아무런 인기척도 느껴지지 않았다.

다시 한 걸음을 옮겼다.

툭 하고 무언가가 내 등에 닿았다.

나는 천천히 뒤를 돌아보았다.

백관의 왕이 이르니

✦ 2020년 《드래곤에게 가는 길》(미씽아카이브) 수록

언덕 위에서 동쪽 초원의 지평선을 눈으로 따라가다 보면 어느 순간 시야를 채우는 성벽이 나타난다. 하얀 벽돌로 쌓은 성벽은 높은 성가퀴 덕분에 흰 왕관처럼 보였다. 왕국은 그 성곽의 모양에서 이름을 따 백관(白冠)으로 불렸다.

백색 성벽은 백관을 지키는 세 수호물 중 하나였다. 물론 그중 가장 유명한 것은 수호룡 라디로비엔이고, 그다음은 그 수호룡을 얽매는 율법이라지만, 약 8백 년 전 수호룡이 자리를 비운 당시 해인의 난을 막은 것은 저 백색 성벽이었다. 성벽은 2백 년 전 수호룡이 다시 나타나기까지 6백 년 동안 홀로 백관을 지켜냈다.

백관을 둘러싼 성벽이 언제 지어졌는지는 역사가들 사이에서 의견이 분분했다. 성벽은 백관이라는 나라가 존재하기 전부터 존재했기 때문이다. 신화시대 언젠가 존재했던 거인들이 쌓아 올렸다는 가설이 가장 그럴듯했지만, 정작 왜 거인들이 성벽을 두고 떠나버렸는지는 설명하지 못했다. 대륙 어디에도 백관보다 높은 성벽은 없었다. 신화시대에도 성벽의 주인은 여러 번 바뀌었던 것으로 보인다. 그러다 2천 년 전에 왕의 시대가 열리고 백관의 건국왕(建國王)이 성벽을 차지하며 그 이후로 쭉 주인은 인간이었다.

다시 보니 백관을 둘러싼 성벽은 흰 왕관보다는 턱 위에 바지런히 솟은 턱뼈처럼 보였다. 서쪽의 묘사산(墓社山)을 집어삼킬 듯 벌어진 하악(下顎).

병사 중 하나가 외쳤다.

"성벽 위로 무언가 보입니다."

나는 단망경을 뽑아 눈에 가져다 댔다. 백관이 무언가 천천히 게워내고 있었다. 희고 목이 긴 아름다운 동물이었다. 세월이 지남에 따라 거칠어지고 때가 묻은 백관과 달리 선명한 백색의 동물은 성곽을 한 발로 쥐면서 몸을 일으키더니 볕 아래 제 모습을 모두 드러냈다. 머리는 작고 주둥이는 뾰족하며 눈은 붉었다. 한 쌍의 곧게 뻗은 뿔이 뒤통수 뒤로 자라났다. 백관의 수호룡이었다. 용은 제 몸을 성벽 위에 모두 올리곤 앞 발등으로 자신의 머리를 훑어 세수를 했다. 그러고는 동쪽으로 떠오르는 해를 잠시 바라보았다.

누군가 그 이름을 읊조렸다.

"라디로비엔."

나는 나만의 이름으로 용을 불렀다.

"라비."

라비는 내 목소리를 듣기라도 한 듯, 몇 리는 되는 거리에서 나를 돌아보았다.

✳

라비를 처음 만난 것은 내가 아홉 살 때였다.

율법전의 서기로 일을 막 시작한 내게 백관의 내궁(內宮)은 미로처럼 느껴졌다. 내가 어리숙했기 때문만은 아니었다. 내궁은 왕들의 취향에 따라, 때로는 백관과 국경을 맞대고 있는 나라가 바뀔 때마다 증축과 개축을 반복했기에 신입 관리들에겐 지하미궁과 견주어 소미궁(小迷宮)으로 불렸다. 게다가 나는 너무 어렸다. 내가 눈에 익기 전까지 궁의 어른들은 나를 시녀나 소일거리를 맡은 잡부로 생각해 잡다한 심부름을 떠맡기고 사라지기도 했다.

그날 궁중마법사 사힌에게 가져다줄 커다란 법전을 안고 있던 나는 도둑으로 몰렸다가 비슷한 사건으로 내 얼굴을 외웠던 호위병 덕에 풀려난 참이었다. 어른들을 피해 다니며 어디인지도 모를 곳을 걷던 나는 내 또래로 보이는 여자아이를 만났다. 그 아이는 특이하게 머리가 희었다. 분명 '머리가 흰 사람을 보면 무시하고 지나가라'는 주의를 받았었지만, 한참이나 헤매고 있던 터라 그 말을 미처 떠올리지 못했다.

"실례합니다. 마상전(魔上殿)으로 가는 길이 어떻게 되지요?"

2층의 회랑에서 내원으로 발을 내놓고 있던 아이는 내가 말을 걸 줄은 몰랐던지 멀뚱히 나를 돌아보았다. 매끈하게 닦은 홍옥처럼 붉은 눈동자. 나는 그제야 다른 율법학자들과 궁의 어른들이 해주었던 주의를 떠올렸다. '백관에선 인간이 아닌 것과 엮이지 마라.' 그 아이가 바로 라비였다.

"마상전? 사힌에게 가는 거야?"

"네? 네."

"글쎄. 말로 설명하긴 복잡한데. 괜찮으면 내가 데려다줘도 될까?"

"저, 그게⋯."

인간이 아닌 것. 나는 뒤늦게 내가 들었던 라비에 대한 이야기들을 떠올렸다. 백관의 수호룡, 라디로비엔. 2천 년이 넘는 백관의 역사보다도 더 오래 살아온 전설이 바로 그녀였다. 서쪽탑 등에는 그 이전부터 기록에 남아 있지만, 백관의 역사에 처음 등장하는 것은 건국왕 때였다. 다음과 같은 이야기였다.

먼 옛날부터 살아온 욕심쟁이 용이 있었다. 용은 오랜 세월 자신이 가지고 싶은 보물을 빠짐없이 모아 마왕(魔王)으로 군림하였다. 용은 곧 먼 땅에서 왕으로 불리는 한 사내가 굉장한 보물을 가지게 되리란 것을 알게 되었다.

성산(聖山)인 묘사산에서 지저인 광부들이 캐낸 보석과 백금을 소인 세공사와 장인이 주조하고, 요정 정령술사가 마법을 불어넣었다는 백금왕관이 그것이었다. 그 왕관은 백관의 첫 번째 왕인 건국왕에게 아인종들이 축하의 뜻으로 선물할 물건이었다. 그 보물을 탐낸 용은 왕의 대관식 날 백관에 도착했다. 이미 가지고 있는 보물이 많았기에 시시하다면 뜻 없이 돌아갈 참이었다. 하지만 왕에게 씌워지는 물건이 생각한 것보다 더 아름다워서 용은 참지 못했다. 용은 성벽 안으로 뛰어들며 불길을 내뿜고 소리치며 왕관을 내놓으라 으름장을 놓았다. 많은 백성이 용의 모습에 겁에 질려 도망쳤지만, 건국왕은 한 치의 흐트러짐도 없이 단호하게 거절했다. 용은 왕의 위세와 용기를 보고 협박이 통하지 않을 것을 깨닫고, 자신이 가지고 있는 그 어떤 보물과도 바꾸어줄 수 있다고 회유하였다. 하지만 왕은 용이 가진 모든 보물을 준다고 하더라도 바꾸지 않을 것이라고 선언했다.

왕은 말했다.

"오로지 백관의 왕만이 이 백금왕관을 쓸 수 있노라."

그 말에 용은 화가 나서 결국 왕에게 달려들었다. 용이 왕관을 빼앗을 방법은 이제 힘밖에 없었으니까. 백관에서 사흘 밤낮으로 인간과 용의 싸움이 계속되었다. 성벽 일부가 무너졌으며, 왕의 기사들도 많이 죽었다. 왕 또한 크게 다쳐 천수를 기대할 수 없게 되었다. 하지만 용을 제압한 것은 성과였다. 왕은 백금왕관을 쓴 채 용에게 말했다.

"너는 패하였으니 이제 처분은 나에게 달렸다. '맹약'을 맺거나, 여기서 죽어라."

용은 숙고할 수밖에 없었다.

왕이 말한 맹약은 그저 말로 이루어지는 약속이 아니었다. 맹약
은 오래된 주문으로 시전자(施展者)가 피전자(被展者)에게 하나의 약
속을 강제할 수 있었다.

목숨을 내놓거나, 뜻하지 않은 약속을 맺거나.

용은 어쩔 수 없이 맹약에 응했다.

그러면서도 용은 생각했다.

'하찮은 인간의 소원을 들어주는 것으로 목숨을 구할 수 있다면
값싼 것이지. 모르는 사이에 인간의 세가 커졌구나. 놈의 원을 들어
주고 나면 서쪽으로 떠나야겠다.'

하지만 용은 그러지 못했다.

"맹약으로 명하노라. 너는 이제 내 핏줄의 소유로 왕가의 율법을
결코 어길 수 없으리라."

"…율법?"

"그래. 여기 너를 위한 율법서가 있다."

왕의 기사들이 마차를 이끌고 왔고, 거기엔 용이 읽을 수 있을
만큼 거대한 책이 놓여 있었다. 책에는 큰 글씨로 용이 해야 할 일
과 하지 말아야 할 것이 빽빽하게 적혀 있었다.

"날 속였구나!"

때는 이미 늦은 뒤였다.

용은 왕은 물론 그 어떤 왕의 병사도, 왕의 기물도 파괴할 수 없
었다. 이미 맹약이 작동하고 있었다.

이 모든 것이 백관의 유일한 위협이 될 용을 꾀어내기 위한 지혜
였다. 아인종들의 협력을 받아 백금왕관이란 보물을 만든 것도 모

두 계획의 일환이었던 것이다. 그저 물욕을 채우려 했던 용은 인간이 가진 지혜와 협력, 용기에 패배했다.

용은 끝내 체념하여 백관의 수호룡이 되었고, 그 맹약은 오늘날까지 유효하였다.

건국왕에게 승복한 백관의 용. 그녀가 바로 라디로비엔이었다. 라비는 이후 2천 년이 넘는 시간 동안 백관을 지켜왔고, 이는 주변 강국 사이에서 백관을 존속시켜 올 수 있었던 가장 큰 근거였다.

그런 라비를 어려워하고 멀리하는 것은 왕가의 오랜 관습 중 하나였다. 라비가 위험한 존재이기 때문은 아니었다. 오히려 그 반대였다.

건국왕은 대율법 아래에 라디로비엔만을 위한, 정확히는 라디로비엔을 인간의 언문으로 백관에 묶어두기 위한 '라디로비엔의 율법'을 썼고, 용은 맹약에 따라 대율법은 물론 사사로운 규율들도 어길 수 없었다. 인간은 용으로부터 안전했다. 모든 법은 율법학자들에 의해 관리되고 있었고, 이들이 관리하는 법에 따르면 용이 자신의 의지로 인간을 죽이기 위해서는 최소한 다섯 단계는 되는 절차를 밟아야 했다. 그마저도 전시의 적군을 상대할 때의 이야기였다.

한낱 인간이 강대한 용에게 의미 있는 상처를 줄 수 있으랴 싶지만, 용을 보호하기 위한 율법도 존재했다. 하지만 율법학자를 제외한 인간은 맹약을 맺지 않기 때문에, 필요하다면 율법을 어길 권리가 있었다. 실제로 역사 속에서 그런 사례가 없지 않았다. 백관에서는 인간이 용에게 위험한 존재였다.

용을 놓아줄 수 없는 이상, 역사적으로 대부분의 인간은 용에게 사려 깊게 대하기 위해 노력했고, 라비를 못 본 척 하라는 것 또한 그런 예절의 연장선에 있었다.

라비는 내가 대꾸를 마치기도 전에 내 손목을 잡았다.

"계속 헤매고 있을 거야?"

"…아뇨."

"그럼 따라와."

그리고 라비는 나를 율법전으로 데려다주었다. 문제는 함께 길을 떠난 지 2시간 뒤의 일이었다는 것이었다. 라비는 백관 내궁의 사사로운 길과 하인들이 지나는 길, 내궁의 소수만이 알고 있는 비밀통로까지 나를 데리고 다녔다. 라비는 재미있게도 그 어떤 길도 중복해서 지나지 않았다. 라비가 2천 년에 걸쳐 증축과 개축이 이어진 백관의 내부를 속속들이 꿰고 있다는 이야기였다. 그때도 꼬장꼬장한 노인이었던 사힌은 너무 늦게 도착한 나를 나무라려고 했지만, 그 옆에 있는 것이 라비라는 걸 알고는 아무런 타박도 하지 않았다. 단지 라비가 떠난 뒤, 사힌은 라비에 대한 주의를 시켰다.

"웃고 있구나."

"그랬나요?"

"네가 궁에서 웃는 꼴을 통 보지 못했다. 저 용이 좋더냐?"

"잘 모르겠습니다."

"너무 가까이 두진 말거라."

"왜요?"

나는 말을 하고 후회했다. 나는 말을 잘 듣는 아이였고 아버지에게서 궁전의 어른들에게 말대답하지 말라고 몇 번이나 말을 들었었다. 하지만 사힌은 내 말대답에 관심이 없었다. 단지 이렇게 말했다.

"공부를 더 하면 알게 될 게다."

사힌의 말을 이해하기까지 많은 공부가 필요하진 않았다.

＊

라비가 백관에서부터 평원을 가로질러 오는 데는 겨우 십여 분 정도가 걸렸다. 멀리 있을 때 라비는 구경거리였지만, 막상 거대한 체구가 가까워지자 용을 본 적이 거의 없었던 백작령의 군인들은 동요했다. 장교들은 병사들을 언덕 뒤로 더 물렸다. 그래도 대형은 깨지지 않았다. 용 사냥꾼에게서 전해져오는 용잡이 대형이었다. 왕자 오연과 지휘부는 최악의 경우 라비와 싸워야 할 것을 염두에 두고 있었다. 용이 불길을 뿜어내기 전에 먼저 공격을 해야만 한다고 생각했다. 선공하지 않으면 승산이 없다는 것이다.

하지만 내 생각은 달랐다. 율법에 따르자면, 라비가 먼저 공격할 수는 없었다. 오연과 그의 부관들은 법전의 몇 가지 대목을 잘못 해석하거나 확대해석했다. 그들 중에 법전을 제대로 공부한 이들은 거의 없었다. 가운데에서 이견을 조율한 궁중마법사 사힌은 내 말이 옳다는 걸 알지만 적당히 왕자의 체면을 지켜주어야 했으므로, 자신이 앞서 라비를 만나기로 했다.

라비가 당도하기 전에 사힌이 앞서 마중을 나갔고, 둘은 무언가 이야기를 나누더니 야트막한 언덕으로 향했다. 용이 언덕 뒤쪽으로 숨어들고 얼마 지나지 않아 사힌과 사힌의 외투를 빌려 입은 여자가 나타났다. 흰 머리에 붉은 눈동자. 그 여자가 라비임을 모르는 사람은 없었다. 아마 라비가 둔갑을 하도록 사힌이 설득을 한 것 같았지만, 병사들의 긴장은 풀리지 않았다. 나와 오연이 멀찍이 떨어진 자리에 선 라비를 만나러 갔다. 왕자와 용이 의례를 갖춰 인사했다. 나는 아니었다.

"안녕하세요, 라비."

"안녕, 수요."

라비는 내게 무언가 말을 하려는 것 같았지만, 왕자가 먼저 말했다.

"라디로비엔. 이렇게 대화를 하는 것 보니 우리가 최악의 상황은 면한 것 같군."

"무슨 상황 말입니까?"

"백관의 수호룡을 내 손으로 해쳐야 하는 상황 말이지."

"아니면 백관의 유일한 왕자를 반역죄로 물어 죽이는 일 말이지요."

316

오연의 입이 일자로 다물렸다.

이미 총포꾼들이 라비를 향해 총구를 향하고 있었다.

왕자가 칼만 뽑으면 방아쇠를 당길 것이다.

라비는 신경 쓰지 않았다. 앞서 한 말은 왕자를 모욕하기 위한 말이 아니었다.

"오연 왕자. 유감스럽게도 우리가 피해야 할 파국이 면해진 건 아닙니다."

"무슨 말인가?"

"저를 얽매는 두 가지 율법이 서로 모순되어 있습니다. '건국의장'으로부터, 저는 왕에게서 명령을 받고 수행해야 합니다. '삼의왕의 준칙'으로부터, 저는 왕가의 핏줄을 지식과 지혜가 닿는 한 지켜야 합니다."

왕자는 잠깐 생각에 빠졌다. 하지만 오연이 어리숙한 사람은 아니었다. 금세 라비의 말을 이해했다.

"폐하께서 기어코 나를 죽이라고 명령하신 게냐?"

라비가 건국의장을 인용한 것은 왕에게 명령을 받았다는 말이었다. 다만 그 명령이 '왕가의 핏줄'을 지키라는 삼의왕의 준칙을 어기게 된다는 것은, 왕은 왕가의 핏줄을 제거하라는 명령을 내렸다고 볼 수 있다. 왕은 과거 말로에게 그러했던 것처럼 라비에게 왕자를 죽이라고 한 것이다.

"'좌의상의 율적, 개정 3조'로부터, 저는 왕이 원하지 않는 한 그 명령을 다른 이에게 발설할 수 없습니다."

오연은 나를 돌아보았다.

"내 생각이 틀렸는가?"

"…그렇게 해석할 수도 있습니다."

"그럼 용이 나를 찾아왔으니, 그 모순은 풀린 것이냐?"

왕자는 라비를 노려보며 자신의 장검 손잡이에 손을 올렸다.

그는 당장에라도 서문 백작의 군대에 공격을 명령할 수 있었다.

사힌이 자신의 지팡이로 왕자의 손을 막았다.

"그게 아니오, 왕자. 라디로비엔, 말해드리게."

라비가 말했다.

"저는 오연 님을 찾아온 것이 아닙니다."

"그럼?"

"백관의 기나긴 역사에서 율법의 모순을 해결할 수 있는 것은 율법학자의 율법해석뿐이지요. 그래서 저는 율법학자 수요를 찾아온 것입니다. 백관의 유일한 율법학자를요."

＊

사람들은 백관이 망조에 들었다고 말했다. 누군가는 2천 년이라는 긴 역사에서 그런 말은 몇 번이고 있었음을 지적했지만, 이번만큼은 그 어떤 때와도 다른 것이 사실이었다.

지금 백관의 왕인 오로는 서친왕(西親王)의 이름으로 알려졌다. 그는 태자 시절 아버지 덕에 경쟁자가 없었고, 남는 시간을 자신의 공부에 몰두할 수 있었다. 백관은 언제나 왕권이 강한 나라였으므로 그것은 놀랍지 않았지만 그는 백관의 역대 왕 중 드물게 마법에 뜻을 가졌다. 백관은 왕들이 마법을 배우는 것을 저어한 역사가 있지만, 구습에 얽매이지 않는 왕가의 경향과 실리를 추구하는 대륙의 추세 덕분에 오로는 별다른 어려움 없이 마법을 배울 수 있었다. 실제로 오로가 왕에 오른 뒤 그의 치적은 좋은 평가를 받았다. 그간 소원했던 서쪽탑의 마법사들과 교류가 이어졌고, 그의 재능을 높이 산 대마법사 사힌이 스승으로 궁에 들어오기까지 했다. 기후를 바꾸는 사힌의 대마법이 연이어 성공하면서 풍작이 이어졌고 교역량이 늘었다.

사람들은 오로의 치세가 언제까지고 이어지길 바랐지만 첫째 왕자 오무가 마차 사고로 죽은 뒤, 왕의 성격은 완전히 바뀌었다.

왕은 사령술에 집착했고 몇 차례 실패를 거듭했다. 첫째 왕자의 묘실이 파헤쳐졌고, 내궁에 시취가 퍼져나간다는 이야기가 여러 날 이어진 뒤, 왕의 침실에서 왕자의 시신이 발견되었다. 첫째 왕자의 시신은 여러 차례 이어진 실험으로 도저히 인간의 시신이라고 하기 힘들 정도였다고 했다.

사힌은 왕의 실력이 부족했던 것은 아니라고 말했다. 단지 루단 대도서관의 사서들이 2백 년에 걸쳐 모든 사령술 도서를 봉인 조치했기에 현재 있는 금서들로는 지식에 한계가 있었다고 했다. 사힌과 서쪽탑의 마법사들은 물론 수호룡 라디로비엔도 그것을 도울 수 없었다. 용이 마법을 가르칠 수 없도록 한 율법 '마루의 철칙'이 만들어진 건 백관 초기의 일이 었다.

그런 왕을 그대로 둘 수는 없었다. 귀족파는 말로 공작을 재상 자리에 앉히는 데 성공했다. 말로는 왕에게 여름 별장에 서 쉬도록 권했다. 귀족파의 승리로 볼 수는 없었다. 왕은 몇 가지 율법을 근거로 거절할 수 있었고, 왕이 율법을 모두 알 지 못한다고 하더라도 율법학자들이 그 근거를 찾아줄 수 있 었다. 하지만 왕은 그러지 않았다. 왕은 몹시 피곤한 얼굴로 그리하겠다 답했고, 석 달간 여름 별장에 기거했다. 여름 별 장에는 그 어떤 마법 실험 기구나 시약, 기재들은 물론 단 한 권의 책도 존재하지 않았으며, 그 비슷한 물건도 왕이 기거 하기 전 정리되었다. 귀족파지만 중도를 지향했던 말로는 짧 은 시간이나마 왕이 왕자를 잃은 슬픔을 달랠 수 있기를 바랐 을 것이다.

하지만 왕을 왕실과 떨어진 여름 별장에 쉬도록 한 것은 실수였다. 수위에 오른 마법사에겐 세상 만물이 시약이며 기 재였으니까. 왕은 이미 사힌이 생각했던 것보다 더 높은 경지 에 올라 있었다.

말로는 왕을 대신해 국정을 처리해나가기 바빴기에 묘사 산 중턱에 있는 여름 별장에서 어떤 일이 일어나는지 알지 못 했다. 한 주마다 오가는 연락병은 그저 왕이 평온을 찾아가는 것으로 보인다고만 말했다. 하지만 왕이 별장에서 내려왔을 때 문제가 밝혀졌다.

왕은 왕비와 공주들, 그리고 백여 명에 이르는 하인들과 함께 별장에 갔지만, 돌아올 때는 혼자였다. 소식을 들은 말로가 성문까지 직접 왕을 배웅했을 때, 왕은 누더기를 걸치고 백치처럼 웃었다.

말로는 예를 표하고 물었다.

"어찌 혼자 오셨습니까?"

"혼자라니? 넌 보이지 않느냐?"

"무엇이 말입니까?"

"무엇이라니? 내가 사랑하는 첫째 오무가 바로 여기 있지 않으냐?"

하지만 말로의 눈에는 평원과 묘사산을 뒤로하고 서 있는 왕만 보였다.

말로는 급히 여름 별장으로 병사들을 보냈다. 그곳에는 왕이 이룬 마법 실험의 잔해가 남겨져 있었다. 마법적 성취를 이루기 위해 부서지고 망가졌고 재조립되었으나 부분적으로는 알아볼 수 있었다. 선왕으로부터 물려받은, 늘 지니고 있던 반지와 목걸이, 그것들에 붙어 있던 보석들, 금잔과 은식기, 선왕들을 주조한 청동 동상과 흑단목으로 지은 의자, 흑요석 편지칼, 친족들의 피와 뼈, 하인들의 살과 내장.

말로는 사령술에 빠진 왕이 실패를 거듭해 미쳤다고 판단했다. 마법사는 위험하다. 오랜 관습과 미신이 말로를 움직였다. 그는 왕을 지하미궁에 유폐시키고 율법학자들을 불러모아 근거를 마련하라 일렀다.

이때 말로 공작은 두 가지 실수를 했다.

하나는 왕이 마법에 실패했다고 생각한 것이었다. 하지만 후에 사힌의 설명에 따르면 왕의 마법은 성공했다. 왕은 자신의 능력으로는 '이 세상'에 살아 있는 첫째 왕자를 데려올 수 없었기에, '자신의 세상'에만 첫째 왕자를 되살려놓은 것이라 말했다. 그 때문에 왕자는 왕에게만 보였다.

유폐된 왕에게만 보이는 첫째 왕자가 곧잘 왕을 찾아갔고, 간수들은 음울한 굴속에서 왕이 저 혼자 이야기하는 것을 자주 들을 수 있었다. 왕은 겉보기에 미쳤을지언정 눈에 보이지 않는 첫째 왕자 오무에 대한 일을 제외하고는 정상적인 판단력을 가지고 있었다. 덕분에 왕은 말로의 두 번째 실수를 알아차릴 수 있었다.

두 번째 실수야말로 말로에게 치명적이었다. 말로는 율법학자들이 왕을 유폐할 근거를 찾아내기 전에, 자신의 독선으로 왕을 유폐시켰던 것이다. 뒤늦게 율법학자들은 미치광이 왕을 유폐하고 실각시킬 수 있는 스물일곱 개의 율법을 찾아냈지만 소용 없었다. 모든 율법이 복잡한 절차를 요구하고 있었고, 재상을 포함한 다른 누군가가 임의로 결정할 수 없게 되어 있었다. 말로는 뒤늦게 절차들을 실행했지만, 그가 율법을 어겼음은 틀림없는 사실이었다. 다행이라면 귀족파는 물론 왕당파들도 감히 간섭할 생각을 하지 못했고, 율법전의 율법학자들은 말로를 지지하고 있었으므로, 지하미궁에 갇힌 왕이 그 사실을 알 방법은 없었다.

왕에게만 보이는 첫째 왕자 오무가 아니었다면 말이다.

왕은 아무도 알 수 없는 방법으로 지하미궁에서 빠져나갔다. 왕은 오무가 자신을 풀어주었다고 말했는데, 이후 질책을 받은 간수는 한 번도 열쇠를 잃어버린 적이 없었다고 했다. 왕은 지하미궁을 지키는 간수들과 내궁을 오가는 신하들, 왕가의 호위병들 누구도 만나지 않고 내원으로 들어섰다.

왕이 만나고자 한 것은 라디로비엔이었다.

그때까지 라비는 이 모든 사건을 알고 있으면서도 방관했다. '대율법'으로부터, 라비는 왕과 귀족 간의 싸움에 끼어들 수 없었고, '라디로비엔의 율법'으로부터, 한쪽의 편을 든다고 선언할 수도 없었다. 그리고 이에 대해서 말로 또한 알고 있었기에 왕을 지하미궁에 가두는 것으로 만족하고 라비에 대해서는 신경을 쓰지 않았다.

당시 라비는 자신이 좋아하는 내원의 연못에 발을 담그고 있었다.

라비의 뒤에서 서친왕 오로가 불렀다.

"라디로비엔."

라비는 돌아서서 예를 표하고 한쪽 무릎을 꿇고 앉았다.

"폐하, 오랜만입니다."

"일이 좀 있었지."

"지쳐 보이십니다."

"지쳤다기보다는, 혼란스럽지. 오무가 살아 돌아왔는데 아무도 오무를 보지 못하니. 그대에게도 여기 오무가 보이지 않나?"

라비는 내원을 둘러보았다. 인적은 없었다.

"'라디로비엔의 율법'으로부터, 답하지 않겠습니다."

"…그런가? 그대도 날 혼란스럽게 하는군."

"죄를 벌하소서."

"아니, 그러지 않을 거야. 그대에게 하나 묻고자 이렇게 왔지. 답하게. 이 와중에도 그대는 여전히 라디로비엔인가?"

"예. 백관의 수호자, 율법으로 엮인 자, 왕가의 진묘수. 여전히 라디로비엔입니다."

왕은 진심으로 안도한 얼굴이었다.

"그래, 율법으로 엮인 자여, 그대 책무를 다하라."

"하명하소서."

"'대율법'으로부터, 감히 왕을 능멸하고 율법을 어긴, 반역자 말로를 죽여라."

"받들겠나이다."

말로는 라비의 앞발에 짓뭉개져 죽었고, 왕은 다시 왕좌에 앉았다.

＊

오무의 사촌 동생인 오연은 자신과 라비, 나와 사힌이 서 있는 자리에 천막을 올렸다. 이제 이곳이 지휘부였다.

"율법학자가 모두 죽었다고?"

"여기 수요가 백관의 마지막 율법학자입니다."

오연은 내게 말했다.

"그럼 엮인 율법을 풀어라, 수요. 얼마나 걸리겠나?"

"정확히 알 수 없습니다. 각 율법은 그 권위가 비등하여 더 두고 봐야 합니다."

"치열할 것이 무엇이냐? 다른 율법학자가 없으니 논쟁도 없다. 그대 혼자 결정하면 될 일이다."

"율법학자 또한 맹약을 합니다."

어기지 않을 약속으로 묶이는 것은 라비만이 아니었다. 율법학자는 율법을 해석하고, 그 해석을 임의로 판단하지 못했다. 서로 상이하게 맞서는 율법은 모순을 만들고, 율법학자들은 그것을 얽혔다고 말했다.

율법학자들의 주된 업무는 왕의 명령을 받아 율법을 만들고 수정하는 것이지만, 그만큼이나 중요한 일은 얽힌 율법을 풀어내는 일이었다. 이런 율법이 중요한 이유는 두말할 것도 없이, 율법이 이루는 가지 끝에는 언제나 라비가 존재하기 때문이었다.

오연이 말했다.

"모순된 율법을 풀어내려면 그 율법에 반박하거나 보충할 수많은 법전이 있어야 할 터. 하지만 여기 있는 율법서는 너의 이동 서가에 들어가는 것이 전부다. 더군다나 왕가의 법규가 아니라 사사로운 시비를 가리기 위한 형법서들이지. 이런 경우에도 그 맹약이 유효한가?"

"유효합니다."

"어째서지?"

"저는 모든 법전을 외우고 있습니다."

오연은 미간을 구겼다.

"그렇게 주장하는 것과 정말로 그런 것에는 차이가 있지. 인간의 기억에는 혼탁이 있다. 어찌 그리 자신하는가."

그 말에 사힌이 말했다.

"오연 왕자님, 율법학자 수요는 그 모든 법전의 내용을 완벽히 외우고 있어, 율법학자 사이에서 살아 있는 율법전이라 불렸습니다."

"그 별명은 나도 안다. 하지만⋯."

라비가 끼어들었다.

"제가 보증하지요."

＊

내가 율법전 서기가 된 것은 모두 내 기억력 덕분이었다. 하지만 나는 내가 남들보다 기억력이 유난하다고 생각하지 않았다. 단지 기억을 하는 방법이 달랐을 뿐이었다.

나는 비록 비천한 출신이지만, 마음 안에는 거대한 궁을 들여놓았다. 그 궁이 언제부터 지어졌는지는 모르겠다. 나는 시간이 지난 뒤에야 그 궁이 백관의 내궁과 닮았다는 걸 깨달았는데, 내가 내궁에서 생활을 하며 얻은 심상이 영향을 준 것인지, 아니면 처음부터 백관의 내궁을 마음속에 담아두고 태어난 것인지는 알 수 없다.

어찌 되었든 그곳은 나의 공간이었다. 나는 내 상상 속의 궁전을 마음대로 오갈 수 있었고 내가 기억해야 할 것은 곳곳에 놓아두었다가, 필요해지면 그곳에 찾아가서 다시 기억을 떠올릴 수 있었다.

양치기였던 아버지는 내가 마을에서 기르던 양 한 마리 한 마리에게 이름을 모두 붙이고 구분하고 있다는 걸 알게 된 뒤, 내 머리통을 어딘가에 써먹어야겠다고 생각했다.

아버지는 늘 백관의 성벽 안쪽에서 살고 싶어 했다. 그것도 가장 안쪽 내궁에서 말이다. 아버지는 할머니가 백관에서 일한 시녀였다며, 백관에서 보낸 어린 시절에 대해 이야기하곤 했다.

아버지는 자신이 처한 환경에 만족하지 못했다. 아버지는 내게 글공부를 시킬 요량으로 바올 남작에게 데려갔고, 바올은 내가 책을 금세 외울 수 있다는 걸 알게 되자 백관으로 데려갔다. 그리고 백관의 하급 관리는 내 능력이 율법전에 필요하다는 걸 알아차렸다. 그게 내가 백관에서 일을 하게 된 계기였다.

백관에 들어갈 때는 바올 아래에서 이미 글쓰기를 모두 배웠기에 바로 서기 일을 시작할 수 있었다. 물론 어린 나이 때문에 서기보다는 서기의 심부름꾼에 가까웠으며, 내궁의 사람들은 언제나 바빴고, 귀족 자제도 아닌 꼬마에게 그리 살갑게 굴지는 않았다. 특히나 내 능력을 시기하는 율법전의 율법학자들이 그랬다. 율법학자가 되기 위해서는 많은 공부를 해야 했는데, 고작 심부름꾼이라고 해도 어린아이가 그 능력을 인정받아 율법전에 들었으니, 그 텃세가 심했다. 특히나 나보다 머리 하나 정도가 더 클 뿐인 율법전의 정식 서기들이 더 그랬다. 피가 옅은 왕족이나 가문을 물려받을 가능성이 없는 귀족의 자제들끼리 파벌을 형성했는데, 나는 그 어떤 파벌에도 들지 못했다.

크게 외롭지는 않았다. 내궁에는 넓은 내원이 있었고, 까다로운 율법으로 지켜지는 내궁의 출입처와 달리 내원에는 그런 규칙이 없었다. 마음대로 출입할 수 없는 궁 밖 대신 푸른 들풀과 계절마다 피어나는 꽃들을 볼 수 있는 그 장소는 아름다운 곳이었다. 그리고 그곳에 라비도 있었다.

"왜 항상 여기 있어요?"

"내원은 내 소유거든."

"정말요?"

"정말로. 수복왕 폐하에게 받은 정당한 봉토지."

라비는 길을 잃어버린 내게 안내를 해준 뒤, 종종 인사를 해오거나 알은체를 해왔다. 나는 눈치를 보며 적당히 맞절하고 피해왔지만 내원에서는 이야기가 달랐다. 키 큰 나무들과 이름 모를 수풀이 내 키만큼 솟았기에, 누가 들여다볼 일도 없었다. 라디로비엔이 아니라 라비라고 부르게 된 것도 이때부터였다.

라비는 내 기억법에 대해서도 알고 있었다.

"마법사들의 기억법 중 하나구나."

"마법사요?"

"모든 마법은 꿈과 뒤섞여 있기 때문에 특별한 기억법으로 붙잡아두지 않으면 휘발되어 버리지. 우리가 꿈을 꾸고 일어났을 때 무언가를 겪지만 자리에서 일어나면 대부분 잊어버리는 것처럼."

그 말을 듣고 떠오른 것은, 이 기억법을 내가 아닌 다른 이들도 사용하고 있다는 실망감이나 내가 마법을 배울 수 있을까 하는 기대감이 아니었다. 하나의 궁금증이었다.

"라비, 용도 꿈을 꾸나요?"

라비는 내 질문에 날 멀뚱멀뚱하게 바라보다가 웃었다. 그냥 미소 짓고 마는 것이 아니라 소리 내어 웃기만 하고 질문에 답해주지 않기에 내가 재차 물었다.

"제가 우스운 질문을 했나요?"

"아니. 나도 같은 질문을 인간에게 했었거든. 처음 본 인간과 이야기를 나누는데 너희같이 조그마한 것들도 꿈을 꾸느냐고 물었지."

"아."

"수요, 넌 꿈을 꾸니?"

"그럼요."

"나도 그래. 용도 꿈을 꾸지."

나는 당시에 그 꿈이 무엇인지 물어보지 않았다.

왜냐하면 그때는 이미 서관과 율법전의 도서를 절반 정도 독파한 상태였고, 라비에 대한 역사서라면 이미 꿰고 있었기 때문이었다. 사람은 자신이 이루고 싶은 것에 대해 꿈꾸곤 한다. 그럼 오랜 시간 사람에게 시달린 용의 꿈은 어떠할까.

나는 라비의 꿈이 두려웠다.

✳

백관의 역사에는 수호룡이 사라졌던 공백기가 있었다.

그 공백기를 지나 용이 발견된 것은 내궁의 아래에 있는 지하미궁에서였다.

과거 지하미궁은 백관의 감옥으로 사용되었다. 처음에는 길이 그리 복잡하지 않았지만 왕들이 대를 이으며 마구잡이로 땅을 파 내려간 끝에 미궁으로 불릴 만큼 길이 복잡해졌다. 지하미궁의 간수들은 자신들이 관리하는 지역의 부분 지도만을 가지고 있었으며, 간수장만이 단 한 장의 완성된 지도를 가지고 있었다. 그 지도에는 마법이 걸려 있었다. 종이에 지도를 보고 따라 그리면 그려진 지도가 저절로 지워지곤 했다.

지도는 '해인의 난' 때 미궁 간수들이 죽임을 당한 뒤 소실되었고 부분 지도들 또한 일부 사라졌다. 지하미궁은 잠정적으로 폐쇄되었다. 이후 백관이 해인들을 모두 몰아내고 안정된 정국이 찾아오자, 지하미궁의 지도를 다시 제작하기 위해 32대 교중왕(僑中王)이 모험가들을 내려보냈으나 탐험을 하는 이들이 잇달아 실종되면서 그 뜻을 이루지 못했다. 이후 63대 수복왕(修復王)에 이르기까지 백관의 왕들은 몇 번이나 지하미궁에 도전했지만 부분적인 성과를 거둔 것이 전부였다. 하지만 수복왕은 달랐다. 수복왕은 백관의 내성의 낡은 설비를 가다듬고 백관 전체에 가스램프를 이을 토관을 매설하던 중 지하미궁 정비의 필요성을 깨달았다. 수복왕은 지하미궁에 다시 한 번 모험가들을 고용해 내려 보냈고, 모험가들은 지하미궁에서 사령(死令)에 의해 되살아난 해골과 시체를 상대하며 깊은 곳까지 지도를 그려내는 데 성공했다.

지하미궁 가장 깊은 곳까지 토벌 작업이 끝나고 나서야 정비가 시작되었다. 수복왕은 사령을 물리기 위해 씻김굿을 해야 한다는 왕실 제의관의 조언에 따랐는데, 제의 과정에는 몇 가지 절차가 있었다. 간수가 6백 년 이전의 수감자 명부와 감방의 위치를 일일이 확인하여 문을 열고 그 안에 있는 백골 또는 그 백골이 있는 자리의 흙을 퍼서 거두면, 교도소장이 출소를 증명하는 직인을 찍고 그 문서를 불태우는 과정으로 이어졌다. 제의관이 사령을 하늘로 올려 보내는 주문을 읊으면, 마지막으로 귀기 서린 울음소리와 함께 도깨비불이 명멸했다. 이전 왕들의 무관심으로 수백 년은 더 억울한 옥살이를 해야 했던 원령들을 귀천시키는 작업이었다.

용은 642년 전 수감되었다고 기록이 남은 독방에서 발견되었다.

처음엔 아무도 그 여자가 용이라고 생각하지 못했다. 그저 누군가의 실수나 장난이라고 생각했으나, 여자가 있던 독방 안에는 단 하나의 출입구뿐이었고, 그 출입구는 오랜 세월에도 불구하고 간수가 열어젖히기 전까지 단단히 잠겨 있었다. 그 여자가 틀림없이 오랜 시간 갇혀 지낸 존재임을 확인한 간수는 수감자 명부를 확인하였다. 죄명은 왕의 친족을 협박하고 모욕한 죄, 왕국의 위상을 더럽히고 멸시한 죄, 율법을 어기려 들고 왕을 속이려 한 죄 등으로 모두 124년의 형벌을 받은 상태였다. 그 벌을 내린 것은 26대 정의왕(正義王)이었다. 명부에 적힌 여자의 이름 옆에는 종(種)이 기재되어 있었는데 종이가 낡아 읽을 수 없는 상태였다. 수백 년간 해도 보지 않고 먹지도 마시지도 않고 있을 수 있는 존재는 그리 많지 않았다. 간수는 다소 겁을 먹은 상태였지만, 그가 해야 할 일을 했다. 그는 지금까지 해온 것과 같이 명부에 교도소장의 직인을 찍고 여자의 이름을 부른 뒤 석방되었음을 확약했다.

수복왕과 그 신하들은 옛 전설로만 생각했던 수호룡이 지하미궁에 있었다는 사실을 두려워했다. 용에게 죄가 있고 그 벌이 정당했다고 하더라도, 나머지 5백여 년간 부당한 처벌을 받은 것이었다. 대륙엔 이제 용이 많이 남지 않았지만, 여전히 그 존재는 실재하는 공포로 군림하고 있었다.

용이 대회관으로 들자 수복왕은 위엄을 잃지 않기 위해 목을 가리며 침을 삼켰다.

"라디로비엔, 왕국이 뜻하지 않게 그대에게 과한 벌을 내렸소."

"우연한 일들로 일어난 사고임을 압니다. 괘념치 마소서."

"내 보상으로 백관의 왕으로서 그대에게 소원 하나를 들어주겠소. 원하는 것을 말씀하시오."

그 말에 용은 한참을 침묵했다.

왕은 왕가의 보물들을 하나씩 떠올리며 긴장했지만, 용이 원하는 것은 그런 것이 아니었다.

"제게 율법으로부터의 자유를 주십시오."

"그뿐이오?"

"그렇습니다."

수복왕의 고민은 길지 않았다.

수호룡 없이도 백관은 강대국들의 공격을 잘 막아왔고, 분노한 용을 상대하는 것보다는 훨씬 좋은 일이었다. 게다가 그 자유란 것은 왕국의 재보라고 할 수도 없었다. 맹약이 맺어졌음을 선언하면, 수호룡은 자유가 될 터였다.

왕이 입을 열고자 했을 때, 최고 율법학자가 대회관으로 들이닥쳤다.

그의 뒤로는 거대한 책이 실린 수레가 들어왔다.

최고 율법학자는 6백 년간 율법전의 서고 구석에 먼지만 쌓이고 있던 라디로비엔의 율법을 다시 꺼내왔다. 모든 율법서를 공부해야 하는 율법전의 학자들은 전설이 사실이었음을 알고 있었으며, 이미 라디로비엔과 관련한 율법을 잘 알고 있었다.

"폐하, 라디로비엔에게 자유를 주실 이유는 없습니다."

"무슨 말이오?"

"건국왕의 맹약은 아직 유지되고 있습니다. 라디로비엔은 율법을 지켜야 하고, 저희의 율법전에는 '인간'에게는 부당한 처벌에 대한 보상을 줘야 하지만 '용'에게는 그래야 할 의무가 없으며, 하물며 그 보상으로 용에게 자유를 줄 이유는 없습니다."

"하지만…."

"폐하가 저 용의 주인이십니다. 건국왕 폐하로부터 대대로 내려온 왕가의 재보가 저 용입니다."

그 순간 라비의 얼굴을 기록한 이는 아무도 없었다.

단지 이후 간략한 기록들이 존재할 뿐이다.

라비는 재차 자유를 달라고 했지만, 윤허되지 않았다.

왕이 자유를 제외한 것을 말하라고 했다. 라비는 자유의 다른 이름이라고 부를 만한 몇 가지 것들, 그러니까 몇 권의 책을 자신에게 달라거나, 수백 년의 시간이나, 다른 곳으로 떠날 권리를 달라고 했지만 모두 허가되지 않았다. 몇 개의 요구는 왕이나 그 신하들, 그리고 율법전의 학자들이 이해할 수 없었기에 또 무산되었다. 용은 너무나 영리했고, 그것이 결과적으로 용이 제 뜻을 이루는 도구로 쓸 것은 너무 자명했기 때문이다.

그래서 수복왕은 이러한 일이 일어났을 때 어떤 보상을 해 주어야 하는지 사관들을 불러 논의하였다.

일단 상당한 양의 재보 또는 토지가 물망에 올랐다.

수복왕은 1천 년이 넘는 시간 동안 낡고 부서진 백관을 고치기 위해 힘쓰고 있었으므로 화폐는 곤란했다.

토지 또한 너무 넓거나, 백관에서 멀어진 곳은 곤란했다.

긴 회의 끝에 라비를 붙잡아두기 위해 내궁 안에 있는 내원이 낙점되었다.

라비는 기사 작위를 받고 봉토를 하사받았다.

백관에서도 작위는 명예로운 것이었지만 실리가 있지는 않았다. 백관은 비좁은 나라였다. 건국왕이 율법으로 라비를 옭아맨 것은 다른 종족의 힘 덕분이었고, 그 누구도 백관의 왕이 강대한 용을 내키는 대로 부릴 수 있길 바라지 않았다. 따라서 법전에는 라비의 힘을 빌려 다른 나라를 공격할 수 없도록 명시되었고, 율법학자들의 자유로운 해석을 염려한 나머지 이웃 나라들은 백관에 대해 외교적 실리를 부릴 수 있을 때마다 해당 항목을 몇 번이나 거듭해서 추가시켰다. 처음에는 라비를 공격에 앞세울 수 없는 것이 전부였지만 이후 추가된 율법에는 라비가 수호하는 영토가 수도 백관과 그 주변의 척박한 산골로 한정 지어졌다. 그것은 형평에 맞는 율법이었다. 비록 라비가 수호룡으로만 남아 있다 하더라도 백관이 영토를 계속 확장해나가면 다른 나라 입장에선 수복하기가 몹시 어려울 테니까. 그런 이유로 백관의 영토는 간혹 넓어졌다가도 다시 좁아지기를 반복했고 현재는 건국왕 때와 별반 다를 바 없는 넓이의 영토를 가지고 있었다. 반면 과거보다 더 많은 사람이 살았기에 대륙에서 인구가 과밀한 도시 중 하나였다. 개개인이 차지하는 땅은 좁았고, 귀족도 그 문제에서 자유롭진 않았으며 이는 작위가 가지는 힘이 적다는 말이기도 했다. 그래서 많은 사람이 라비가 작위를 받고 봉토를 하사 받았음이 무엇을 의미하는지 이해하지 못했다.

＊

라비의 힘으로 왕좌를 되찾은 오로는 여전히 서친왕이라고 칭해졌지만, 그에게 들리지 않는 자리에서는 천치왕으로 불렸다. 그는 여전히 첫째 왕자 오무의 망령에 사로잡혀 있었고, 오무와 시간을 보내기 위해 긴 시간 동안 방에 혼자 틀어박혀 있곤 했다.

내가 율법전의 서기로 들어와 일하기 시작한 것도 이때쯤이었다.

내궁은 늘 어수선했고 전에 없이 신하들은 왕당파와 귀족파로 나뉘어 있었다.

귀족파는 죽은 말로를 따르던 이들을 주축으로, 말로만큼 과감하진 않지만 그 뜻을 계승하려는 의지를 갖추고 있었다. 미친 왕은 실각되어야 하며 새로운 왕을 앉혀야 한다는 것이었다. 반면 왕당파는 왕이 비록 미쳤을지언정 백관을 다스리는 데에 아무런 문제가 없었기 때문에 반대했다.

실제로 왕은 보이지 않는 왕자와 대화를 하는 것을 제외하면 국무를 제대로 수행하고 있었다. 라비에 의해 말로가 죽은 뒤에도 큰 문제는 일어나지 않았다. 왕이 벌인 마법은 대외적으로 불우한 재난으로 알려졌고 진실을 아는 이들은 함구를 위한 맹약을 맺어야 했다.

하지만 왕이 타국의 대사를 만나거나 공신들을 만나기 위해선 번거로운 절차를 거쳐야만 했다. 신하들은 왕이 보이지 않는 왕자와 대화하지 않도록, 왕에게 왕자를 물리라고 간원해야만 했기 때문이다. 그런데도 왕의 보이지 않는 왕자는 멋대로 대회관을 드나들거나 집무실, 도서관을 오가며 왕을 따라다녔다. 이미 많은 나라에서 서친왕이 미쳤다는 사실은 숨길 수 없는 이야기였다.

그리고 가장 중요한 문제가 있었다. 왕은 태자로 죽은 첫째 왕자 오무를 다시 태자로 책봉하고 싶어 했다.

첫째 왕자가 죽은 뒤 태자가 된 것은 오무의 사촌동생인 오연이었다. 하지만 왕은 첫째 왕자가 되살아왔으니 당연히 태자의 지위도 오무가 가져야 한다고 말했다. 그리고 왕당파와 귀족파 귀족 모두의 극심한 반대에 직면했다. 제아무리 왕의 권세에 기대고 있는 왕당파라고 하더라도 보이지 않는 왕자를 태자로 점지할 수는 없었다.

어느 시점부터 귀족파가 득세하기 시작했다. 애초에 율법을 통해 라비를 움직일 수 없다면 왕당파가 더 유리한 싸움도 아니었다. 재상 말로 이후 다시 왕당파의 세가 기울기 시작했고, 왕당파는 답을 찾아야만 했다.

나는 이런 싸움이 나와 관련이 있으리라 생각하진 않았다.

율법전은 정치 싸움에서 어디까지나 중립을 표방했고, 실제로 중립적이기도 했다. 율법학자들이 도의적이고 윤리적이기 때문이 아니라 맹약으로 맺어진 마법 때문이었다. 그렇다고 해서 율법학자들이 정치와 무관한 것은 아니었는데, 그때까지 나는 그 이유를 정확히 모르고 있었다.

＊

"안녕, 수요."

라비는 언제나 내 등 뒤에서 나타났다. 하지만 날 놀라게 하기 위해서는 아니었다. 작은 놀이였다. 라비는 언제나 나타나기 전에 발걸음을 크게 내거나 그림자를 드리우거나 내원에서 자라는 꽃을 꺾어 싱그러운 향기를 대동하고 나타났으니까. 라비가 등 뒤에 서면 나는 모른 척하고 라비가 날 불러주길 가만히 기다리는 것이다. 그날 라비는 화관을 들고 있었다.

"안녕하세요, 라비."

"뭐 하고 있어?"

"그냥. 볕을 쬐고 있었어요."

"날 기다리고 있었구나."

나는 그렇지 않다고 대답하지 않았다.

"이야기 들었어. 시험에 통과했다며?"

"네."

"축하해. 이제 율법학자가 된 거네."

"축하받을 일인지는 잘 모르겠어요."

"왜?"

"저는 율법학자가 되고 싶다고 생각한 적이 없으니까요.

아버지가 그걸 원하시니까 된 것뿐이죠."

"뜻대로 사는 사람은 많지 않아."

"그렇지만…."

"뜻이 아니더라도 율법학자는 존경받는 일이지. 뜻이 없는 다른 사람들은 그보다 존경받지 못하는 일을 하고."

"그 말은 맞아요. 하지만…."

나는 말을 잇지 못했다.

율법학자는 법을 만들고 해석한다. 그리고 그 율법은 라비를 구속한다. 처음 라비를 인간의 왕국에 옭아맨 것은 건국왕이었지만, 그 쇠사슬을 꾸준히 관리해온 것은 율법학자들이었다. 이제 나는 그 일을 하는 사람이 되었다.

난 라비가 좋았다. 라비를 옭아매는 사람이 되고 싶지는 않았다.

이 감정이 특별하다고 할 수는 없었다. 인간이 라비를 좋아하거나, 라비가 인간을 좋아한 것은 백관의 기나긴 역사에서 그다지 드문 일도 아니었다. 성별도 애호의 정도도, 그 방법도 달랐지만 인간과 용의 관계는 계속 이어져 왔다. 그래서 라비와 인간 사이의 감정도 율법으로 매여 있었다. 신체를 접촉하는 것조차 제한이 있었기에 어떤 식으로든 이어질 수 없는 관계임을 알지만, 나서서 망가뜨리고 싶지는 않았다.

"하지만 율법학자는 내궁에서 일을 하지. 나도 내궁에 있고. 율법학자는 바쁘지만 내원에 들르는 시간 정도는 낼 수있어. 그렇지?"

"맞아요. 그 부분은 좋죠."

라비는 내 머리에 화관을 씌우며 말했다.

"그럼 축하받을 일 아니야?"

"아마도, 맞는 것 같네요."

나는 라비의 손을 잡았다. 율법이 허하는 접촉은 서로의 양 손바닥이 닿는 정도였다.

하지만 축하받을 일이라는 라비의 말은 틀렸다. 그 일은 내 심상에도 영향을 주어서, 내 기억의 궁전은 후회로 금 가고 죄책감은 덩굴이 되어 엉켜 들었다.

✳

문제는 나무 한 그루에서 시작되었다.

수복왕 이후 내궁에 노후화된 설비가 많았고, 관련 공사를 진행하며 내궁 몇 곳의 증축이 결정되었다. 그중 비좁은 2층 회랑 하나를 넓히자는 이야기가 나왔다. 대신들이 늘 지적해 왔던 사항으로, 회랑은 폭이 겨우 사람 하나 지나갈 수 있는 정도였다. 회랑의 한쪽은 서관이라 더는 좁힐 수 없었고, 다른 한쪽이 내원이었다. 장인들이 보기에 내원이 조금 더 좁아 보이긴 하겠지만 장애물이 없는 허공에다 다리를 놓는 셈이니 별다른 난항은 없을 것으로 생각되어 허가가 났다.

하지만 허공이 아니었다. 나무 한 그루가 그 자리에 있었다. 라비가 직접 심었다는 목련은 봄을 맞아 꽃봉오리를 맺기 시작한 참이었다. 장인들은 회랑을 넓힐 다른 방법도 없을뿐

더러 나무 한 그루 정도야 베어 넘기면 그만이라 생각했다. 옮겨 심으려 해도 내원에는 이미 저마다 꽃과 나무의 자리가 촘촘히 정해져 있기에 불가능했다. 라비는 별다른 내색을 하지 않았지만 정원사와 장인들, 관련된 책무를 맡은 대신들 사이에서 말이 오갔다. 내가 이야기를 들어보니 어쩔 수 없다는 쪽으로 의견이 기울고 있었다.

라비는 목련을 올려다보며 말했다.

"아쉬워. 조금만 기다리면 꽃이 필 텐데."

목련을 밖으로 옮겨 심는다고 해서 라비가 그 나무를 쉽게 볼 수 있는 건 아니었다. 라비는 내궁 밖으로 나가기 위해선 다난한 절차와 허가를 밟아야 했고 왕과 왕비 다음으로 많은 호위병을 대동하고 다녀야 했다.

내 생각에 목련을 굳이 옮겨 심을 필요는 없었다. 회랑은 몇 걸음이면 지날 수 있는 복도였고 맞은편에서 사람이 온다면 회랑을 건너기 전에 멈춰 기다리면 그만이었다. 아니면 몇 걸음 더 걸어 서관을 통과해서 지나가면 되는 일이었다.

나는 라비에게 말했다.

"방법이 있을지도 몰라요."

"방법?"

나는 명상에 빠져 내 머릿속의 궁전에서 법전들을 뒤적였다. 내궁 증축에 대한 법률과 기사의 명예와 봉토, 왕의 재산을 지키기 위한 수칙들이 그것이었다. 곧 내 짐작이 맞다는 걸 확인했다. 라비는 기사 작위가 있었고 그 지위는 내원이라

는 봉토에서 비롯되었다. 봉토는 왕의 것이고 봉토에 심은 것
도 나는 것도 모두 왕의 소유로, 귀족은 그것을 지켜야 할 사
명이 있었다. 이 사명은 왕명으로 내려진 증축 명령과 모순을
이루었는데, 여기서부터는 수많은 참고 문헌과 선행된 법리
해설지에 따른 율법학자의 해석에 달려 있었다.

나는 내 해석을 정리해서 라비를 찾아갔다. 그리고 원한다
면 목련을 옮겨 심지 않고 회랑 증축을 막을 수 있을 거란 이
야기를 했다. 그때의 나는 라비를 위해 무언가를 해줄 수 있
다는 사실에 들떴었는데, 라비의 반응은 내 기대와 달랐다.

"고맙지만, 괜찮아."

"왜요?"

"아쉽지만 목련 한 그루보다 회랑이 넓은 쪽이 다른 사람
에게 좋지 않겠어?"

"그럼….

"사힌의 제자들이 나무를 옮겨 심을 거래. 재미있는 구경
이 될 테니 같이 보면 좋겠다."

"시간을 내볼게요."

라비는 고개를 끄덕이며 말했다.

"그런데 해설지 쓸 때 다른 사람이 봤어?"

법전을 모두 외웠지만 해설지는 인용되는 율법전에서 저
술되어야 했으므로, 오가는 율법학자들이 나를 붙들고 뭘 쓰
는지 들여다볼 수밖에 없었다. 이쯤 해서는 라비와 내가 친밀
한 관계라는 것을 모르는 사람이 없었다.

"네. 왜요?"

"얄궂게 되었네."

나는 왜냐고 되물었지만 라비는 답하지 않았다. 어차피 금방 알게 될 사실이었기 때문이었다.

내원의 목련은 무탈하게 옮겨졌고, 회랑 확장 공사가 시작되었다. 그리고 소문이 퍼졌다. 내가 라비를 위해 해설지를 썼으며, 그 내용에 따르면 라비는 봉토를 위해 왕의 명령에 저항할 권한을 가지고 있다는 것이었다. 라비가 실제로 그 해설지를 명분으로 세워서 회랑 증축을 막지 않은 것과 자신의 내원 지분을 양보한 것과는 별개로 라비의 작위와 봉토에 대한 위험성이 대신들의 입에서 입으로 전해졌다. 덕분에 왕당파는 기세를 잡았다.

라비가 봉토에 행사할 수 있는 권한은 적었다. 단순한 왕명이 아닌 칙명이나 기사의 명예보다 상위의 율법이라면 라비는 자신의 봉토에 대해 의미 있는 권한이 있다고 말할 수는 없었다. 그럼에도 내원의 목련처럼 몇 가지 사례에 대해 실제적인 힘을 행사할 수 있었으며, 개중에는 물리력도 있었다.

이따금 발견되곤 하는 율법의 허점 중 하나였다. 그 허점을 메우는 일이 율법학자의 주된 업무 중 하나였으므로, 일사천리로 율법 개정이 이어져 더는 위험이라고 할 수는 없었다. 하지만 왕당파는 율법학자들도 미처 발견하지 못한 또 다른 허점이 있을 것이며, 비록 내원의 목련 사례처럼 라비가 백관 왕족에 대한 권위를 거스르지 않고 존중하더라도 왕권을 위협하는 세력에 의해 이용될 수 있다는 주장을 전개했다.

실제로 귀족파가 라비를 통해 이득을 볼 수 있는 것이 아니더라도, 그런 주장이 전개된 이상 귀족파는 그 주장에 대해 반대해야 했다. 하지만 내 율법 해석은 틀리지 않았고, 비약이 있을지언정 왕당파의 주장은 사실이었다.

나는 회랑이 증축되는 동안 왕당파와 귀족파를 오가며 그들에게 내 율법 해석에 관해 설명하느라 시달려야 했고, 최종적으로는 매달 한 번씩 왕이 직접 참석하는 율법전 회의의 의제로 올라온 해당 사항에 대해 나서야만 했다. 서친왕은 여전히 명민한 통찰력을 가지고 있었고, 해당 의제에 대해서도 제대로 이해하고 있었다. 나는 그가 소문과 같은 광기를 보여주길 바랐다. 그래서 회의가 폐하고 흐지부지되어 아무것도 아닌 일이 되길 바랐다. 하지만 그런 일은 일어나지 않았다.

서친왕이 말했다.

"그럼 이 문제를 최종적으로 해결하기 위해선 라디로비엔의 작위를 거두는 수밖에 없을 것 같은데. 율법학자 수요, 그대의 생각은 어떠한가?"

나는 우물쭈물했다. 입술을 열었지만 목에서 소리가 터져 나오지 않았다. 목숨을 담보로 맹약을 맺고 율법에 매인 용. 율법은 인간과 용에게 똑같이 작용하지 않았다. 인간은 율법을 어길 수 있었지만 용은 율법을 어길 수 없었다. 그 때문에 라비는 긴 시간 어둠 속에서 침잠해야만 했고, 그 부당함에도 불구하고 한없이 모자란 보상에 만족해야만 했다. 그리고 이제 그것조차 타인의 시시한 실수로 빼앗기는 셈이었다.

왕이 재차 물었다.

"다른 방법이 있나?"

"…없습니다."

사실이었다. 맹약으로 맺어진 나는 거짓말을 할 수 없었고, 다른 방법은 없었다. 라비는 2백여 년간 유지했던 기사 작위를 반납했다. 겉보기에는 바뀐 것이 없었다. 내원은 여전히 라비에게 열려 있었고, 라비가 시간을 가장 많이 보내는 곳도 그곳이었다. 하지만 나는 전과 같이 내원을 오가기 힘들었다. 나는 라비에게 사과했고, 라비는 괘념치 않을 뿐만 아니라 도리어 나를 위로했지만, 나는 내 돌이킬 수 없는 실수를 받아들이지 못했다. 라비와 달리 나는 나를 용서하지 못했다. 내가 라비를 멀리하자 라비도 전처럼 다가오지 않았다. 내게 시간이 필요하다고 생각한 것일지도 모르고, 아니면 실망했기 때문일지도 몰랐다. 그렇게 생각하니 견딜 수 없었다.

서문 백작령에서 순례 집행관을 찾고 있었다. 남방 개척으로 사람이 몰리고 있었고, 법을 집행하기 위한 자격을 갖춘 이들이 모자랐다. 백관의 율법학자라면 순례 집행관으로서의 자격은 충분했다. 나는 다른 율법학자와 달리 타지에서 시간을 보낼 수 있을 만큼 젊었고 견문을 넓힐 공부도 필요했다. 나는 백관을 떠났다. 다시 돌아올 거란 기약은 하지 않았다.

＊

서문에서도 백관의 소식은 간간이 들려왔다.

왕당파의 힘이 공고해지자 왕에 대한 관심이 소홀해졌다. 왕의 상태가 나빠진다는 징조는 조금씩 보였지만, 왕당파는 권력에 취해 눈이 멀어 있었다. 오연은 태자 자리를 존재하지 않는 왕자에게 빼앗겼다. 왕의 병증은 더 심해져 죽은 첫째 아들에 이어 자신의 손으로 죽인 왕비와 공주, 가신들을 보기 시작했다. 왕당파는 그런 사실을 숨겼고 귀족파는 빌미를 잡을 기회를 놓쳤다. 귀족파가 승리해야만 하는 싸움이었다.

왕은 이미 늙어 죽은 신하와 집무를 보았고, 보이지 않는 왕비와 동침했고, 잃어버린 개를 쓰다듬었다. 겉보기엔 도저히 미쳤다고 생각되지 않는 총기 있는 눈을 띠었지만 그가 바라보는 곳은 허공이었다.

가장 가까이에서 왕을 보필했던 가신의 말에 의하면, 광증 초기에 왕은 주눅이 들어 있었다.

왕은 제 아들이 살아 있음을 다른 사람들이 보지 못한다는 걸 알았고, 자신의 마법이 실패했던 게 아닌지 밤을 새우며 고민했다.

하지만 몇 년간 시간이 흐르며 자신의 시선을 인정해주는 이들을 만나고, 제 아들이 살아 있다는 걸 알고 있는 왕비와 신하들을 만나게 되었다. 그것은 귀족파의 의도적인 무시는 물론이고 왕당파의 가식적인 연기와도 달랐다.

그럴 수밖에. 오무 왕자를 긍정해주는 이들도 모두 광증으로 인해 왕에게만 보이는 존재하지 않던 유령들이었으니까.

왕의 의심은 역전되었다. 이제 왕의 눈에는 존재하는 이들이 유령처럼 느껴지고, 존재하지 않는 이들이 진짜처럼 느껴졌다. 어쩌면 보이지 않는 존재들이 왕을 어떤 말로 설득하거나 부추겼을지도 몰랐다. 왕은 마법을 준비했다. 왕은 자신이 오무 왕자를 되살렸다고 생각한 이후 가신들의 뜻대로 모든 마도구들을 물렸지만, 여름 별장에서 저지른 일로 미루어 볼 수 있듯 경지에 오른 마법사에게 그런 것들은 중요한 것이 아니었다.

천치왕의 마법에 대한 이야기는 처음엔 뜬소문처럼 들려왔다. 내궁에 존재하지 않던 통로가 발견됐다더라, 계단을 올라갔더니 3층이 아니라 2층이었다더라, 서관 별실로 통하는 문이 사라졌다더라 하는 이야기였다. 여기까지는 미로와 같은 내궁에 대한 농담이 뒤섞여 진담인지 구분이 힘들었지만, 소문은 점점 괴악해져 갔다. 이미 죽은 가신이 복도에서 목격되거나, 실종되었던 호위병이 지하미궁에서 굶어 죽은 시체로 발견되기도 했다. 그냥 잊히는 이들도 있었다. 내궁에서 일하는 이들은 기억이 혼탁해지고 낮과 밤을 헷갈려 했다. 소수의 총명함을 잃지 않은 이들이 마상전의 문을 두드렸지만 별다른 소득을 얻지 못했다. 사힌이 서쪽탑에 들르느라 자리를 비워 내궁에 남은 마법사는 사힌이 느지막이 받은 어린 제자들뿐이었다. 왕의 마법은 사힌이 없는 시기를 노린 것이었다.

당시 나는 '천치왕의 기행'에 대해 일부만 알고 있었기 때문에 어디까지가 소문이고 어디까지가 진실인지 몰랐다. 이전부터 그런 종류의 말들이 농담 삼아 오갔기 때문에, 내궁에서 그런 기괴한 일들이 실제로 일어난다고 생각하진 않았다. 이 모든 말들을 해준 것은 나를 찾아온 오연 왕자였다.

오연은 귀족파의 지지를 받고 있었고 왕의 마법이 행해지던 와중에 총기를 잃지 않은 소수의 사람 중 하나였다. 그는 자신이 신임하는 이들과 함께 내궁을 빠져나왔고, 그 마법이 최후에 어떻게 되었는지 정확히 보지 못했다. 백작령의 주인인 서문재 또한 귀족파에 속했고 왕이 마법으로 일으킨 변란을 막아야 한다는 책임을 느끼고 있었다. 오연이 서문 백작령에 도달했을 때쯤 해서는 이미 내궁은 사람이 들지도 나오지도 못하는 지경이라 안에서 무슨 일이 일어나는지 알지 못했다. 성채 경비대장은 내궁을 폐쇄한 상태였고 겁을 먹은 백성 중에는 백작령으로 도망 온 이들도 있었다. 오연은 서문재에게서 병력을 빌려 왕을 칠 생각이었다.

그래서 오연에게 내가 필요했다. 오연이 자신의 행동이 그릇되었는지 아닌지를 율법에 근거해 판단하고 싶어 했으나 내궁을 빠져나오던 당시에 이미 율법학자들 모두가 행방불명이었기 때문에 불가능했다. 내가 고민 끝에 정당하다는 해설을 올리자 오연은 그 해설지로 병사들을 고무시켰다.

오연은 남방의 용잡이들을 고용해야겠다는 말도 했다.

"왕자님은 라디로비엔을 걱정하시는 건가요?"

"맞다. 폐하께 아무리 마법과 주문에 기예가 있더라도 용 만큼은 아니겠지. 그리고 폐하의 입장에선 여전히 용은 쓸모가 있을 테고. 최악의 상황이라면 우리는 폐하와 용 둘 다 상대해야 할 거다."

오연은 내궁을 떠나는 날 라비를 보았다고 했다. 라비도 내궁 안의 혼란을 알고 있을 테지만 아무 손도 쓰지 못하고 있을 터였다. 환란을 일으키고 있는 이가 바로 왕이었으니까.

"용잡이들이 잡는 건 고작해야 아룡(亞龍)일 텐데요."

"하지만 다른 방법이 있더냐? 다른 나라의 힘을 빌릴 수는 없다. 사힌이 돌아오고 있다고 하니 그를 믿어봐야지."

사힌이 도착할 때쯤 오연이 만족할 만큼의 병사가 모였다. 귀족파 몇몇이 이웃 나라에 도움을 청하자고 했지만 오연은 이 모든 일을 자주적으로 헤쳐나가야 한다고 믿었다.

백관이 마주 보이는 평원에 군대가 진을 치기 시작했을 때 내궁 외벽에서 희고 거대한 존재가 모습을 드러냈다. 라비였다.

＊

"수요, 궁정 안에서의 모순을 풀었나?"

의자에 앉아 있던 나는 눈을 떴다. 해는 이제 중천에 있었지만 천막이 두꺼워서 주위는 컴컴했다. 빛을 등지고 서 있는 건 오연 왕자였다.

"아직 해설지를 뒤져보고 있습니다. 검토하려면 시간이 더 필요해요."

"얼마나?"

"반 시진 정도 남았습니다."

"이제 시간이 거의 다 되었군. 그러면 대강의 방향은 정해
졌을 것이 아닌가?"

집중이 흐트러져 기분이 좋지 않았다. 내 기억의 궁전은
넓고 복잡하고, 깊이 들어가기 위해서는 순차적인 단계를 밟
아야 했다. 해설지들을 다시 둘러보기 위해서는 다시 집중이
필요할 것이다. 하지만 오연의 닦달도 이해는 되었다.

라비가 말한 모순되는 두 율법은 간결했다. 하나, 라비는
왕의 명령을 따라야 한다. 둘, 라비는 왕의 친족을 보호해야
할 의무가 있다. 라비는 내용을 말하지 못했지만, 왕이 내린
명령이 자신의 친족을 죽이라는 것이라는 사실은 쉽게 유추
할 수 있었다. 천치왕은 기어코 라비에게 자기 조카를 죽이라
고 명령한 것이었다.

왕의 다음 목표가 무엇일지는 쉽게 예상이 되지 않았다.
백관의 경비대장으로부터 온 전갈에 따르면 내궁은 고요하며
특별한 이상징후를 보이지 않는다고 했지만, 사힌은 사친왕
같은 공력의 마법사에게 그만큼이나 시간을 주었다면 무슨
일이든 벌일 수 있을 것이라 하였다. 하지만 무엇을 하든 간
에 일단 계획을 방해할 오연을 라비의 손을 빌려 처리할 것이
라는 사실은 누구나 예상할 수 있는 일이긴 했다.

"솔직하게 말씀드릴까요?"

"각오가 되었으니, 좋다."

오연이 고개를 끄덕였다.

"왕의 명령보단 라디로비엔이 친족을 보호해야 할 의무가 더 중요한 듯합니다."

오연은 의외라는 표정이었다.

"의외군."

"이유를 설명해드릴까요?"

"아니, 되었다. 내 율법에 박식한 것도 아니니."

오연은 한 차례 숨을 가다듬고 말했다. 안도의 한숨 비슷한 것을 쉰 것 같기도 했다.

"해설지를 쓸 것이냐?"

"원하신다면 간략하게 공표하지요."

"때가 되면 말하라. 혹여나 해석이 바뀌어도."

나는 오연이 천막을 나가는 것을 보고 눈을 감았다.

거짓말이었다.

왕자는 죽을 것이다.

여러 해설지는 왕가의 핏줄보다 비록 실수일지라도 왕의 의지를 더 중요하게 보았다. 율법 때문이었다. 왕조는 바뀌어도 율법은 바뀌지 않는다. 왕의 명령이 비록 핏줄을 상하게 하더라도 그것이 율법에 근거한다면, 그 신성함에 대적할 것은 아니었다.

하지만 방금은 공식적인 모순 해설이 아니었기에, 맹약은 비껴갈 수 있었다.

만약 오연에게 죽을 것이라 말했다면, 오연은 성급하게 라비를 공격할지도 몰랐다. 제아무리 용이라지만 많은 병사가 일제히 쏘아대는 총포와 사힌의 마법을 감당할 수 있을지 없을지는 모를 일이었다. 그러지 않더라도 라비가 제 뜻과 상관없이 피를 묻혀야 하니 죄 없는 용에게는 달갑지 않은 일일 것이다.

나는 잠시 후 천막에서 간략하게 모순을 풀어낸 결과만 적은 해설지를 들고 나갔다.

무장한 군인들이 도열한 가운데 오연과 라비, 사힌이 서 있었다. 나는 해설지를 들었다. 오연은 날 보면서 고개를 끄덕였다. 라비는 백관을 바라보고 서 있어 얼굴을 볼 수 없었다.

사힌이 말했다.

"준비가 되었으면 공표하게."

나는 해설지를 펼쳤다.

"본 해설은 상황의 급박함을 일러 모순의 내용과 그 결과만을 공표한다. 백관의 수호룡 라디로비엔은 왕의 명령을 이행하는 데 있어 두 가지 율법이 모순됨을 율법학자 수요에게 호소하였다. 하나, '건국의장으로부터, 수호룡은 왕에게서 명령을 받고 수행해야 함'. 둘, '삼의왕의 준칙으로부터, 수호룡은 왕가의 핏줄을 지식과 지혜가 닿는 한 지켜야 함'."

나는 여기서 잠시 침을 삼켰다. 라비가 알아차리길 바랐지만, 돌아선 라비가 내 해설을 듣고 있는지 없는지도 알 수 없었다.

내가 말했다.

"모순 해설 결과, 전자가 후자에 우선한다."

율법학자의 언어는 낯설기 때문인지, 아니면 결과가 너무 짧아서 이어지는 말이 있다고 생각했기 때문인지, 잠시 아무 일도 일어나지 않았다.

라비가 나를 돌아보았다.

"그럼 폐하의 뜻대로."

라비는 어깨에 걸치고 있던 사힌의 외투를 벗어 던졌고, 언뜻 몸 전체가 가려졌다. 다음 순간 둔갑이 풀린 백색의 용이 외투 밖으로 나타나며 거대한 체구로 존재감을 내보였다.

오연은 라비와 나를 차례대로 보았다가, 뒤늦게 마법에서 깨어난 것처럼 굴었다. 그는 칼을 빼 들면서 자신을 지켜줄 부대 안으로 뛰어 들어갔다. 겁에 질려 있었지만 그 와중에도 제 할 일을 알고 있었다.

"조준!"

병사들이 일제히 총구를 겨누었다. 나는 몸을 웅크렸다. 사힌이 지팡이를 들었는데, 이상하게도 방향이 병사들을 향해 있었다.

"왕자! 멈추시오!"

나는 뒤를 돌아보았다.

라비는 왕자에게 달려들지 않았다.

라비는 용 특유의 넓은 보폭으로 백관을 향해 움직였다.

"…왕가의 핏줄."

나는 저도 모르게 중얼거렸다가 어떤 일이 일어났는지 깨달았다. 왕가의 핏줄은 왕자만을 가리키지 않는다.

오연은 발포 명령을 내리지 않고 멍하니 라비의 뒤를 지켜보았다.

나는 전령들이 말을 묶어둔 곳으로 달려갔다. 단검으로 묶어둔 줄을 자르고 올라탔다. 뒤이어 사힌이 달려왔다. 나는 기다리지 않고 박차를 때렸다.

용을 말로 따라잡는 것은 어려운 일이었다. 라비는 성벽을 타 넘을 때 나를 돌아보았다. 용의 얼굴은 표정을 읽기가 어려웠다. 내가 성벽 성문을 넘을 때 돌아보니 사힌과 다른 병사들이 뒤쫓아 오고 있었다.

나는 관문을 지나쳐 곧장 내궁으로 들어갔다. 내궁으로 들어가는 입구를 지키는 수비병들은 라비에게 한눈이 팔린 상태였고, 나는 빠르게 달려 관문을 통과했다.

악취가 코를 찔렀다.

나는 말에서 내린 뒤 소매로 코를 막고 내궁에 들어섰다. 비쩍 마른 시체 하나가 복도 가운데 놓여 있었는데, 내궁 곳곳에 그런 풍경이 흔하게 보인다는 걸 알 수 있었다. 웅크리거나 벽 앞에 엎드린 것 모두가, 길을 잃고 헤매다 굶어 죽은 것처럼 보였다. 나는 라비를 찾기 위해 2층 회랑으로 올라가 내원을 보았다가, 대회관의 정문이 열려 있는 것을 보았다. 나는 대회관 2층 측문으로 달려 들어갔다.

천장이 높은 대회관의 2층 창에서 햇빛이 쏟아져 들어왔

다. 아래를 내려다보자 대회관 안에 고여 있는 피 웅덩이들이
윤슬을 그리며 반짝였다.

"라비."

왕좌 앞에 인간으로 둔갑한 라비가 서 있었다.

"따라올 줄 알았어."

"폐하는요?"

"여기."

라비는 한발 물러섰다. 그 자리에 짓눌려 시체가 보였다.
옷가지와 홀, 떨어진 왕관을 통해서 죽은 이가 서친왕이라는
걸 알 수 있었다.

"…왜요?"

"명령을 내린 건 폐하고, 난 그걸 이행했을 뿐이야. 왜냐고
물어도 나는 모르지. 며칠간 폐하는 마법에만 열중하시고 내
게 그다지 말씀을 하지 않으셨어."

"왜라고 생각해요?"

"아마 보이지 않는 자신만의 왕국으로 가고 싶었겠지. 여
기엔 자신을 받아들이지 못하는 백성만 있으니까. 백성을 다
따라오게 만들기엔 힘이 벅차다는 걸 인정한 거야."

나는 창밖을 내다보았다. 사힌과 병사들은 아직 백관에 도
착하지 못하고 평원을 가로지르는 중이었다.

라비가 말했다.

"그 사람들은 늦을 거야."

"늦다뇨?"

나는 다시 창밖을 보았다. 평원을 달리는 말들을 자세히 들여다보자, 거리를 좁혀오는 것 같아 보이지만 실은 붙박여 제자리에서 달리고 있다는 걸 알았다. 마법이었다.

"하지만 라비 당신은….."

"율법에 따르면 세 가지 절차를 밟아야만 백관의 백성에게 마법을 사용할 수 있지. 하지만 마법이 아니야. 옛 주문이지. 사힌도 모를 만큼 오래되었어."

용은 오래 살고, 라비는 이미 백관의 역사보다도 아득하게 살아왔다. 서쪽탑의 마법사도 모르는 오래된 힘이라면 법전 어디에도 그것을 제약하는 문장이 없을 터였다. 용은 2천 년 전부터 이런 힘을 숨기고 있었다.

"율법을 어길 수 있었군요?"

"어기진 않았어."

라비는 백금왕관을 주워들었다. 백금왕관에 박힌 세공을 받은 아름다운 보석들이 빛을 쪼개고 나누었다.

나는 계단을 내려갔다.

"다른 주문도 알아요?"

"응."

"하지만 언제든지 율법을 얽매이지 않고 힘을 부릴 수 있었죠?"

"맞아."

"8백 년 전 감옥에서도 도망칠 수 있었고."

"그래."

"작위와 봉토를 빼앗기지 않을 수도 있었고요."

"내가 원했다면."

"폐하에게 오무 왕자를 되살릴 마법을 알려준 것도…."

라비는 고개를 끄덕였다.

"나야. 그 또한 옛 주문이었지. 아무튼 율법을 어기진 않았어. 폐하를 위한 일이었고 그는 진심으로 만족했으니까. 나는 폐하를 모독하는 유령 궁전이 아니라 그를 진정으로 필요로 하는 궁전으로 보내드린 거야."

건국왕의 백금왕관을 가지고 싶어 했던 욕심쟁이 용, 라디 로비엔.

"원하는 게 백금왕관이었어요?"

"처음엔 그랬지. 하지만 이 왕관만을 원했다면 지금까지 기다릴 필요가 없잖아?"

그 말이 맞았다. 라비는 건국왕에게조차 힘을 숨기고 그 맹약을 받았으니까.

그럼 왜 지금까지 기다려야 했을까? 그 기회가 오기가 쉽지 않으면서, 백금왕관보다 귀한 것이어야 할 것이다. 나는 답을 알 것 같았다.

"왕이 되고 싶었군요?"

"처음엔 그랬었지. 왕이 되면 이 백금왕관도, 왕의 재보도, 왕국도 모두 내 것이 되니까. 하지만 아니야."

라비가 말하는 '처음엔 그랬다'는 말이 마음에 걸렸다.

처음에는 욕심이라는 동기가 용을 먼저 움직였지만 그다

음은 아니라는 말이었다. 용의 인내는 어느 순간 한계에 다다랐을지도 모른다. 용은 늙어 죽지 않는다지만 2천 년은 용에게도 긴 시간일 것이다.

"복수예요? 아니면 심판?"

"글쎄. 복수일지도 모르고 심판일 수도 있지. 하지만 네가 생각하는 결과는 아니야."

"결과라뇨? 이게 끝이 아니에요?"

라비는 나를 천천히 돌아서 내 반대편에 가서 섰다.

이제 내가 왕좌에 더 가까웠다.

"수요."

"네?"

"우리를 묶는 게 뭐야? 율법일까? 아니면 다른 무엇일까?"

다른 무엇. 나는 라비와 나 사이에 오갔던 감정들을 추슬렀다. 그것들은 우리를 묶지 않았다. 감정은 정답이 아니었다.

"율법이요."

"그럼 율법을 따르도록 해."

"율법이라뇨?"

라비는 손가락으로 내 이마를 짚었다.

"너의 궁전 안으로 들어가서, 백관의 왕이 죽으면 무엇을 따라야 하는지 기억해."

다섯 가지 율법이 있었다. 그중 둘은 전시에 왕이 전사한 경우에 한했고 다른 하나는 사고사, 다른 하나는 암살이었다. 마지막은 자살이었다. 이 경우 살인이지만 왕 스스로의 명령에 의해 이루어졌으니 자살로 보아야 했다. 후계가 정해졌다면 자동으로 왕위가 계승된다.

"하지만 오무 왕자는 오래전에 죽었지."

"그럼 사촌인 오연이군요."

"그는 태자 자리를 빼앗겼어."

"하지만 유일한 핏줄이죠. 먼 친척들은 있지만 그보다 피가 옅어요."

"아니야."

"네?"

"얼굴과 냄새로 알았지. 너의 할머니는 어렸을 때 내궁의 시녀로 일했고 서친왕의 아버지였던 오문과 동침했어. 넌 오문의 손녀지."

"저희 아버지는 한 번도 그런 말씀을…."

"하지 않았겠지. 네가 괜한 사욕에 빠질까 봐, 허튼소리로 왕가의 질서를 어지럽힐까 봐. 하지만 율법에 맹세하건대, 너는 오연만큼이나 피가 짙어. 너에게도 왕위를 이을 자격이 있어. 율법학자, 이 경우에는 어떻게 되지?"

"…왕이 태자를 봉하지 않은 채 급사했고, 정당한 계승자가 둘 이상이라면 '우좌의 규범'에 따라…."

라비는 왕관을 손목에 끼고는 내 양쪽 팔뚝을 잡았다. 용과 외인이 접촉할 수 있는 아슬아슬한 한계였다. 나는 놀라서 라비가 밀어내는 대로 밀려났다. 뒷걸음질 치면서 서친왕의 시체를 밟아 넘었다.

라비는 멈추지 않았다.

"…왕좌에 더 가까운 사람이 왕이 되지."

나는 넘어지듯 왕좌에 주저앉았다. 그리고 라비를 올려다
보았다.

라비는 한쪽 무릎을 왕좌에 올리며 손목에 차고 있던 백금
왕관을 들었다. 나는 손을 들어 올려 라비를 막으려 했지만
두 팔이 묶인 듯 움직여지지 않았다. 기어코 라비가 백금왕관
을 내 머리에 씌웠다. 나는 그 순간 깨달았다. 날 왕좌에 묶는
힘은, 다른 무엇이 아닌 맹약이었다. 라비의 말대로 나는 피
가 짙은 것이었다. 나는 그것을 의심하지만, 맹약은 알고 있
었다. 내 기억의 궁전 안 모든 율법서가 돌개바람에 맞은 듯
맹렬하게 펼쳐졌다. 어느 페이지에도 내가 왕임을 부정할 증
거는 없었다.

라비는 걸터앉았던 왕좌에서 내려와 내 발아래 한쪽 무릎
을 꿇고 머리를 숙였다. 난 머리가 환해지는 것을 느꼈다. 이
모든 것이 2천 년 전부터 이어진 용의 계략이었다.

'라비, 너에겐 이 모든 게 놀이였구나.'

용은 언제든 놀이를 훼방 놓을 수 있었지만, 그러지 않았
다. 상대가 알지도 못하는 방법으로 규칙을 깨뜨리고 싶지 않
았으니까. 그건 공평하지 못하니까. 라비가 내 손목을 쥐고 내
궁 여기저기를 돌아다녔을 때처럼, 놀이할 때는 맹약과 율
법만큼이나 자기 자신이 세운 규칙에도 엄격하기 때문일 것
이다.

'하지만 너는 결국 서친왕에게 주문을 알려주었지. 라비,
왜 이제 와 심술이 난 거야?'

물어보고 싶었지만 라비가 듣고 싶은 말은 이것이 아닐 터
였다.

나는 내 기억의 궁전에서 가장 거대한, 그리고 가장 자주
열어보았던 라디로비엔의 율법을 펼쳤다.

내가 말했다.

"라디로비엔."

"예."

"백관의 수호자, 율법으로 엮인 자, 왕가의 진묘수."

"하명하소서."

"나, 백관의 왕이 이르니, 그대의 책무는 끝났다. 라디로비
엔의 율법으로부터, 백관과 왕가의 핏줄에 대한 그대의 봉사에
감복해 맹약이 비로소 맺어졌음을 알린다. 그대는 자유다."

라비가 고개를 들자, 나는 내가 일을 제대로 해냈음을 알
았다.

앞으로 일어날 일들이 문제였다.

오연이 찾아올 테고, 왕위 계승에 대해 따져들 것이다. 율
법은 정당하지만, 오연이 그걸 받아들일지는 알 수 없다. 어
차피 율법학자는 나 혼자이고, 맹약으로 맺어지지 않은 이들
은 율법을 어길 수 있다. 백관의 수호룡을 풀어주었다는 것이
더 큰 문제였다. 백관을 노리던 수많은 나라가 기회를 엿볼
것이니, 그들은 물론 그들로부터 해를 입게 될 모두의 적이

된 것이나 다름없다. 하지만 당장 해야 할 고민은 아니었다. 이제 나는 용을 보내주어야 했으니까.

나는 일어나는 라비의 손을 잡아주었다.

라비가 미소 지었다.

"또 저 혼자 골똘히 생각하고 있구나."

"네?"

"또 멋대로 후회하고 스스로 죄를 업고 날 떠나가려고."

"라비, 그때 저는…."

"지금부터 내가 뭘 할 건지 알아?"

나는 대답하지 않았다.

모르기 때문이 아니었다.

라비가 무슨 말을 할 것인지 알 수 있기 때문이었다.

라비가 놀이를 그만둔 것은 다른 이유가 있어서가 아니었다.

나 때문이었다.

"내 숨결로 율법전을 불태울 거야. 율법서를 하나도 남김없이 잿더미로 만들 거야."

나는 복수인지 심판인지 묻지 않았다.

그것은 용의 관심 밖의 일이었다.

"더는 우리가 율법으로 묶이지 않도록요?"

"그래. 백관에 있으며 오랜 시간 많은 인간을 보았지. 나는 그냥 그들이 날 떠나도록 두었다. 난 인내심이 있고, 참으면 더 큰 보물을 얻을 수 있다고 생각했거든. 하지만 이번에는 그러지 않겠어."
　　라비가 날 껴안았다.
　　"이제 내 보물을 가져갈 거야."
　　나는 주저하다 이 욕심쟁이 용을 마주 안았다.
　　백금왕관이 내 머리 위에서 흘러 떨어졌다.

　　　　　　　　　　　　　　　　　　　　　　　　〈끝〉

작품해설

미학적인 논리를 펼치는
경쾌하면서도 묵직한 환상

위래 작가의 이름을 언제부터 들었던가, 거의 내 데뷔연도 만큼이나 오래된 듯하다. 한 번도 교류하거나 만난 적은 없건 만, 그 이름은 내가 흘러다니는 인터넷 창 어딘가에서 내내 어른거렸다. 서평이나 비평, 리뷰와 댓글 사이에서. 그 이름을 처음 각인했을 때는 서울 학생인권조례 제정을 위한 주민 발의 운동 무렵이었다. 당시 내가 블로그에서 서명 이벤트를 했을 때, 위래는 가장 많은 서명을 받아온 사람이었다.

그는 그 후로도 계속 눈에 어른거렸고, "상업성을 생각하지 않는 것이 순문학의 기준이라면 한국에서는 판타지 단편이야 말로 진정한 순문학이다." 같은 도발적인 선언을 하는 사람으로 기억에 남아 있었다. 소설을 쓰는 줄은 알았으나 출간 소식은 들리지 않아서, 괜히 저 사람 어떻게 먹고사나 걱정하기도 했다. 그러다 한 인디 출판사에서 출간한 용 앤솔러지에 수록된 〈백관의 왕이 이르니〉(《드래곤에게 가는 길》, 미씽아카이브)를 읽은 날, 나는 그간 이름만 알던 이 사람이 어느덧 큰 작가로 훌쩍 자라났음을 깨달았다. 이 중편은 최근 몇 년간 읽은 한국 장르 소설 중에서도, 가장 큰 만족감을 준 작품 중 하나다.

인터넷이 생겨난 이후 제도권 출판의 검열 없이 작가와 독자가 직접 소통하게 되면서 한국 장르 시장은 크게 꽃을 피웠지만, 인터넷이라는 무한한 지면이 대하 장편을 선호하는 경향이 있어 단편과 짧은 경장편 장르 소설은 지면이 없는 시절을 더 감내해야 했다. 내가 속한 곳이 SF 장이었기에 늘 SF 지면에만 몰두해 왔고, 어느덧 그럭저럭 좋은 시절이 찾아와 안심하던 차였는데, 〈백관의 왕이 이르니〉를 보자마자 그간 판타지 단편이 소외되고 있음을 깨닫고 혼자 애가 닳았다.

미국의 휴고상, 네뷸러상도 국내에서는 SF 상으로만 알려져 있으나, 명백히 판타지인 《해리포터》도 휴고상을 수상하듯이 SF와 판타지를 엄밀하게 나누지 않는다. 하지만 지금 한국에서는 새로 생겨난 공모전도 과학기술에 천착하는 편이고, 과학기술에 천착하지 않으면 현실에 천착하는 바람에, 정통 판타지 단편은 어째 설 자리가 없어 보인다. SF와 판타지의 경계가 SF와 일반소설의 경계보다도 좁건만! 마치 예전에, 'SF는 장르에서 받아주겠지', '단편은 일반소설의 영역이지', 하며 양쪽에서 무관심한 바람에 'SF 단편'이 갈 곳이 없었던 것처럼⋯⋯. 위래 작가의 말마따나, 현대 한국에서 판타지 단편을 쓰는 일이야말로 돈과 명예는커녕 출간조차 고려하지 않는, 가장 순수한 창작행위가 되고 만 듯하다.

위래 작가가 《슬기로운 문명생활》을 비롯한 웹소설을 활발하게 쓰고 있음은 알고 있었으나, 그래서 이 우아한 작품은 어디서 출간되어야 하나 괜히 혼자 걱정이었다. 이렇게 책이 나오고 또 내 언어로 소개하게 되어 기쁘다.

내가 처음 접했던 위래의 소설이 〈동전 마법〉이기도 해서 나는 이 소설집이 근래 보기 힘들었던, 검과 마법이 등장하는 정통 판타지 단편선이 되리라 지레짐작했었다. 하지만 소설집에는 특이점 이후를 다룬 하드한 SF까지 포함하여 다양한 장르의 작품이 수록되어 있다.

✳

추리소설을 본격과 사회파로 나누는 흐름이 있다고 안다. 본격 추리는 트릭과 추리 그 자체에 집중하며, 작가가 짜놓은 무대에서 독자에게 게임을 제안하고, 독자는 그 게임의 규칙에 맞추어 두뇌 싸움을 한다. 사회파는 추리 자체보다도 소설의 현실성과 현실과의 접목에 더 초점을 맞춘다. 물론 모든 소설을 그렇게 정확히 딱 나눌 수 없을 테니, 그저 느슨한 경향성에 대한 용어다. 언젠가 이수현 번역가께서 SF도 그렇게 본격과 사회파로 나눌 수 있지 않겠느냐고 말씀하신 이후로 저 분류가 인상에 남았다. 그분은 팬덤에서 흔히 말하는

'하드 SF'는 실상 진짜 '어려운 SF'가 아니라, '본격 SF'를 말하는 것이 아니겠느냐고 하셨다. 물론 '본격'이라는 단어가 주는 인상과 달리, 소설의 방점이 어디에 있는가로 나누는 단순한 분류상의 용어라 하겠다.

위래 작가의 소설은 '본격'이라는 이름을 붙여도 좋을 계열에 있다. 작가가 소설 초반에 무대를 꾸미고, TRPG 마스터처럼 세계의 규칙을 선언한다. 그리고 제시된 규칙 하에서 3단, 다단 논법을 연쇄적으로 펼치듯이 소설을 전개한다. A가 가능하다고 전제했으면 B도 가능하며, A와 B가 가능하다고 가정하면 이제껏 상상하지 못했던 C가 가능하며, A와 B와 C가 가능하다면 놀랍게도…… 하며 뛰어넘는다. 소설은 현실의 적합성이 아니라 논법의 적합성에 따라 펼쳐지며, 현실에서 있을 법하지 않은 일도 제시된 세계의 구조 안에서는 명확하고 분명하며 예측 가능하다. 독자는 체험이 아니라 작가의 규칙에 맞추어, 더해서 장르의 규범에 맞추어 전개를 기대한다. 소설의 미학은 물론 논리 그 자체에 있다. 이런 소설은 순수하게 장르적인 쾌감을 준다.

고백하자면 이것이 원래 내게 익숙한 장르 소설의 한 갈래다. 지금 현재의 한국 장르 단편 시장에서 흔치 않은 기법이기도 하다. 지금의 장르 단편 시장 흐름의 가치와는 별개로, 이렇게 꿋꿋이 자기 색을 지키는 작가를 발견하는 것도 또 내심 반가운 것이다.

독자는 작가가 초반에 제시하는 한두 문장, 단서로 빠르게 세상의 구조를 파악하게 된다. 장르에 익숙할수록 이 단서들은 손쉽게 파악된다. 위래 작가는 독자가 장르 장 안에 한 발쯤은 들여놓았으리라 가정하고 간단히 세계를 설명하며 훌쩍 규칙을 넘는다. 작가가 익숙한 게임을 제시하는 것을 깨달았을 때 더 신이 나는 독자 부류가 있다. 이 '익숙한 게임'에서 독자가 기대하는 것은 하나다. '내가 아는 것을 보여주되, 내가 지금껏 보지 못한 이야기를 보여줄 것'. 문장 자체에 모순이 있듯이, 많은 이들이 시도하지만 쉽지 않은 길이다. 그리고 위래 작가는 이 기대를 만족스럽게 충족한다.

〈동전 마법〉은 이런 작가의 기법을 보여주는 친절한 도입부다. '고작 동전을 뒤집는 마법으로 무엇을 할 수 있는가?' 하는 질문은 '동전을 뒤집을 수 있다면 또 무엇을 뒤집을 수 있는가?' 하는 질문으로 변한다. 독자는 작가가 그 답을 훌쩍 도약하는 모습을 멍하니 지켜보다가 감탄과 웃음을 같이 터트리게 된다.

〈르네 브라운을 잊었는가〉에서 작가는 의체 기술이 상용화된 특이점 이후의 시대에 발생할 법한 가장 끔찍하면서도 충분히 있을 법한 사건을 제시한다. 속도감 넘치는 모험담이 흘러가는 가운데서도 제목 그대로의 질문이 독자의 뇌리를 직격한다. 이 기술로 인한 가장 심각한 피해자를 잊고 어디로 가겠다는 건가?

〈아래에서〉는 어느 평범한 아침, 학교에 가려고 아파트 엘리베이터를 타고 1층으로 내려가는 일상에서 시작한다. 그런데 엘리베이터가 1층에서 멈추지 않고 더 하강한다. '왜 하강하는가' 하는 질문은 '만약 엘리베이터가 하강한다면 어디까지 하강할 수 있겠는가?'로 변한다. 하강의 경로는 상식과 상상을 넘어서지만 주어진 규칙 안에서는 문제가 없다.

〈성간여행〉은 '도시'의 시점에서 세계를 바라보는 우아한 작품이다. 독자는 도시의 한정된 정보와 시야와 기계의 논리를 따라 차츰 세계의 구조를 파악하며 시야를 넓혀나간다. 그 세계는 익숙하나 익숙하지 않고, 낯설지만 낯설지 않은 영역에 있어 장르적인 쾌감을 준다.

'익숙한 듯한데도 지금껏 보지 못한 전개'가 펼쳐지는 것은, 위래 작가의 소설이 주어진 논리 안에서 아름답게 비약하기 때문이기도 하지만, 인물들의 선택이 늘 초인간적이리만큼 인간적이기도 해서다. 큰 고난을 인내심 있게 감내한 이들은 무심하리만치 고결한 선택을 한다. 작가가 그려내는 세상이 현실을 벗어나 명쾌하듯이, 인물들마저도 현실의 인간이 속물적인 기질 없이 명쾌하다. 이들은 마치 어느 이상적인 판타지 세계에서 다른 가치를 두고 살아온 사람들처럼 순수한 길을 선택한다.

〈쿠소게 마니아〉는 여객기가 학교에 충돌하는 대재난 직전 시간 회귀에 빠진 소년의 이야기다. 시간 회귀로 문제를 해결하는 소설은 장르 독자에게 익숙하건만, 주인공에게 주어진 시간은 하루나, 한 시간, 몇 분도 아니고 단 17초다.

17초. 이 경악스러운 찰나의 시간 속에서 소년은 미궁 같은 학교에서 벗어나려고 안간힘을 쓰지만, 도저히 시간을 맞추지 못하고 무한한 죽음의 굴레에 잡힌다. 상상을 넘는 고난 끝에 경이로운 성공을 앞둔 순간, 소년은 한 번 더 독자의 상상을 훌쩍 넘는 인간적인 결정을 한다.

〈미궁에는 괴물이〉는 독자를 미궁 한복판에 던져 넣고 시작하는 유쾌한 소설이다. 단 하나의 길을 벗어나면 죽음에 이르는 미궁에서, 주인공은 고난을 감내하면서도 무심하리만치 인간적인 선택을 한다.

〈우리〉는 수업이 끝난 어느 평범한 날, 어째서인지 계속 친구들이 사라지는 교실에서 시작한다. '왜 사라지는가?' 하는 질문은 '어떻게 하면 사라지지 않을까?' 하는 질문으로 변하고, 독자는 주인공들과 함께 머리를 맞대고 소멸을 피하기 위한 두뇌게임에 돌입한다.

위래 작가의 소설은 경쾌하다. 작가는 냉소와 농담으로 무거운 장면을 물 흐르듯이 가볍게 흘려넘긴다. 하지만 가벼움은 그저 전달 방식에만 있으며, 편마다 밀도가 크고 각 편에 담긴 이야기의 결이 풍성하다.

이 책에서 가장 큰 분량을 차지하는 〈백관의 왕이 이르기를〉는 이런 작가의 장점이 집결된 작품이다. 고아한 논리 전개의 절정이다.

용은 인간의 소원을 들어준다고 약속하고 그 약속에 속박

된다. 여기까지는 여러 민담과 설화에서 익숙한 풍경이다. 더해서, '그런 경우에는 어떤 소원을 빌겠는가?' 하는 질문에, '세 가지 소원을 들어주세요……' 같은, 다중의 소원을 비는 상상도 오래되었다. 여기까지도 장르에 한 발을 담근 사람이라면 익숙하다. 하지만 이 소설 속의 왕은 두꺼운 법전을 턱하고 내민다.

이제 '약속'은 다면적이고 다층적인 법령 해석의 문제가 되었고 학문 탐구의 영역이 되었다. 그리고 학문은 정치의 영역이 된다. 용은 법 해석의 각축장이자 정치의 각축장이 된 복잡한 약속을 벗어날 방법을 2천 년에 걸쳐 탐구한다. 그리고 주인공들은 그 끝에 고결한 선택을 한다. 용의 선택은 인간사를 초월해 있어 고결하며, 학자의 선택은 인간적이어서 고결하다. 그들의 선택이 작가가 그려내는 논리의 우아한 직조 끝에 고귀함을 한 겹 더한다.

작가가 말하듯이, '출간조차 장담할 수 없고 독자를 만날지 어떨지도 모를' 작품을 이처럼 진중하게, 마음을 담아 쓰기가 과연 쉽겠는가. 순수하게 이 장르를 사랑하는 마음이 없고서야. 그 꿋꿋한 태도가 다시금 소설에 사랑스러움을 더한다.

— 김보영, 소설가

작가의
말

대학교 학회 합평회 때 한 선배가 이런 말을 했다.

"소설 재미있게 읽었다. 하지만 이 주제를 말하기 위해 판타지 소설일 필요는 없었다. 왜 장르소설을 쓴 것인가?"

이후로도 종종 사람들은 내게 비슷한 질문을 던진다. 매번 일일이 답할 수 없는 바(그리고 경제적이고 효율적인 이유에서) 이 자리를 빌려 답하고자 한다.

소설을 쓰는 사람은 크게 두 가지 질문 앞에 선다. 하나는 '무엇을 쓸 것인가'인데, 나는 이 질문에 관심이 있었던 적이 없다. 나는 고등학교 2학년 때 소설가가 되어야겠다고 결정했다. 그때까지 내가 읽은 것은 도서관의 베르나르 베르베르와 댄 브라운, 파울로 코엘료 또는 대여점의 이우혁, 이영도, 김정률이었다. 사람은 읽은 것을 쓰게 된다. 그러니 나는 무엇을 쓸 것인지 고민하지 않고, 그냥 장르소설을 썼다. 또 다른 질문은 이것이다. 제도권 문학 장에서는 주제를 전달하는 방식으로서의 소설을 고민하기 때문에 '어떻게 쓸 것인가'를 중요하게 여긴다. 하지만 이 또한 내 흥미 밖이었다. 나는 말하고자 하는 주제가 없었다. 내가 중요하게 여기는 것은 장르소설을 구성하는 장르 규범과 클리셰, 플롯 장치로 기존의 장르적 맥락을 해치지 않을 정도로 익숙하면서 동시에 지금까지는 없었던 낯선 이야기를 어떻게 만들어내냐는 것이다. 당연히 내가 쓴 소설들은 의도하지 않더라도 나름의 주제를 가지고 있다. 물론 그 주제라는 것은 자폐적이거나 메타픽션적이고 세카이적 상상력에 천착하거나 유카타스트로프를 형성함에 지나지 않는다. 하지만 이것이야말로 다른 의도가 표백된 보다 순수한 장르성을 증거하며, (선후가 뒤바뀌었으나) 내가 전달하고자 하는 주제라고도 할 수 있다. 정리하자면 나는 장르소설의 역사적 맥락을 따라 타성으로, 그리고 장르소설 작법 방법론으로서 장르소설을 쓴다.

이상한 대답처럼 보일 수 있다. 하지만 이것이 이상해 보이는 이유는 '왜 장르소설을 쓴 것인가?'라는 질문 자체가 장르소설을 제도권 밖 주변부로 가정해 던지는 이상한 질문이기 때문이다. 이런 질문은 장르소설을 쓰는 것이 그렇지 않은 소설쓰기에 비해 유난한 선택이라고 생각해야만 던질 수 있다. 예를 들어 이 질문을 뒤집어 다른 모든 비장르소설을 향해 던지면 이렇게 된다. '왜 장르소설을 쓰지 않은 것인가?'

(물론 나는 그런 질문을 던질 정도로 무례하지는 않다.)

여기 실린 단편들은 낡고 오래되었기 때문에 시간의 흐름
과 그에 맞춰 바뀐 내 가치관을 반영해 새롭게 다듬고 고쳤으
며, 어떤 단편은 여러 지면에 게재되면서 여러 버전을 가지
고 있기 때문에 각 단편의 역사에 대해서 설명할 필요를 느꼈
다. 무엇보다 장르소설은 개별적이거나 단독적으로 존재하지
않기에 주요 레퍼런스를 밝혀야 한다고 믿어 간략한 노트를
남긴다.

〈동전 마법〉

이 판타지 단편소설은 군 휴가 중 짬짬이 쓰였다가 복학을
앞두고 완성되었고, 단편 창작 수업에 제출되었다. 이후 큐빅
노트 공모전에 제출 되었고, 수상 자리에서의 인연으로 〈on
우주 소식지〉에 자리를 마련해 고료를 받았다. 듀나의 단편
소설 〈동전 마술〉에서 제목과 모티브를 빌렸으나, 전혀 다른
방향으로 전개되었다. 소설의 첫 장면의 동전 마술이 그 흔적
기관이다. 쓰는 당시 고행이 많았다. 소설을 쓰기 전은 물론
이고 소설을 쓰는 도중에도 소설의 마지막 파트에 대해서 알
지 못했기 때문이다. 중간에 멈춘 집필을 1년가량 그대로 두
었다가 돌연 떠올린 아이디어가 이 소설의 결말이 되었다.

〈르네 브라운을 잊었는가〉

이 소설의 모티프 중 하나는 찰스 스트로스의 《유리감옥》의 확장된 신분 도용 이야기다. 내 생각에 기술적 특이점에 도달하지 않더라도 충분히 야기될 수 있는 문제로 보였고, 그래서 사이버펑크로 다루었다. 정확히 하자면 이 단편소설의 세계관은 아직 사이버펑크에 도달하지 않았으며, 기술적으로는 발전했으나 사회적 관습이 남아 여러 가치관들이 충돌할 여지가 남아 있는 근미래에 가깝다. 이는 내가 보기에 SF에서의 윤리·도덕 판단을 장르적으로 전형화된 세계관에서 하는 것은 어색하기 때문이다.

〈아래에서〉

이 단편집에서 가장 과거에 쓰인 글이며, 기억하는 한 내가 세 번째로 쓴 단편소설이다. 커뮤니티 회원이 개최한 소규모 공모전인 제8회 판타지갤러리 단편 대회에서 수상했고 문학광장 문장 장르란에도 올려 당시 심사위원 듀나가 그 달 월장원으로 꼽았다. 이후 동 커뮤니티 회원들이 제작한 동인지 《첫 번째 비상》에 실렸으며, 개작을 거쳐 친구 출판사 주도의 교보문고 POD 단편집 제작 때 표제작이 되기도 했었다. 이번 단편집에 싣기 위해 한 번 더 고쳤다. 하지만 작품의 이야기는 최초 쓰였던 그때와 다르지 않다. 당시에 나는 운 좋게 거둔 작은 성공이 만들어내는 함정에 빠지지 않으려 노력했는데,

그것이 얼마나 이후의 글들에 영향을 주었는지는 알 수 없다.

〈성간 행성〉

이 작품의 원형은 고유어가 남발하는 밀도 높은 사변소설이었으나, 웹진 〈크로스로드〉에 게재된 두 번째 버전은 김보영과 배명훈의 색채에 영향을 받은 SF가 되었다. 하지만 시간이 흘렀고 이번 단편집을 계기로 다시 고칠 기회가 왔기에 나는 한 번 더 작품을 다시 썼다. 이미 게재되었던 단편을 싣는 것이니 모티브만 따와 완전히 다른 작품을 쓸 수는 없는 노릇이라 이 단편을 개작하는 작업은 원형을 유지하면서 동시에 이전보다 기술적으로 더 나아져야만 하는 어려운 과업이 되었다. 이렇게 나온 세 번째 버전은 이제 로저 젤라즈니적 색채를 띄게 되었는데, 줄거리만 알고 있는 류츠신의 〈유랑지구〉를 의식했다.

〈쿠소게 마니아〉

언젠가 보았던 헤럴드 레이미스의 영화 〈사랑의 블랙홀〉의 잔영이 사라지지 않은 까닭은 내가 게임을 좋아하기 때문일 것이다. 입대 이전 쓰기 시작해 군 휴가 중 완성된 단편이다. 이 단편은 이후 창작 수업 시간에 제출되었고, 졸업작품집에 실렸다. 선생님은 이 짧은 단편을 A파트로 두고 B파트를 추가하길 바랐다. 게임적 리얼리즘만으로는 소설이 불충분하다고 느낀 것이다. 하지만 나는 게임을 좋아했고, 게임을 해본, 그리고 하는 사람이라면 더 이상의 설명이 필요할 거라고 생각하지 않았다.

〈미궁에는 괴물이〉

이 소설은 장르소설을 읽고 쓰는 인터넷 커뮤니티가 모이고 여러 장르소설 출판사들이 협찬한 장르소설 공모전인 '시리우스 문학상'이 열린 당시 그 공모전에 제출하기 위해 쓰였다. 그리고 탈락했다. 미완성이었기 때문이다. 공모전이 끝나고 한참 뒤에 나는 이 소설을 완성해서 공개할 지면을 찾을 수 있었다. 이번 책에 글을 실으며 두 캐릭터에게 이름을 부여하고, 라이트노벨적 캐릭터 조형을 편집부 조언을 수용해 다소 다듬었다. 덧붙여, 이 단편소설이 선배가 재미있게 읽었다던 바로 그 소설이다.

〈술래잡기〉

나는 괴이학회 회원이다. 괴이학회는 한국에서 활동하는 거의 대부분의 호러소설 작가들이 참여하고 있는 호러소설작가 모임으로, 매년 1~2회 동인지를 제작한다. 또 다른 단체가 있다. 〈환상문학웹진 거울〉은 한국에서 가장 오래된 장르

소설 작가 단체일 것이다. 나는 운 좋게 두 단체의 협업 동인지 제작에 끼어들어갈 수 있었다. 해당 단편은 예전부터 가지고 있던 코스믹 호러 아이디어 중 하나를 옮긴 것으로, 현실과 비현실이 겹쳐진 세계를 그린 세 가지 세계 중 한 버전이다. 직접적으로 관여하진 않았지만 오츠이치의 〈신의 말〉이 다른 버전 중 하나에 영향을 주었다.

〈영웅은 죽지 않는다〉

이 작품은 처음 공개되는 단편소설이지만, 이 단편집에 실리기 위해 쓰이진 않았다. 장르소설에 관심이 있는 이들이라면 충분히 유추할 수 있겠지만, 이 단편은 안전가옥의 빌런 공모전에 냈다가 떨어진 작품이며, 이후 둘 이상의 SF 공모전에 제출되었다가 역시 탈락했다. 나는 이 단편이 현재 한국 장르소설 공모전 환경에서 수상할 가능성이 없음을 순순히 인정하기로 했다. 이 작품의 모티브는 미국 슈퍼히어로 장르와 마크 밀러의 〈원티드〉일테지만 좀더 직접적인 작품이 있다. Austin Grossman의 《Soon I Will Be Invincible》이다. 중요한 건 나는 아직 이 작품을 읽어보지 않았다는 것이다. 오래 기다렸지만 어느 출판사에서도 이 소설을 번역 출간하지 않았다. 그래서 나는 이 소설의 제목을 모티브로 나만의 슈퍼빌런 소설을 썼다.

〈우리〉

모티프는 학창 시절 겪은 일상적인 사건이 바탕이 되었으나 이 호러 단편은 오랜 시간 첫 페이지만 쓰인 상태로 진전이 없었다. 관련한 주제의 공모전을 발견했을 때 끄집어낸 많은 후보 중 하나였는데, 결과적으로 단편이 된 것은 이 글이었다. 앞선 단편들처럼 마지막 장면을 마무리 지을 방법을 찾지 못해 오래 헤매었고, 몇 가지 다른 엔딩 중 가장 낫다고 판단한 것을 선택했다. 참고로 이 소설에는 중요하지 않은 수수께끼가 숨겨져 있다.

〈백관의 왕이 이르니〉

소원을 들어주는 용이 등장하는 엽편에서 시작된 소설이다. 이 엽편은 이후에 보다 긴 단편으로 개작되었는데, 이후 나는 드래곤을 주제로 하는 'drag_on'이라는 단편소설 텀블벅 프로젝트로 말미암아 다시쓰기를 마음먹었다. 이 과정에서 존재하지 않던 주인공 캐릭터가 만들어졌고, 내 낡은 '습작' 폴더의 엽편들이 파내어져 백관의 역사가 되었다. 그 과정에서 소설은 여러 번 재구성되고, 다시 쓰였다. 현재의 버전은 마감 기한이 허락하는 최종 버전이다. 이러한 창작은 소설이란 것이 내 주도로 쓰이지만, 그럼에도 내 의도로 만들어지지는 않음을 역설한다.

*

　나는 학교에서 소설을 배운 시간 이상으로 웹에서 글쓰기를 배웠다. 다음과 같은 닉네임들이 내 소설에 영향을 주었다. qui-gon, 카퍼9, 100++, 재건, 귀우혁, 이빨, Quintet, 1111, 붉은이빨, 개념봉인, 동해, 로기아, 라유리, chicks, 미노구이, 쟈리, 노유, 버터칼, 승류, 셸먼, 파르마콘, 샐러맨더, 말종메론, 현골, DOSKHARAAS, dcdc, 르샤유, 라스트알파, k01980, gozaus, 니그라토, 호워프, Orion, 화룡, JHALOFF, 용아람, 람다, 벨세어, 짜장스파게티, cooker, 1000, 노말시티, 천가을, 장아미, 단요, 송한별. 여기 닉네임들은 나를 스쳐지나갔거나 여전히 함께하고 있다. 이 닉네임들이 없었다면 나는 지금과 전혀 다른 소설을 쓰거나, 소설을 쓰고 있지 않을 것이다. 문예창작학과 학회와 스터디를 비롯해 김원우, 박성원, 장옥관, 손정수 네 선생님께도 감사드린다. 비록 선생님들이 원한 방향으로는 아니었겠지만 분명내 글에는 그 배움이 묻어난다. 더불어 아직도 면면을 익히기바쁜 괴이학회와 오랜 인연이 이어진 streams, 지옥까지 같이가기로 계약된 포엠, 정치·철학·게임 난상 토론이 더 잦은 토요포커모임, 내 장자방이자 보조기억장치 WGR까지 현재 함께 소설을 쓰는 동료 작가들에게도 감사를 전한다. 나는 오랫동안 소설은 혼자 쓰는 것이라 생각했지만 이제는 그렇지 않다는 걸 안다. 그 외 여기 언급되지 않았으나(너무 서운해하지 말길) 단편집이 나오기까지 내게 직간접적인 크고 많은 영향을 주었던 수많은 이들에게도 감사드린다. 나와 소설에 대해 한 번이라도 이야기했다면 내가 감사를 전하고자 하는 바로 그 사람이다.

더불어 이전 내 글을 들여다보고 조언을 아끼지 않은 편집 자들, 그리고 단편집 출간을 제안하고 책이 만들어지기까지 교정과 편집을 맡아준 아작 출판사에게도 감사를 전한다. 이 책은 내 책이 아니라 우리 책이다.

내 일상을 만들어내는 친구들과 가족에게도 고맙다고 하고 싶다. 어떻게 소설이 삶에 선행하겠는가.

마무리는 상투적으로 맺고자 한다.

이 글을 읽고 있는 독자 당신에게, 즐거운 독서가 되(었)길.

2022년 겨울
위래

초판 1쇄 발행 2022년 12월 1일

지은이 위래
펴낸이 박은주
편집 강연희
일러스트 문준수
디자인 김선예, 장혜지
마케팅 박동준

발행처 (주)아작
등록 2015년 9월 9일(제2021-000132호)
주소 04050 서울특별시 마포구 양화로 156
          LG팰리스빌딩 1428호
전화 02.324.3945-6 **팩스** 02.324.3947
이메일 arzaklivres@gmail.com
홈페이지 www.arzak.co.kr

ISBN 979-11-6668-701-3 03810